प्रेम-विवाह

राम प्रताप सिंह

BE BOLD WHAT YOU STAND FOR

Enter Caption

यह रचना मेरे स्वर्गीय पिता राम सेवक सिंह और माता शांति देवी को समर्पित है जिन्होंने मुझे शिक्षा और संस्कारों के माध्यम से इस खूबसूरत दुनिया को देखने,समझने और अनुभव करने का मौका दिया |

क्रम-सूची

प्रस्तावना

"**प्रेम-विवाह** " प्रेम एक ऐसी अविरल धारा है जो इस पृथ्वी के हर जीव जन्तु के अंदर अनवरत बहती रहती है | चूंकि मनुष्य एक बुद्धिमान ,चेतनशील और भावनाओं से भरा हुआ प्राणी है , वह अपनी प्रेम भावनाओं की अभिव्यक्ति के लिए एक ऐसे साथी की तलाश करता है जो उसकी मानसिक आवश्यकताओं के साथ साथ उसकी कुछ शारीरिक जरूरतों को भी पूरा कर सके | यह शारीरिक और मानसिक जरूरतें किशोरावस्था में और तीव्र हो जाती हैं | जिन्हे वह व्यक्त करने से अपने आप को रोक नहीं पाता | इसका कारण वह स्वयं नहीं बल्कि प्रकृति प्रदत्त वो गुण हैं जो उसके शारीरिक और मानसिक बदलाव के जिम्मेदार हैं | यही बदलाव उसके मन उद्वेलित करते हैं | और वह इस प्रेम भावना की अभिव्यक्ति के लिए साथी की तलाश करता है , नए नए तरीके और उपाय ढूँढने लगता है | इस तलाश में उसे कई बार सफलता भी मिलती है तो कई बार असफलता | विषम लिंगी स्त्री पुरुषों के बीच पनपती यह भावना प्रेम का ही रूप है जिसे दो प्रेमी ही महसूस करते हैं |और वो चाहते हैं कि साथ रहें ,अपने जीवन का समय साथ गुजारें | फिर सामने आता है सामाजिक नियमों ,परंपराओं, रीति रिवाजों , तौर तरीकों व देश के नियम कानूनों का बंधन | इन बंधनों को भी तोड़कर प्रेमी जोड़े मिलना चाहते हैं | जिसका परिणाम है –प्रेम विवाह|

इस उपन्यास में प्रेम-विवाह के विभिन्न पहलुओं पर प्रकाश डालते हुए गंभीरता से विश्लेषण किया गया है | उन सभी तथ्यों पर प्रकाश डाला गया है जो प्रेम विवाह में सहायक होते हैं |इसके अलावा उन दुष्परिणामों पर भी ध्यान आकर्षित किया गया है जो प्रेम विवाह से पैदा होते हैं | किशोरावस्था व युवास्था में मनुष्य के शरीर में होने वाले शारीरिक और मानसिक बदलाव का मनोवैज्ञानिक तरीके से विश्लेषण किया गया है |

मुस्लिम युवकों द्वारा हिन्दू लड़कियों को अपने प्रेम जाल में फँसाने वाले "लव जिहाद " का बखूबी वर्णन है| लव जिहाद के कारण ,परिणाम और बचने के तौर तरीकों पर भी प्रकाश डाला गया है |

दार्शनिक और सामाजिक दृष्टिकोण को भी दर्शाया गया है |

इस उपन्यास में तीन कहानियों के पात्रों के माध्यम से किशोर युवक और युवतियों के जीवन में आने वाली चुनौतियों ,उनसे रूबरू होने के तरीकों ,उनके साहस , लक्ष्य हासिल करने की जिद, जीवन के उतार-चढ़ाव , मानवीय संवेदनाओं , प्रेम व रोमांच का सजीव चित्रण किया गया है जिसे लेखक ने अपनी जिंदगी में बहुत करीब से देखा और जिया है| यह उपन्यास उन युवकों के लिए प्रेरणास्रोत है जिन्होंने जीवन में कुछ कर गुजरने का सपना देखा है | यह भारत के आम युवक युवतियों की कहानी है जो जीवन की राहों मे भटक जाते हैं और, आशा , निराशा , प्रेम और संघर्ष से जूझते रहते हैं | कुछ हिन्दू लड़कियां लव जिहाद के चक्रव्यूह में भी फंस जाती हैं | उस चक्रव्यूह में ना फँसने के तरीके भी बताए गए हैं | यह उपन्यास अभिभावकों और युवक युवतियों के लिए प्रेरणा स्रोत है | लेखक से पत्र व्यवहार का पता –Email : rps1959@gmail.com Mobile No 91-7000153809.

भूमिका

राम प्रताप सिंह भारतीय सेना, मैकनाइज्ड इनफेन्ट्री रेजीमेंट व सीमा सुरक्षा बल में एक सैन्य अधिकारी थे | उन्हे सैन्य सेवा का 36 वर्षों का अनुभव है| अपनी सेवा काल के दौरान उन्हे भारत-पाकिस्तान व भारत -बांग्लादेश सीमा में कार्य करने का अनुभव है | इसके अलावा उन्होंने अंग्रेजी साहित्य, विधि,मानव अधिकार, बिजनेस एडमिनिस्ट्रेशन, सायबर लॉ और लेबर लॉ में मास्टर्स डिग्री व डिप्लोमा हासिल किया है | सैन्य सेवा से मुक्त होने के बाद वो एक कंपनी में प्रशासनिक व सुरक्षा अधिकारी रहे| उन्होंने वकालत का पेशा भी अपनाया | **प्रेम-विवाह** हिन्दी भाषा मे लिखा गया उनका बारहवाँ उपन्यास है |

"प्रेम-विवाह " कन्या एवं वर की इच्छा और परस्पर सहमति से स्थापित संबंध,जो शारीरिक संसर्ग तक पहुँच सकते है, उनकी परिणति के रूप में हुए विवाह को प्रेम-विवाह की संज्ञा दी गई है | परिवार वालों की सहमति के बगैर वर व कन्या का बिना किसी रीति-रिवाज के आपस में विवाह कर लेना "गंधर्व विवाह" कहलाता है | महर्षि मनु के कथनानुसार इस विवाह में लड़का तथा लड़की जब एक-दूसरे को पसंद कर लेते हैं और प्रेम में पड़कर परस्पर संबंध स्थापित कर लेते हैं तब इसे गंधर्व विवाह कहा जाता है | प्राचीन समय में राजा-महाराजा कई बार गंधर्व विवाह करते थे | भारत के कुछ भागों में अभी भी ऐसे समारोहों का आयोजन किया जाता है जहाँ लड़की अपने लिए लड़के का चुनाव करती है और शादी होने से पहले कुछ दिन उसके साथ बिताती है | आजकल के प्रेम विवाह वालीवुड से प्रेरित है | जिसका आधार शारीरिक आकर्षण है | इसलिए बिखराव हो रहा है | आजकल परिपक्व सोच के साथ जो प्रेम विवाह हो रहे हैं, वही सफल हैं |

पावती (स्वीकृति)

मेरी प्रिय पत्नी आशा को जिसने अपनी अनवरत सेवा, समर्पण और प्यार से मेरे जीवन को हमेशा सुखद बनाया और मेरी प्रेरणा स्रोत बनी।

आमुख

इस उपन्यास की कहानियाँ जीवन की सत्य घटनाओं से प्रेरित होकर लिखी गई हैं | उपन्यास के पात्रों के नाम व स्थान में परिवर्तन किया गया है |

1

प्रेम-विवाह

हिन्दू धर्म में विवाह को सोलह संस्कारों में से एक संस्कार माना गया है | विवाह = वी +वाह, अतः इसका शाब्दिक अर्थ है –विशेष रूप से (उत्तरदायित्व का) वहन करना | पाणिग्रहण संस्कार को सामान्य रूप से हिन्दू विवाह के नाम से जाना जाता है | अन्य धर्मों में विवाह पति और पत्नी के बीच एक प्रकार का करार होता है जिसे कि विशेष परिस्थितियों में तोड़ा भी जा सकता है परंतु हिन्दू विवाह पति और पत्नी के बीच जन्म-जन्मांतरों का संबंध होता है जिसे कि किसी भी परिस्थिति में तोड़ा नहीं जा सकता | अग्नि के सात फेरे लेकर और ध्रुव तारा को साक्षी मान कर दो तन ,मन तथा आत्मा एक पवित्र बंधन में बंध जाते हैं | हिन्दू विवाह में पति और पत्नी के बीच शारीरिक संबंध से अधिक आत्मिक संबंध होता है और इस संबंध को अत्यंत पवित्र माना गया है |

हिन्दू मान्यताओं के अनुसार मानव जीवन को चार आश्रमों (ब्रह्मचर्य आश्रम, गृहस्थ आश्रम,सन्यास आश्रम तथा वानप्रस्थ आश्रम) में विभक्त किया गया है और गृहस्थ आश्रम के लिए पाणिग्रहण संस्कार अर्थात विवाह नितांत आवश्यक है |

हिन्दू धर्मग्रंथ में लिखित प्रचलित विवाह विधियों के प्रणेता धर्मवेत्ता ऋषि मनु के अनुसार विवाह आठ प्रकार के होते हैं जो क्रमशः ये हैं : ब्रह्म, दैव ,आर्ष ,प्राजापाती, आसूर, गंधर्व, राक्षस, और आठवाँ निकृष्टतम श्रेणी का पैशाच विवाह |नारद पुराण के अनुसार इनमे ब्रह्म

विवाह को ही सर्वश्रेष्ठ माना गया है | भारत में वर्तमान में सिर्फ दो ही विवाह प्रचलित हैं – ब्रह्म विवाह और गंधर्व विवाह

ब्रह्म विवाह (पारंपरिक विवाह) दोनों पक्षों की सहमति से समान वर्ग के सुयोग्य वर को स्वयमेव आमंत्रित करके, उसे वस्त्र-आभूषण आदि अर्पित करके ,और समुचित रूप से पूजते हुए कन्या का सौंपा जाना धर्म युक्त "ब्रह्म विवाह" कहलाता है | यह विवाह प्राचीन काल से अभी वर्तमान समय तक चला आ रहा है | इस विवाह में कन्या का पिता अपनी पुत्री के लिए एक सुयोग्य वर का चुनाव करता है | अपनी सामर्थ्य अनुसार अपनी पुत्री को धन, आभूषण तथा वस्त्र इत्यादि देता है और अपनी कन्या का दान करता है |आज "Arranged Marriage " ब्रह्म विवाह का ही रूप माना जा सकता है |

गंधर्व विवाह (प्रेम विवाह) –कन्या एवं वर की इच्छा और परस्पर सहमति से स्थापित संबंध,जो शारीरिक संसर्ग तक पहुँच सकते है, उनकी परिणति के रूप में हुए विवाह को गंधर्व विवाह की संज्ञा दी गई है | परिवार वालों की सहमति के बगैर वर व कन्या का बिना किसी रीति-रिवाज के आपस में विवाह कर लेना "गंधर्व विवाह" कहलाता है | महर्षि मनु के कथनानुसार इस विवाह में लड़का तथा लड़की जब एक-दूसरे को पसंद कर लेते हैं और प्रेम में पड़कर परस्पर संबंध स्थापित कर लेते हैं तब इसे गंधर्व विवाह कहा जाता है | प्राचीन समय में राजा-महाराजा कई बार गंधर्व विवाह करते थे | भारत के कुछ भागों में अभी भी ऐसे समारोहों का आयोजन किया जाता है जहाँ लड़की अपने लिए लड़के का चुनाव करती है और शादी होने से पहले कुछ दिन उसके साथ बिताती है |

गंधर्व विवाह का उल्लेख शंकुन्तला-दुष्यंत की पौराणिक कथा में भी मिलता है | उस कथा में आखेट के लिए गए राजा दुष्यंत की दृष्टि वन में मेनका -विश्वामित्र की पुत्री और कणव ऋषि के आश्रम में पल रही युवा शंकुन्तला पर पड़ती है | वे उसके प्रति आकर्षित होते हैं,दोनों के बीच वार्तालाप होता है, निकटता बढ़ती है, जिसकी परिणति शारीरिक संबंध स्थापना में होती है | वे दोनों परस्पर विवाह-संबंध में बंध जाते हैं ,जिसे कणव ऋषी की स्वीकृति मिलती है | उसी संबंध से राजा भरत का जन्म

होता है | गंधर्व विवाह वस्तुतः प्रेम विवाह है,जो वर्तमान काल में युवक-युवतियों के बीच लोकप्रिय होता जा रहा है |

प्रेम विवाह पहले भी होते रहे हैं | श्री कृष्ण व रूक्मिणी का प्रेम विवाह ,भगवान शिव-पार्वती का प्रेम विवाह और अर्जुन व सुभद्रा का प्रेम विवाह |

वेदों में प्रेम विवाह को सर्वश्रेष्ठ माना गया है |जो त्याग, तपस्या और समर्पण पर आधारित था और इन्ही भावनाओं से प्रेरित था | माता पार्वती का उदाहरण सामने है | जिन्होंने भगवान शंकर को प्राप्त करने के लिए कठिन तप किया |इस आधार पर वर्तमान समय के प्रेम विवाह को उचित नहीं ठहराया जा सकता | आजकल के प्रेम विवाह वालीवुड से प्रेरित है | जिसका आधार शारीरिक आकर्षण है | इसलिए बिखराव हो रहा है | आजकल परिपक्व सोच के साथ जो प्रेम विवाह हो रहे हैं, वही सफल हैं | जिनकी संख्या बहुत कम है |

अब सवाल यह है कि क्या प्रेम विवाह में बाधक बन रहे समाज को महत्व देना उचित है या प्रेम विवाह करना उचित है ?

इस सवाल के जवाब को समझने के लिए पहले हमें ये समझना बहुत जरूरी है कि आखिर कोई समाज प्रेम विवाह में बाधक क्यों बनता है | समाज हम लोगों से ही मिलकर बनता है | अगर हमारा जॉब करियर अच्छी तरह सेटल है तो हम आसानी से घर वालों को मना सकते है | ऐसी स्थिति में समाज बहुत ही कम बाधक बनेगा | बहुत सारे मामलों में लड़के या लड़की की या तो उम्र कम होती है या उनका करियर स्थापित नहीं होता या फिर वो गली या मुहल्ले में ही प्यार कर बैठते हैं | गली मुहल्ले के प्यार में घर वालों की समाज में बेइज्जती होती है इसलिए वो इसके खिलाफ होते हैं | जब हम उनकी उम्र के होंगे तो शायद हम भी ऐसे ही प्रतिक्रिया देंगे |

बहुत सारे ऐसे उदाहरण हैं जहाँ प्रेम-विवाह आपसी बातचीत से सफलता पूर्वक हुए हैं | विवाह एक बहुत बड़ी जिम्मेदारी है और इसके लिए हममे ये जिम्मेदारी वहन करने की क्षमता होनी चाहिए | हम अपनी बहन या बेटी की शादी किसी भी ऐसे लड़के से कतई नहीं कर सकते अगर हमें थोड़ा सा भी लगे कि वो खुद ठीक तरह से सेटल नहीं है

या वो जिम्मेदारी उठाने के काबिल नहीं है |

समाज के नियम लोगों की जिंदगी को ठीक तरह से चलाने के लिए ही बने हैं | हाँ ये जरूर है कि कुछ समाजों में कट्टर विचारधारा की वजह से इन मुद्दों पर ज्यादा सख्ती हो पर इतिहास गवाह है कि प्यार करने वाले हर काल, समुदाय और समाज में होते रहे हैं और होते ही रहेंगे |

हम जिसे प्यार करते हैं, जिसके साथ वक्त गुजारना हमे अच्छा लगता है, उससे शादी करना और पूरी जिंदगी गुजारना वाकई सपने के सच होने जैसा है |

दूसरा सवाल है -क्या अपने परिजनों के विरुद्ध जाकर प्रेम विवाह करना उचित है ? और यदि है तो क्यों ज्यादातर प्रेम विवाह असफल हो जाते हैं ?

यहाँ विचारणीय मुद्दा यह है कि ज्यादातर प्रेम के शुरुआत होने की नींव क्या है ?

इसका सीधा सा जवाब है –शारीरिक सुंदरता, आर्थिक या शैक्षणिक योग्यता या स्वभाव की मधुरता | शायद ही कोई इंसान हो जो सिर्फ इंसान के स्वभाव को देखकर ही उसको दिल दे बैठे | तो प्रेम-विवाह की नींव होती है -आकर्षण पर ऐसा नहीं है कि उनके बीच समझदारी और एक दूसरे के लिए इज्जत नहीं होती| इसके बावजूद भी आकर्षण और समझदारी में स्थिरता नहीं होती क्योंकि मनुष्य का मन बड़ा चंचल होता है | जो उसके पास है वो उसकी अहमियत नहीं समझता और जो उससे दूर है पर सुंदर और आकर्षक है, उसको पाने की चाह रखता है |

दूसरी ओर अरेंज मैरिज परिवार के लोगों द्वारा प्रायोजित होती है जिसमें ऐसा बिल्कुल नहीं है कि आपकी राय मायने नहीं रखती | आपसे भी पूर्ण सहमति ली जाती है | पर इसका आधार क्या है ?

जवाब है –सेवा और समर्पण |

ज्यादातर मामलों में पति,पत्नी की हर जरूरत जैसे खाना-पीना, रहना, इच्छाएं, मनोरंजन, पैसों इत्यादि के माध्यम से सेवा करता है | बदले में पत्नी घर को सम्हालने ,सुख, दुख इत्यादि में सेवा करती है | और यह प्रेम विवाह में भी होता है | पर अरेंज मैरिज की नींव है सेवा और समर्पण ना कि सिर्फ आकर्षण |

अत: किसी चीज की नींव ही सेवा और समर्पण हो वह कभी भी उबाऊ या टूट नहीं सकती जब तक कि दोनों अपने कर्तव्य का निर्वहन करते रहें | इसके बावजूद भी अरेंज मैरिज टूट जाते हैं पर प्रेम विवाह से कम |

इसका दूसरा पहलू यह है कि कोई भी अपने परिजनों के विरुद्ध जाने के लिए प्रेम-विवाह नही करता | प्रेम तो प्रेम है | प्रेम हो जाता है | वह किसी से अनुमति नहीं लेता | आप अपने परिजनों को समझाइए | उनकी आपत्ति क्या है वह समझने की कोशिश कीजिए | यदि वह सही कह रहे हैं तो उनकी बात मान जाइए |

यदि आपकी पढ़ाई पूरी नहीं हुई है और आप कमाने नहीं लगे हैं या आपकी आयु 23 और 24 से कम है तो रुक कर सोचिए | आगे मत बढ़िए | यदि आप वयस्क हो चुके हैं,अपने पैरों पर खड़े हैं और यदि परिजनों की बातों मे दम या तर्क नहीं है, तो उन्हे कुछ समय दीजिए | शादी स्थगित कीजिए और इंतजार कीजिए |

कई बार शुरू-शुरू में विरोध करने के बाद वे आगे चलकर वे मान जाते हैं | प्रेम के मामले में हर समय विजय प्राप्त करना आसान नहीं और संभव भी नहीं |

मैं नहीं मानता की प्रेम-विवाह ज्यादातर असफल होते हैं| अरेंज मैरिज भी असफल होते हैं | फर्क केवल इतना है कि जब प्रेम-विवाह असफल होते हैं तो आप परिजनों को दोष नहीं दे सकते |

जो प्रेम विवाह करते हैं उनमे इतनी हिम्मत जरूर होती है कि स्वयं की खुशी के लिए सामाजिक मान-मर्यादा को तोड़ने में वो नहीं हिचकते इसलिए जब उनके वैवाहिक जीवन में कभी ऐसा महसूस होता है कि वो इस रिश्ते से खुश नहीं है तो वे तलाक लेने से भी नहीं हिचकिचाते | इनके मुकाबले पारिवारिक सहमति से शादी शुदा युगल तलाक जैसा निर्णय लेने में सामाजिक मान -मर्यादा के चलते थोड़ा झिझकेगा | पारिवारिक सहमति से तय किए गए रिश्तों में परिवार-समाज के लोग एक गारंटर के रूप में कार्य करते हैं |इसलिए जब कभी एक सामान्य युगल के वैवाहिक जीवन में कोई तकरार या अनबन होती है तो ये गारंटर लोग इस तकरार या अनबन को बढ़ाते नहीं, बल्कि उनके बीच की दूरियों को कम करते हैं | सीधे शब्दों में कहें तो ये लोग मैरिज काउन्सलर की

भूमिका निभाते हैं | इसके विपरीत मामले में इन लोगों की भूमिका बदल जाती है | प्रेमी जोड़े के मामले मे तकरार और अनबन को बढ़ावा देना ही इनका मुख्य कार्य हो जाता है |और सारी समस्याओं का समाधान इन्हे तलाक मे ही दिखता है | प्रेम विवाह करने वाले आम तौर पर अपने इस निर्णय से बहुत से लोगों को दुखी करते हैं |इसलिए चाहे अनचाहे इस नए रिश्ते में एक प्रकार की जो नकारात्मक ऊर्जा समाहित हो जाती है वो भी प्रेम-विवाह को असफल बनाने में कहीं ना कहीं अपना योगदान देती है |

एक और बात | बहुत सी अरेंज मैरिज चाहे सफल नजर आयें , लेकिन अंदर ही अंदर दंपति खुश नहीं होते और आजीवन एक दूसरे को झेलते रहते हैं, बच्चों और परिवार के सदस्यों की खुशी और सामाजिक प्रतिष्ठा के लिए | हमें व्यवस्था को दोषी नहीं ठहराना चाहिए | दो समझदार इंसान आपस में शादी करके खुश रह सकते हैं चाहे वह लव मैरिज हो या अरेंज मैरिज |

प्रेम विवाह या ब्रह्म विवाह यह ऐसा विषय है जहाँ परस्पर विरोधी विचारधाराएं हैं | लोग एक दूसरे को गलत ठहराने के लिए तर्क देते नहीं थकते | खैर हर एक की सोच का अपना एक महत्व है | पर ना प्रेम -विवाह बुरा है ,ना ही ब्रह्म विवाह | सीधी सच्ची बात है- आप वयस्क हैं , समझदार हैं , पैरों पर खड़े हैं ,आपकी भावनाओं और चुनाव पर आपका पूरा विश्वास है | आप अपने घर को चलाने के काबिल हैं, जिसे जीवनसाथी बनाना चाहते हैं वह आपके जीवन में बाकी रिश्तों को सहेजने और उनकी इज्जत रखने की क्षमता रखता है तो प्रेम पर विवाह की मोहर लगाएं | अगर इनमें से एक भी तत्व कम है तो वह आपके जीवन में तूफान मचाएगी | ऐसी गलती से बचना चाहिए | आसपास की दो घटनाओं से यह बात स्पष्ट होगी |

पहली घटना

हमारी कॉलोनी की एक ग्यारहवीं कक्षा में पढ़ने वाली लड़की की है | उसकी उम्र 16 साल थी, हमारे घर पर आकर हमारे फोन से सहेलियों से गप्पे लगाती थी | कुछ दिनों बाद मुझे एहसास हो गया था कि यह सब कुछ ठीक नहीं चल रहा है | मैंने उसकी मां को फोन किया कि अपनी बेटी पर नजर रखें | वह इस बात से मुझसे बहुत नाराज हो गई और हमारे घर

अपनी बेटी को आने से मना कर दिया | लड़की की मम्मी बहुत ज्यादा स्ट्रिक्ट थी | उसने अपनी लड़की की बुरी तरह से पिटाई भी कर दी |

कुछ दिनों बाद एक दिन सुबह सुबह खबर मिली कि वह स्कूल जाते समय एक 17 साल के लड़के के साथ भाग गई | शाम को जब वह स्कूल से वापस नहीं आई तभी सबको पता चला | सुनकर हम सब लोग सन्न रह गए | उसके मां-बाप का रो-रोकर बुरा हाल था | सारी रात हम लोगों ने भी उनके साथ रोते बिताई | लड़की लड़के का जल्दी पता लगा लिया गया और बहुत मुश्किल से उन्हे घर वापस लाया गया यह कहकर कि उनकी शादी करवा दी जाएगी |

लड़की के मां-बाप महीनों घर से नहीं निकले | माँ को दिल की बीमारी हो गई | पिता बिजनेस करने की हिम्मत ही खो बैठे और परिवार बर्बाद हो गया |

लड़का कुछ दिनों बाद किसी और राज्य में पढ़ने चला गया | आज दोनों एक दूसरे से नफरत करते हैं और लड़की को देखकर लोग इशारों इशारों में बातें करते हैं | खैर यह नादानी में हुई एक गलती थी, जिसकी सजा इतने लोगों ने पाई | ऐसे प्रेम से किसी को क्या हासिल ? इसीलिए मां-बाप लड़की के पैदा होने से डरते हैं |उनका विवाह भी हो जाता तो क्या अंजाम होता ? कोई भी सोच सकता है , सारी उम्र की दुख तकलीफ, लड़ाइयाँ, फिर ऐसे प्रेम-विवाह की चिड़िया कुछ महीनों में फुर्र हो जाती है |

दूसरी घटना

मेरे दोस्त के परिवार की है, जहाँ कोई लव मैरिज नहीं हुई थी | जब मेरे दोस्त के भाई ने घर पर बताया कि वह अमुक लड़की से शादी करना चाहता है तो उसका सारा परिवार उसके खिलाफ हो गया और कहा “ऐसी बातें हमारे घरों में नहीं होती“ |दोस्त का भाई डिप्रेशन में चला गया | मैं और मेरे एक दोस्त के माता-पिता ने लड़के का साथ दिया | लड़की के परिवार से मिले, लड़की से मिले | घर पर आकर ऐलान किया कि जिसे आना हो शादी में आ जाए, मैं अकेले ही संभाल लूँगा | यह शादी होकर रहेगी | शादी हो गई | आज वह लड़की मेरे दोस्त के घर की सबसे अच्छी बहू है | सब तारीफ करते नहीं थकते |

सबसे बड़ी बात है –प्रेम विवाह हो या ब्रह्म विवाह दोनों अपने आप में गलत नहीं है |बस लड़का हो या लड़की उसके काबिल होना चाहिए | एक लड़की जब विवाह के पश्चात ससुराल आती है, उसके लिए सारे रिश्ते फर्ज और जिम्मेदारी के होते हैं | उनसे कैसे जुड़ना है, उन्हे कैसे संभालना है, इज्जत करनी है और करवानी है यह लड़की को पता होना चाहिए |

अगर निभाने की चाहत एवं एक दूसरे का ख्याल है तो कोई भी विवाह सफल है|अगर यह नहीं तो हर विवाह असफल है | खैर अब वक्त के साथ साथ प्रेम विवाह को स्वीकार किया जाने लगा है लेकिन उसके पीछे भी आर्थिक आत्मनिर्भरता ज्यादा काम करती है |

भारत में ज्यादातर पारंपरिक विवाह होते है,क्योंकि विवाह करते समय सिर्फ भावनाओं का ख्याल नहीं रखा जाता| लड़का व लड़की का बैकग्राउंड ,सामाजिक स्तर, पारिवारिक सहमति, चरित्र, धार्मिक विश्वास, यह सब भी बहुत मायने रखता है और बाद की जिंदगी में महत्वपूर्ण भूमिका निभाता है | अतः विवाह संबंधी फैसला सोच समझ कर लेना चाहिए | परिवार के लोगों को भी चाहिए कि अगर लड़का और लड़की सच में एक दूसरे के प्रति गंभीर हैं, साथ में जीवन बिताना चाहते हैं तो उनके प्रेम को जरूर स्वीकार करना चाहिए| इसमें अपने झूठे अहम या समाज के डर को लाने की जरूरत नहीं, यह आपके बच्चों की जिंदगी का सवाल होता है |

भारतीय माता-पिता प्रेम विवाह के खिलाफ क्यों हैं ?

अगर कुछ अपवादों को छोड़ दिया जाए तो हर मां-बाप अपने बच्चों के प्यार के दुश्मन नहीं होते हैं |माता-पिता के भी कुछ सपने होते हैं,और होती हैं बहुत सारी भावनाएं अपने बच्चों के उज्ज्वल भविष्य के लिए | लेकिन जवान होते ही ये संतान इन सब बातों को दरकिनार करते हुए अपने खुद के ही सपने बुनने में तल्लीन हो जाते हैं |

हर इंसान को अपनी खुद के सपने देखने और पूरे करने का अधिकार होता है लेकिन उसके साथ-साथ कुछ जिम्मेदारियाँ भी होती हैं जिन्हे निभाना हर संतान का धर्म भी होता है |जीवन के उतार चढ़ाव का जो अनुभव माता पिता के पास होता है वह अनुभव समय के साथ ही आता

है, जो की कच्ची उम्र में देखने को भी नहीं मिलता है | कभी कभी बच्चे अपने जवानी के प्यार में बशीभूत होकर उन चीजों को देख ही नहीं पाते हैं जो उनके पूरे जीवन को तबाह कर सकती हैं |लेकिन अपने माता पिता द्वारा समझाने या आगाह करने पर उनको ऐसा लगने लगता है कि वो उनके प्रेम विवाह के फैसले से नाखुश हैं | जबकि वो चिंतित रहते हैं अपने बच्चों के भविष्य को लेकर |

जैसे हर सिक्के के दो पहलू होते हैं उसी प्रकार हमेशा प्रेम -विवाह का फैसला लेने वाले युगल गलत ही हों यह भी जरूरी नहीं होता है |

सोचने वाली बात यह है, क्या कारण है कि माता पिता अपने बच्चों के प्रेम विवाह का फैसला लेते ही अक्सर असहज हो जाते हैं ?इनमें से कुछ कारण हैं –

1. अपने ही गोत्र की लड़की या लड़के का होना |
2. अलग-अलग धर्म होना |
3. दोनों की उम्र में बहुत अधिक अंतर होना |
4. दोनों मे से किसी एक का पहले से शादी-शुदा होना |
5. अपने ही किसी नजदीक के रिश्ते की लड़की या लड़के से प्रेम कर बैठना, जिस रिश्ते में शादी का सोचना भी अनैतिक हो |
6. पहले से कोई पारिवारिक द्वेष होने के कारण नया रिश्ता बनाने पर किसी अनहोनी के होने की आशंका होना |
7. दोनों परिवारों की सामाजिक प्रतिष्ठा में अंतर होना |
8. परिवारों के संस्कारों में असमानता होना |

इनमें से कुछ कारण ऐसे हैं जिन पर आपत्ती होना जायज लगता है ,लेकिन अधिकतर कारण केवल झूठी शान से जुड़े हुए हैं और इसी वजह से हम यह मान बैठे हैं की सभी भारतीय माता-पिता अपने बच्चों के प्रेम विवाह के फैसले के विरोध में खड़े हो जाते हैं |

प्रेम विवाह सफल क्यों नहीं होते ?

प्रेम विवाह तो पहले से एक दूसरे को अच्छी तरह समझने वाले लड़का और लड़की के बीच होता है | तो फिर ऐसी शादियों के टूटने का प्रतिशत बढ़ क्यों रहा है ,आइए जानते हैं |

विवाह से पहले एक दूसरे को पाने की चाह में जो युगल समाज तथा परिवार के विरुद्ध जाने से भी संकोच नहीं करते,अचानक विवाह होते ही या उम्र के किसी भी पड़ाव में एक दूसरे से आखिर अलग होने का निर्णय क्यों कर लेते हैं? यह बहुत चिंतनीय विषय है, क्योंकि पहले के जमाने के विपरीत आधुनिक समय में अधिकतर विवाह युवाओं द्वारा स्वेच्छा से किए जा रहें हैं | माता-पिता द्वारा पारंपरिक सुनियोजित विवाह को उनके द्वारा नकारा जा रहा है | इनके असफल होने के कई ठोस कारण है :-

1. प्रेम विवाह बॉलीवुड की ही देन है, जहाँ जीवन साथी ढूंढते समय न उम्र की परवाह होती है न जाति के बंधन की | जिस रफ्तार से प्रेम विवाह का फैसला यहाँ लिया जाता है उसी रफ्तार से तलाक भी हो जाता है| 'तू नहीं और सही' यह सोच पूरे बॉलीवुड को अपनी गिरफ्त में लिए हुए है, जिस के प्रभाव से साधारण युवक –युवतियाँ भी अछूती नहीं है | यह तो सर्वविदित है कि फिल्मों के नायक नायिका की जीवन शैली उन्हे बहुत जल्दी प्रभावित करती है, क्योंकि वे उनके आदर्श होते हैं |

बॉम्बे हाई कोर्ट ने एक केस के संदर्भ में 2012 में बताया था कि अरेंज्ड मैरिज के बजाय प्रेम विवाहों में तलाकों की संख्या कहीं ज्यादा है | 1980 से प्रेम विवाह के चलन ने जोर पकड़ा | उससे पहले प्रेम की अभिव्यक्ति ही इतनी कठिन थी कि परिवार वालों के सामने जाहिर होने से पहले ही वह कहीं और रिश्ता जुड़ने के कारण दम तोड़ देती थी | प्रेम विवाह का चलन अभी महानगरों तक ही सीमित है | अभी छोटे शहरों और गांवों में इसे समाज द्वारा मान्यता नहीं मिली है | भारत के कई गांवों में यह स्थिति भी देखने को मिल जाती है कि परिवार वालों को पता लगने पर समाज में अपने मान सम्मान को बचाने के लिए माता-पिता अपने बच्चों की हत्या करने से भी गुरेज नहीं करते | इसे "ऑनर किलिंग" का नाम दिया गया है |

2. प्रेम जिस की परिणति विवाह में होती है वह वास्तव में प्रेम नहीं होता, महज शारीरिक आकर्षण होता है| प्रेम और विवाह सिक्के के दो पहलू होते हैं | कोई जरूरी नहीं कि एक प्रेमी अच्छा पति भी साबित हो या एक प्रेमिका अच्छी पत्नी साबित हो | विवाह के पहले एक ही

व्यक्ति के गुणों पर रीझ कर उसके साथ जीवनयापन का निर्णय करते हैं, लेकिन भारत में विवाह के बाद पत्नी को पति के सारे परिवार से तालमेल बना कर चलना पड़ता है |पति को भी पत्नी के साथ अपने परिवार की जिम्मेदारी निभानी होती है |

प्रेम विवाह तभी सफल होता है जब इस का आधार त्याग, प्रतिबद्धता, समर्पण, समझौता हो जो कि प्रायः आधुनिक युवावर्ग में देखने को नहीं मिलता है| इसलिए विवाह के पहले देखे गए दिवास्वप्न विवाह के बाद धराशायी होते देख कर पत्नी विद्रोह करने लगती है जिसका परिणाम होता है –तलाक |

3. आधुनिक लड़कियां पढ़ लिख कर आर्थिक रूप से आत्मनिर्भर और अपने अधिकारों के प्रति जागरूक हो गई हैं | इसका सकारात्मक प्रभाव के साथ नकारात्मक प्रभाव यह पड़ रहा है कि वे असहनशील होने के साथ साथ अभिमानी भी हो रही हैं, जो कि सफल वैवाहिक जीवन के लिए घातक है |

4. आधुनिक युवावर्ग अपनी वैयक्तिकता को प्राथमिकता देता है और किसी भी प्रकार का समझौता करने से कतराता है, जो कि वैवाहिक जीवन का आधार है |इसी कारण केरल राज्य में तलाकों की संख्या सब से अधिक है | वहाँ के लोगों की सोच है कि हर व्यक्ति को विवाह करना ही क्यों चाहिए ?

5. अमेरिका और कनाड़ा के साथ साथ कई पश्चिमी देशों के लोग भी अपनी व्यक्तिगत स्वतंत्रता को प्राथमिकता देते हैं | आजकल हमारे युवा भी या तो उन देशों में नौकरी के कारण वहाँ जा कर बस गए हैं या फिर भारत में रह कर विदेशी कंपनियों में नौकरी कर रहे हैं| इसलिए वहाँ के लोगों के वैवाहिक जीवन का हमारी युवा पीढ़ी पर भी बहुत प्रभाव पड़ रहा है | मगर वे भूल जाते हैं कि भारत के विपरीत वहाँ के युवा न तो परिवार और न ही समाज के प्रति उत्तरदायी होते हैं |

15-16 साल की उम्र के बाद ही न वे माता-पिता के प्रति कर्तव्यों के लिए बाध्य होते हैं और न ही माता-पिता का उनके प्रति कोई कर्तव्य शेष रह जाता है | उन्हे समाज क्या कहेगा, इस का उन्हे कतई भय नहीं होता है | अब तो भारत में भी तलाक लेना आसान हो गया है

खासकर महिलाओं के लिए |भारतीय दंड संहिता की धारा 498A के अंतर्गत महिलायें ससुराल पक्ष पर शारीरिक या मानसिक प्रताड़ना का आरोप लगा कर बहुत आसानी से उनसे छुटकारा पा लेती हैं | हाँ ,इसका महिलाओं द्वारा दुरुपयोग करने के कारण देश की सर्वोच्च अदालतों ने इस अपराध को कुछ हालातों में जमानती अपराध माना है |अब ससुराल पक्ष वालों को जमानत मिलने लगी है |

6. समाज में दिन प्रतिदिन तलाकों की संख्या में बढ़ोत्तरी भी युवावर्ग को तलाक लेने के लिए प्रेरित कर रही है | 'दोस्त तलाक ले सकता है तो मैं क्यों नहीं ?' शायद दूसरा पार्टनर इससे बेहतर मिल जाए, यह सोच युवावर्ग पर हावी है |

7. प्रेम विवाह अधिकतर बिना सोचे समझे, अपनी मर्जी से होता है, इसलिए उसे अपनी मर्जी से तोड़ना भी बहुत आसान लगता है, क्योंकि समाज या परिवार का उन पर किसी प्रकार का दबाव नहीं होता |

8. लिव इन रिलेशनशिप भी प्रेम विवाह का ही एक रूप है, महानगरों में इस का चलन खूब जोर पकड़ रहा है | इसमें लड़के लड़कियां अपने परिवार को सूचित किए बिना ही स्वेच्छा से एक दूसरे के साथ रहते हैं और आवश्यक नहीं कि साथ रहते हुए वे विवाह के बंधन में बंध ही जाएँ | उन्हे रिश्ता टूटने पर तलाक लेने के लिए किसी कोर्ट का दरवाजा खटखटाने की आवश्यकता नहीं होती है यानी बंधनरहित विवाह में यह बहुत सुखदायी रिश्ता लगता है |लेकिन यह तभी तक ठीक है, जब तक दोनों में तालमेल है, क्योंकि समाज और परिवार की मानसिकता इस रिश्ते की स्वीकृति नहीं देती और उन का सहयोग न मिलने के कारण एक के भी द्वारा रिश्ता तोड़ने पर दूसरा भावनात्मक रूप से आहत हो कर अवसाद में चला जाता है | आत्महत्या तक करने को मजबूर हो जाता है |

सन 2005 में साउथ की प्रसिद्ध अभिनेत्री खुशबू के लिव इन रिलेशनशिप और विवाह से पहले शारीरिक रिश्ता रखने के समर्थन में साक्षात्कार में खुलेआम बोलने पर विरोधियों का कहना था कि इस से हमारे समाज की लड़कियों पर बुरा असर पड़ेगा | अतः उनके विरोध में 22 एफ आई आर दर्ज होने के बाद खुशबू द्वारा केस दर्ज करने के संदर्भ

में सुप्रीम कोर्ट ने कहा था कि यदि कोई स्त्री और पुरुष साथ रहना चाहते हैं तो उस का विरोध क्यों हो ? ऐसा कर के वे क्या अपराध कर रहे हैं ? यह लोगों की मानसिकता के अनुसार गलत हो सकता है, लेकिन गैरकानूनी नहीं |संविधान के आर्टिकल 21 में दिए गए मौलिक अधिकार 'स्वतंत्रता से जीने का अधिकार' के अंतर्गत यह आता है | यह उन का व्यक्तिगत मामला है |

प्रेम विवाह की तरह 22 मई 2013 को सुप्रीम कोर्ट ने लिव इन रिलेशनशिप को भी विवाहित रिश्ते के समान वैधानिक घोषित कर दिया था |

तलाक लेने के लिए कानूनन हमारे हित को ध्यान में रख कर ही बनाया गया है, लेकिन उपयोग के स्थान पर उस का दुरुपयोग भी धड़ल्ले से हो रहा है | मानसिक या शारीरिक रूप से प्रताड़ित होने पर ही तलाक लेना उचित है | छोटी छोटी बातों को तूल देकर या कोई दूसरा पसंद आ जाए तो तलाक लेने का परिणाम कभी सुखद नहीं हो सकता | विवाह चाहे किसी भी प्रकार का हो उस की नींव आपसी समझदारी और समझौते पर ही टिकी होती है |

पश्चिमी देशों के विपरीत हमारे देश में वैवाहिक जीवन में परिवार का जो सहयोग मिलता है वह उसे सफल बनाने के लिए बहुत आवश्यक है |

विवाह सामाजिक बंधन के रूप में ही ठीक है, बिना बंधन के वह बिना पतवार की नौका के समान है, जिस की कोई मंजिल नहीं होती | यहाँ मैं प्रेम-विवाह का विरोध नहीं कर रहा हूँ ,लेकिन इसे सफल बनाने के लिए सुधारात्मक कदम उठाने अति आवश्यक हैं |

माता-पिता को अपने बच्चों की भावनाओं को समझ कर उन की पसंद को स्वीकार करते हुए सहयोगात्मक प्रतिक्रिया देनी चाहिए | उन के मार्गदर्शन से ही बच्चों के वैवाहिक जीवन में ठहराव और अनुशासन की कल्पना की जा सकती है |

प्रेम-विवाह का आधार प्रेम है | पर सवाल यह है कि सच्चा प्रेम क्या है ? सच्चे प्रेमी की पहचान कैसे करें ?

सच्चे प्रेम को वर्णित कर पाना मुश्किल है,क्योंकि सच्चा प्रेम उस सागर की गहराई की भांति है जिसको मापा नहीं जा सकता जो इतना

गहरा है की उसको जानने के लिए पहले प्रेम में डूबना होगा |

हम हमेशा देखते हैं की मनुष्य हो या जानवर सभी को असीम प्रेम की जरूरत होती है | एक माँ अपने बच्चे को निस्वार्थ स्नेह करती है,वह उस मां का सच्चा प्रेम है, उसी तरह जो भी सच्चे प्रेमी है उनका प्रेम निस्वार्थ होता है, मात्र आई लव यू बोल देना ही किसी से प्रेम नहीं होता, सच्चे प्रेम के लिए जरूरी है की उस व्यक्ति का सम्मान करें, उसकी देखभाल करें, उसका सहारा बने यही सच्चे प्रेम की निशानी है |

अक्सर देखा गया है कि लोग कुछ पल बिताए हुए लम्हों को ही सच्चा प्यार समझ लेते है, या किसी की सुंदरता से आकर्षित होकर व व्यक्तित्व से प्रभावित होकर उसी को सच्चा प्यार मानते है, परंतु इसे प्रेम नहीं कहते बल्कि इसे वासना की भूख, आकर्षण या पसंद कहते हैं | जबकि प्रेम और पसंद में अंतर होता है |

कैसे जाने कि आपका प्रेमी आपसे सच्चा प्रेम करता है या नहीं ?

यदि आप किसी से सच्चा प्रेम करते हैं, पर आप इस बात को लेकर चिंतित हैं कि आपका प्रेमी आपसे सच्चा प्रेम करता है या नहीं तो उसे जानने के लिए निम्न बातों व तथ्यों को जानना होगा | यदि आपके प्रेमी/प्रेमिका में ये सब गुंण हैं तो आप इस दुनिया के भाग्यशाली इंसानों में से एक हैं जिनको सच्चा प्यार मिला है :

1. सम्मान करना : मान-सम्मान सभी के लिए उन आभूषणों की तरह है जो बहुत ही कीमती है |यदि आपका प्रेमी आपका अत्यधिक सम्मान करता है व आपके साथ-साथ अन्य व्यक्तियों का भी उसी तरह सम्मान करता है तो वह व्यक्ति आपसे असीम प्रेम करता है |यदि आपका प्रेमी/प्रेमिका आपको प्यार तो जताता है परंतु सम्मान नहीं करता व बात बात पर आपको अपमानित करता है या चरित्र पर लांछन लगाता है तो भी वह व्यक्ति आपको जिंदगी में कभी खुश नहीं रख पाएगा | सच्चे प्रेम की नींव सम्मान है | महिलाओं को देखा गया है की वह अत्यधिक भावुक स्वभाव की होती हैं |बिना सोचे समझे भरोसा कर लेती हैं, और जब उनको मान-सम्मान नहीं मिलता तो भी यही 'सच्चा प्यार' है कहकर समझौता कर लेती हैं, और फिर जिंदगी भर उनको ऐसे इंसान के साथ रहना पड़ता है जो उनकी इज्जत नहीं कर पाता | इसलिए

जरूरी है की ऐसे इंसान को चुनें जो खुद से ज्यादा आपका सम्मान करे| ऐसे व्यक्ति के साथ ही आप जिंदगी भर खुश रह पाएंगे |

2. भरोसा करना : सच्चे प्रेम के लिए जरूरी है कि दोनों प्रेमी/प्रेमिका एक दूसरे पर भरोसा करें, वो ही रिश्ता सबसे मजबूत होता है जिसमे भरोसा हो | यदि आपके प्रेमी/प्रेमिका को आप पर भरोसा नहीं है, तब वो सच्चा प्यार नहीं है | ज्यादातर देखा गया है की लड़का हो या लड़की हर छोटी से छोटी बात मे शक करते हैं जैसे किससे फोन पर बात कर रही थी /रहे थे, किसके साथ गई/गए थे, इस तरह के प्रश्न कर के शक करे तो वह सच्चा प्रेम नहीं है| सच्चा प्रेम आप पर शक करने के बजाय आप पर भरोसा करेगा |

3. देखभाल करना : सच्चे प्रेमी एक दूसरे की परवाह करते हैं | इससे आपसी विश्वास गहरा होता जाता है |यदि कभी प्रेमी/प्रेमिका किसी बुरे वक्त से गुजर रहे होते हैं तब सच्चा प्रेम आपका साथ देता है | आपको विश्वास दिलाता है की वो हर हाल में आपका साथ देगा, आपकी परवाह उस मां की तरह करता है जो किसी भी कीमत पर अपने बच्चे को मुसीबत में अकेला नहीं छोड़ सकती |

4. सहारा देना : सच्चा प्रेम आपको हर बात के लिए सहारा देगा | यदि आप अपने जीवन में अपने तरक्की के लिए जो भी सपने देखते हैं , सच्चा प्रेम आपके सपनों को खुद के सपने समझकर आपको सहारा देगा व इसके अलावा सच्चा प्रेम आपको जीवन के हर सुख दुख में सहारा बनेगा | सच्चा प्रेमी आपको बुरे वक्त में साथ देगा | यदि आप बीमार हैं या कोई ऐसी घटना घटित होती है आपके साथ तब आपका सच्चा प्रेम आपको छोड़ेगा नहीं बल्कि आपके हर कदम पर आपसे कहेगा घबराओ मत मैं हूँ ना सब ठीक हो जाएगा |यदि आपका प्रेमी आपको सहारा नहीं देता तो आप समझ जाइए की उसका प्रेम स्वार्थी है |निस्वार्थ प्रेम आपको खुशी देखेगा ,आपके सपने पूरे करेगा |

5. हमेशा सच बोलना : सच्चा प्रेम आपसे हमेशा सच ही बोलेगा | यदि किसी प्रेमी या प्रेमिका का कोई भी अतीत रह चुका हो तब उसका यह कर्तव्य है की अपने साथी को सभी बातें बता देनी चाहिए | यदि आपको यह भय है की आपका प्रेमी या प्रेमिका सच सुनने के बाद आपको

छोड़ देगा तो आप इस बात से बिल्कुल भयभीत मत हों क्योंकि सच्चा प्यार किसी भी कीमत पर आपको छोड़ नहीं सकता | आप अपने डर पर काबू पाकर अपने साथी को सभी सच्चाई बता दीजिए | यदि आपका प्रेमी या प्रेमिका सच्चा प्रेम नहीं करता तभी आपको छोड़ेगा वरना नहीं |

6. त्याग करना : यह पंक्ति तो हम सभी प्राचीन काल से सुनते आ रहे हैं की सच्चा प्यार त्याग या बलिदान माँगता है | यदि आपका प्रेमी/प्रेमिका आपको किसी भी कीमत पर खोना नहीं चाहता तो आपको पाने के लिए कोई भी त्याग कर सकता है | तब आपका प्रेम अत्यधिक गहरा है, जो व्यक्ति सिर्फ अपने बारे में या समाज के डर के बारे में सोच कर त्याग नहीं कर सकता वह व्यक्ति आपसे प्रेम नहीं कर सकता |

7. प्रेम में झुक जाना : गलती किसी की भी हो पर एक सच्चा प्रेमी/प्रेमिका रिश्ते को बचाने के लिए खुद झुक जाता है ताकि रिश्ता कायम रह सके | वहीं एक सच्चे साथी का कर्तव्य है की वह आपको किसी भी कीमत पर झुकने न दे और आपके झुकने से पहले आपको संभाल ले और उसी मजबूती और विश्वास के साथ खड़ा रहे जैसे एक सच्चे प्रेमी/प्रेमिका को होना चाहिए |

8. समाज के सामने अपने प्रेम को स्वीकारना : सच्चा प्रेम समाज के सामने अपने प्रेम को स्वीकार कर लेता है व ऐसे व्यक्ति जो समाज के सामने अपना प्रेम स्वीकार नहीं करते परंतु अकेले में असीम प्यार जताते हैं उनका प्रेम सच्चा नहीं होता |

9. मदद करना : सच्चा प्रेम आपकी हर तरह से मदद करेगा, आपके साथ दूसरों की मदद के लिए भी तैयार रहेगा | कभी भी किसी भी कीमत पर आपको एहसान नहीं जताएगा कि मैंने आपके लिए ये सब किया, क्योंकि सच्चे प्रेम का कर्तव्य है की अपनी जिम्मेदारियों को निभाए, और जिम्मेदारियों को निभाने के लिए एहसान जताने की जरूरत नहीं पड़ती |

10 . आजादी देना : सच्चा प्रेम आप पर कोई भी पाबंदी नहीं लगाएगा | आपको स्वतंत्र छोड़ देगा क्योंकि आजादी सभी को प्रिय है | यदि आपका प्रेम सच्चा है तो आपको छोड़कर कहीं नहीं जाएगा| अपने प्रेम को आजादी की उड़ान के लिए पंख दे,अपने प्रेम को एहसास दिलाएं कि

अपनी जिंदगी खुल कर जियो| आप स्वतंत्र पंछी की तरह हैं | बंधन लगा कर किसी का प्यार हासिल नहीं कर सकते, यदि प्रेम करते हैं तो सच्चे दिल से कीजिए ,उसको आजाद छोड़ दो जो आपका है वो कहीं नहीं जाएगा पर जो आपका नहीं है वो किसी कीमत पर आपका नहीं होगा |

11 आपके लिए वक्त निकालना : सच्चा प्रेम कितना भी व्यस्त क्यों न हो पर वो आपके लिए वक्त निकालेगा,यह आधुनिक समय है जिसमे वक्त की कीमत बहुत ज्यादा है, फिर भी आपका प्रेमी आपके लिए उचित वक्त निकालकर आपसे बात करे, आपका हाल-चाल जाने ,आपके साथ कुछ वक्त बिताए ताकि आप एक दूसरे को अच्छी तरह से जान लें |

12. पैसे से प्यार न तौलें : सच्चा प्रेम आपको कभी भी पैसे से नहीं तौलेगा वह आपको कम पैसों के बिना भी एक अच्छी जिंदगी दे सकता है | आप पैसे के दम पर कभी किसी का प्रेम हासिल नहीं कर पाएंगे, या जो भी ऐसी लड़कियां या लड़के जो अपने पार्टनर का पैसा देख कर उनसे प्रेम करते हैं वह प्रेम नहीं होता बल्कि एक लालच होता है और ये लालच बहुत जल्दी खत्म हो जाता है |जब आप बिना पैसे देखे किसी से दिल की गहराइयों में जाकर असीम प्रेम करते हैं तब आपका सच्चा प्रेम कभी खत्म नहीं हो सकता क्योंकि प्रेम एक ऐसी धारा है जो सिर्फ बहती रहती है उस धारा को कोई नहीं रोक सकता |

यदि आपके पार्टनर में उपरोक्त गुण हैं तो आप इस दुनिया के उन भाग्यशाली इंसानों में से हैं, जिनको सच्चे प्रेम की अहमियत पता है, ऐसे इंसानों को किसी भी कीमत पर न छोड़ें, क्योंकि आपको ऐसा प्रेम मिला है तो आपने एक अच्छा और सच्चा हमसफ़र चुन लिया है, अपने निर्णय पर गौरवान्वित महसूस करें |

क्या सच्चे प्रेम में जाति और धर्म देखना चाहिए ?

सच्चा प्रेम सभी जाति व धर्मों से सर्वोपरि है| सच्चा प्रेम कोई भी जाति या धर्म नहीं देखता क्योंकि सच्चा प्रेम उस पानी की धारा की भांति है जो रास्ते देखे बिना बहता है | यदि आप किसी से प्रेम करते हैं और वह व्यक्ति भी आपको सच्चा प्रेम करता है तब आप उसकी जाति या धर्म मत देखिए केवल उसका असीमित प्रेम देखिए | जाति, धर्म ,कुल ईश्वर ने नहीं बनाए | ये इंसान के बनाए हुए हैं | इसलिए इन सबको न

देखते हुए आप अपना प्यार चुनिये | समाज के डर से आप अपने प्रेम को मत छोड़िए क्योंकि समाज आपके उस वक्त साथ नहीं होगा जब आपको सच्चे प्रेम की जरूरत होगी | जीवन आपको अपने हमसफ़र के साथ व्यतीत करना है समाज के साथ नहीं | इसलिए यदि जब भी आपके मन में यह डर उत्पन्न हो तब आप अपने भविष्य के बारे में सोचिए की समाज आपको क्या दे पाएगा और आपका सच्चा प्रेमी आपको क्या दे पाएगा|

प्रेम करना कोई पाप नहीं है | अपना हमसफ़र उसे चुनें जिसके साथ आप खुश रह सकें | अपनी जिंदगी के साथ समझौता मत कीजिए क्योंकि सच्चा प्यार बार बार नहीं मिलता| आपको पति/पत्नी मिल जाएंगे पर जरूरी नहीं वो आपको वही प्यार दे |

क्या प्रेम प्राप्ति के लिए धर्म परिवर्तन करना चाहिए ?

सच्चा प्रेम आपको किसी भी बात के लिए बाध्य नहीं करेगा | आप जैसे हो वैसे ही आपको स्वीकार करने को तैयार होगा | सच्चा प्रेम आपको परिवर्तित होने के लिए कदापि नहीं बोलेगा| यदि परिस्थितियाँ ऐसी हो जिससे आपको अपने प्रेम को बचाने के लिए धर्म परिवर्तन करना पड़े तब प्रेम प्राप्ति के लिए धर्म परिवर्तन करने में कोई बुराई नहीं है | यह इस बात का प्रमाण है की आपका प्रेम धर्म से बढ़कर है | आपने अपने प्रेम के सामने धर्म को छोटा कर दिया और इंसानियत के साथ-साथ प्रेम को महत्व दिया है |

क्या माता-पिता की खुशी के लिए प्रेम को छोड़ देना चाहिए ?

मात-पिता का स्थान भगवान के समान होता है | माता-पिता बच्चों का कभी बुरा नहीं सोचते, उनकी यही इच्छा होती है कि हमारे बच्चे किसी गलत इंसान को हमसफ़र न चुन लें, परंतु यदि आपका प्रेम सच्चा है, आपने हर तरह से अपने प्रेम को परख लिया है और आपको विश्वास है कि आपका प्रेम आपको कभी नहीं छोड़ सकता, और आप सिर्फ अपने प्रेम के साथ ही जिंदगी में खुश रह पाएंगे, तब आप अपने माता-पिता व परिवार को समझाएं व उनको अटूट विश्वास दिलाएं कि आप सिर्फ उसी इंसान के साथ खुश रह पाएंगे| माता-पिता के साथ आप 30 साल या इससे कम या ज्यादा की उम्र तक साथ रह सकते हैं परंतु आगे

आपको अपने हमसफ़र के साथ रहना है, जो आपके बुढ़ापे से लेकर आपके अंतिम सफर तक आपके साथ रहता है | एक वक्त ऐसा आता है जब आपके माता-पिता, भाई-बहन व परिवार आपका साथ नहीं दे पाते क्योंकि जिसके साथ आपका विवाह हुआ होता है, वही आपका जीवन-साथी माना जाता है |तब लड़कियों के मामले में उनका परिवार भी यही कहता है कि 'तेरा ससुराल ही तेरा असली घर है हम कुछ नहीं कर पाएंगे '|ऐसी परिस्थितियों में हमसफ़र के अलावा कोई साथ नहीं दे पाता है| इसलिए जब घर आपका होगा तब आपको यह अधिकार है कि अपना हमसफ़र अपनी मर्जी से चुने अपने माता-पिता को समझाएं | यदि फिर भी वो नहीं मानते तो आप अपने दिल की सुनिए अपने सच्चे प्रेम को मत छोड़िए |

2

प्रेम और विवाह

आचार्य रजनीश जिन्हे ओशो के नाम से भी जाना जाता है,वो सिर्फ भारत के नहीं बल्कि पूरी दुनिया के महान दार्शनिकों में से एक थे| प्रेम और विवाह के बारे में ओशो के प्रवचनों के कुछ अंश पाठकों की जानकारी के लिए इस अध्याय में शामिल किए गए हैं :-

प्रश्न : भगवान, मेरी शादी होने वाली है | क्या इससे मेरी सत्य की खोज कुंठित होगी, या इससे सहयोग मिलेगा ? प्रभु,, मुझे मार्गदर्शन दें |

ओशो : सत्यानाद भारती, सब तुम पर निर्भर है | इस जगत की कोई परिस्थिति निर्णायक नहीं होती, निर्णायक होती है तुम्हारी मनःस्थिति | समझदार तो नरक में भी परमात्मा को खोज लेते हैं ,और नासमझ स्वर्ग में भी उसे भूल जाते हैं | सब तुम पर निर्भर है |

सुकरात को किसी ने पूछा था कि मैं क्या करूँ, शादी करूँ या न करूँ ? और आपसे पूछने आया हूँ और बड़ी दूर से पूछने आया हूँ| क्योंकि सुकरात निश्चित ही अनुभवी था | शादी जिस स्त्री से हुई थी, पहुंची हुई स्त्री थी ! सुकरात को ऐसा सताया ! और कुछ न कुछ कारण तो सुकरात भी था | आखिर दार्शनिक पति के साथ रहना कोई आसान खेल नहीं है | सुकरात तो खोया रहता जीवन के रहस्यों में, पत्नी का उसे होश कहाँ था | तो पत्नी कुढ़ती होगी, नाराज होगी, परेशान होती होगी | पत्नी ईर्ष्या करती होगी इस दर्शनशास्त्र से | दर्शनशास्त्र तो उसे सौतेली पत्नी जैसा ही मालूम होता होगा कि सुकरात दर्शनशास्त्र में ज्यादा उत्सुक है ,मुझमें

कम| बैठता भी होगा पत्नी के पास तो सोचता होगा आकाश की | तो एकदम पत्नी का ही कसूर था,ऐसा कहना भी ठीक नहीं |

लेकिन पत्नी भी पहुंची हुई थी ! सुकरात जैसे अद्भुत व्यक्ति को भी उसने बहुत सताया | एक बार तो लाकर उबलती हुई चाय से भरी केतली सुकरात के ऊपर उंडेल दी | क्योंकि वह अपने शिष्यों से बात कर रहा था, चाय बनकर तैयार थी और वह तीन बार बुला चुकी थी कि अब आ भी जाओ, चाय पी भी लो ,ठंडी हुई जा रही है | जब सुकरात अपने शिष्यों से बातचीत में लगा ही रहा और आया नहीं, तो फिर उसने चाय ठंडी नहीं होने दी ! फिर गरम ही चाय लाकर उसके ऊपर उंडेल दी | कि अब ऐसे नहीं पीते , तो ऐसे पिओ | सुकरात का चेहरा सदा के लिए आधा जल गया सो आधा जला रहा, काला हो गया था | लेकिन सुकरात चुपचाप, कुछ बोला नहीं | पत्नी तो चली गई, क्रोध में, चाय उंडेल कर, सुकरात ने जहाँ बात टूट गई थी, वहीं से बात शुरू कर दी | एक शिष्य ने पूछा, आप कुछ कहेंगे नहीं यह पत्नी ने जो दुर्व्यवहार किया है ? सुकरात ने कहा, उसका कर्म वह जाने , वह सोचे , मेरा क्या लेना देना है ? और आधा चेहरा काला हो गया, इससे मेरी खोज में कुछ फर्क नहीं पड़ेगा |और परमात्मा मुझे कुछ इस कारण इनकार नहीं कर देगा | यह मामूली सी घटना है, ज्यादा सोचने की जरूरत नहीं है |

मगर तुम खयाल रखना, जो पति इतना ज्यादा निरपेक्ष हो कि पत्नी उस पर चाय भी उंडेल दे और वह कुछ न बोले, तो पत्नी और आगबबूला न हो जाए तो क्या करे? असहाय !

तो उस युवक ने कहा कि आपसे पूछने आया हूँ, आप अनुभवी हैं, शादी करूँ या नहीं ? सुकरात ने कहा,करो तो अच्छा ! उस युवक ने कहा, आप कहते हैं करो तो अच्छा ! मैं तो इस आशा में आया था कि आप निश्चित कहेंगे कि मत करो | मैं करना नहीं चाहता, सिर्फ आपका प्रमाणपत्र लेने आया था कि अपने मां -बाप को कह सकूँ | आप क्या कहते हैं ?

सुकरात ने कहा, इसलिए, कि अगर पत्नी अच्छी मिली, तो जीवन में सुख जानोगे, संगीत जानोगे , प्रेम जानोगे, रस जानोगे | और रस, प्रेम, संगीत, उत्सव जीवन की गहराइयों में जाने के द्वार हैं | और अगर

मेरे जैसी पत्नी मिल गई ,तो मेरी पत्नी तो अद्भुत है, फिर तुम्हारे अंदर वैराग्य का उदय होगा | वैराग्य भी परमात्मा को पाने का एक उपाय है | राग से भी उसी तरफ जाते लोग राग में डुबकी मार लेते हैं , परमात्मा को पाने का वह भी एक मार्ग है और वैराग्य से भी लोग जाते हैं | पत्नी बुरी मिली तो भी अच्छा, अच्छी मिली तो भी अच्छा |

सत्यानंद, तुम पर निर्भर है | बिना पत्नी के भी लोग परेशान हैं | पत्नी के साथ भी लोग परेशान हैं | पत्नी हो, तो भी नहीं चलता, पत्नी न हो ,तो भी नहीं चलता | लोगों के चित्त ऐसे हैं कि जो हो, वही व्यर्थ मालूम होता है| इसलिए शादीशुदा सोचता है,धन्य हैं वे जिनकी शादी नहीं हुई | और गैर शादी शुदा सोचता है, कब सौभाग्य मिलेगा कि शादी हो जाए ! यह दुनिया बड़ी अद्भुत है |यहाँ हर आदमी सोच रहा है कि दूसरा मजा कर रहा है |

मुल्ला नसरूद्दीन की बीबी गुलजान ने एक दिन बताया कि हमारे पड़ोसी पंडित मटकानाथ ब्रह्मचारी ने नरकों की भौगोलिक स्थिति, जलवायु, शासन व्यवस्था और नरकों के प्रकार , कोटियाँ तथा दंड विधान इत्यादि विषयों पर एक विवरणात्मक सचित्र किताब लिखी है | नसरूद्दीन ने कहा , सब झूठ है, बकवास है | गुलजान बोली, एकदम से तुम यह कैसे कह सकते हो ? हो सकता है सच ही हो | फिर तुमने किताब भी नहीं पढ़ी | मुल्ला बोला, कभी सच नहीं हो सकता ! अरे, उस कायर ने शादी तक नहीं की, नरकों के बारे में वह क्या जाने समझे !

कायरता के कारण अगर शादी से बचे, तो बच न पाओगे | शादी कहीं पीछे के दरवाजे से आ जाएगी | कायर तो बच ही नहीं सकता| समझ बचा सकती है | लेकिन समझ कहाँ से लाओगे ? मैं तो कह दूँ कि न करो शादी, लेकिन वह मेरी समझ हुई | तुम्हारी समझ कैसे बनेगी ? और मैं ऐसी भूल न करूंगा कि तुमसे कहूँ : न करो शादी; क्योंकि तुम जिंदग़ी भर फिर मुझे गाली दोगे ! कि अहा , प्रत्येक व्यक्ति मजा लूट रहा है, एक हम मूढ़ ब्रह्मचारी हुए बैठे हैं ! किस अशुभ घड़ी में प्रश्न पूछ बैठे !

अगर मैं कहूँ, कर लो शादी ,तो भी मुश्किल| क्योंकि तब भी तुम जिंदगी भर मुझे गाली दोगे | जब भी पत्नी को देखोगे, तभी मेरी याद आएगी | कि न पूछा होता प्रश्न, न फँसते इस झंझट में |

तुमने मुझे मुश्किल में डाल दिया | शादी का मामला ही ऐसा है | करने वाले तो ठीक हैं पर इस संबंध में उत्तर देना बड़ी झंझट का काम है !

नसरूद्दीन की पत्नी मरण शय्या पर थी | नसरूद्दीन छाती पीट पीटकर कह रहा था, ऐ गुलजान, तेरे मरते ही मैं पागल हो जाऊंगा | सच कहता हूँ, बिल्कुल पागल हो जाऊंगा | गुलजान ने आँखें खोलीऔर बोली, मैं तुम्हें अच्छी तरह जानती हूँ, मैं आज मरी और कल तुम दूसरी शादी कर लोगे; क्यों झूठ बोलते हो ? मुल्ला ने तैश में आकर कहा, क्या बात कहती हो, गुलजान ? मैं पागल जरूर हो जाऊंगा, मगर इतना नहीं कि दूसरी शादी कर लूँ |

अच्छा हो तुम खुद ही सोचो विचारों | पत्नियों के लाभ भी हैं, नुकसान भी हैं | पतियों के लाभ भी हैं, नुकसान भी हैं | इस जिंदगी में कोई परिस्थिति ऐसी नहीं है जो एक पहलू वाली हो |

अमरीका के एक करोड़पति एंड्रू कार्नेगी से किसी ने पूछा कि आप इतने करोड़पति कैसे हो सके ?गरीब घर में पैदा हए और दुनिया के सबसे बड़े धनपती होकर मरे एंड्रू कार्नेगी | मरे तो दस अरब नगद रुपये छोड़ गए थे बैंक में | किसी ने पूछा कि ऐसी कौन सी बात थी, जिसने आपको पागल की तरह धन की दौड़ में लगा दिया ? एंड्रू कार्नेगी ने कहा कि मैंने किसी को यह बात बताई नहीं, लेकिन अब मरने के करीब मैं बता सकता हूँ अब डर भी क्या ? मगर तुम से मेरा एक निवेदन है कि मेरे मरने के बाद ही लोगों को बताना|

कम से कम मेरी पत्नी को खबर न हो | वह आदमी बोला, मामला क्या है ? वह पास सरक आया, उसने कहा कि मेरे कान में कहें , बिल्कुल संभाल कर रखूँगा, जब आप चले जाएंगे तभी प्रगट करूंगा | उसके कान में फुसफुसाकर एंड्रू कार्नेगी ने कहा कि मैं असल में धन की दौड़ में इसलिए पड़ा कि मैं देखना चाहता था कि क्या ऐसी भी कोई धन की अवस्था हो सकती है, जिससे मेरी पत्नी तृप्त हो जाए ? मगर नहीं, इतना धन है मगर मैं पत्नी को तृप्त नहीं कर पाया | यह सिर्फ एक जानकारी के लिए मैं कोशिश में लगा था कि क्या ऐसा कुछ हो सकता है, इतना धन भी हो सकता है क्या कि मेरी पत्नी तृप्त हो जाए ? मगर मैं हार गया | पत्नी तृप्त नहीं हुई सो नहीं हुई | मगर एक फायदा रहा कि

मैं दुनिया का सबसे बड़ा अरबपति हो गया |

फिर पत्नियों पत्नियों में भी भेद है |

सुना है, ढब्बू जी की पत्नी ने उन्हे शादी के एक साल के अंदर ही लखपति बना दिया | अच्छा, यह ढब्बू जी कौन है, भाई ? बड़े सौभाग्यशाली हैं ! क्या उन्हे बहुत ज्यादा दहेज मिला था ? नहीं, दहेज तो कुछ नहीं मिला | तो क्या उनकी बीबी के नाम कोई लाटरी फंस गई ? नहीं | अच्छा तो फिर मैं समझा, शायद उनकी बीबी का कोई रिश्तेदार मरते समय उनके नाम वसीयत लिख गया होगा! अरे, नहीं भाई, ढब्बू जी की बीबी ने स्वयं ही खून पसीना एक करके उन्हे एक साल में लखपति बना दिया; एक साल पहले वह करोड़पति थे |

इसलिए पता नहीं, सत्यानंद, कैसी पत्नी की तुम तलाश कर रहे हो ? कैसे पत्नी तुम्हारी तलाश कर रही है ? किस जाल में फँसोगे, कुछ साफ नहीं है |मगर इतना मैं तुमसे कहूँगा, कि पूछते हो प्रश्न , इसलिए मन में कहीं न कहीं आकांक्षा होगी | नहीं तो पूछते ही नहीं |

मैं रायपुर में था, एक युवक ने आकर मुझसे पूछा ठीक वही सुकरात वाली कहानी घटी उसने मुझसे पूछा थोड़ा सा फर्क था प्रसंग में, संदर्भ में उसने पूछ कि मैं शादी करूँ या नहीं ? मैंने कहा, तुम जरूर करो ! उसने कहा, मैं तो आपके पास आया था इसलिए कि आप निश्चित कहेंगे कि मत करो | अगर शादी करना ठीक है तो आपने क्यों नहीं की ? तो मैंने उससे कहा कि मैं कभी किसी से पूछने नहीं गया उलटे लोग मुझे समझाने आते थे, कि शादी कर लो !

एक वकील तो मेरे इतने पीछे पड़ गए थे, कि उन्होंने अपनी सारी वकालत की समझदारी ही एक काम में लगा दी, जैसे उनकी जिंदगी में यही एक कर्तव्य था जो उन्हे पूरा करना था | सुबह साँझ, बस आकर बैठ जाएँ, घंटों |मैंने उनसे कहा भी कि यह कोई आपके जीवन का लक्ष्य है क्या कि मेरी शादी हो ? आखिर मैंने आपका क्या बिगाड़ा ? किन जन्मों का फल चुका रहे हो ? क्यों इतना समय जाया करते हो ? मैं कोई आपका मुवक्किल हूँ, मामला क्या है ? सुबह शाम आपको चैन ही नहीं पड़ती | आप शादी करके कोई मुसीबत में पड़ गए क्या ? बात क्या है ? मुझे भी फंसाना है ! क्योंकि अक्सर ऐसा हो जाता है जिसकी पूंछ कट जाती है,

वह दूसरे की कटवाना ....मामला क्या है ? एकाध दफा कह दिया, चलो समझ में आ जाता है, मगर यह नियमित क्रम बन गया कि सुबह मैं उठा नहीं कि आप मौजूद हैं !शाम मैं कालेज से लौटा नहीं कि आप पहले से ही आकर बैठे हैं ! अदालत वगैरह जाते हैं कि नहीं? और भी कोई धंधा करते हैं कि बस यही धंधा है ? मगर उनने जिद्द बांध रखी थी | उनके अहंकार ......वह बड़ी बड़ी दलीलें खोजकर लाते थे : क्यों शादी करनी ? शादी करने में क्या फायदा ? क्या लाभ ? क्या क्या परिणाम ?

मैंने उनसे कहा कि देखें ; आप वकील हैं, आप समझ सकते हैं |एक मजिस्ट्रेट को और कल बुला लाएं , एक दफा इसका निपटारा हो जाए | तो उन्होंने कहा, मजिस्ट्रेट इसमें क्या करेगा ? मैंने कहा, मजिस्ट्रेट इसमें यह करेगा , कि उसे निर्णय देना होगा कि कौन जीता ? आप शादी के पक्ष में दलीलें दे, मैं विपक्ष में दलीले दूंगा | और मजिस्ट्रेट जो निर्णय दे दें | अगर उसने कह दिया कि शादी करनी उचित है, तो मैं शादी करूंगा | अगर उसने कह दिया शादी करना उचित नहीं तो तुम्हें तलाक देना पड़ेगा | बस उस दिन से वह जो नदारद हुए ....

तो फिर मैं सुबह शाम उनके घर जाने लगा ! आखिर उनकी पत्नी ने कहा, मैं हाथ जोड़ती हूँ, वह आपकी वजह से सुबह शाम घर नहीं आते ! आखिर क्यों मेरे पति के पीछे पड़े हैं ? उन्होंने आपका क्या बिगाड़ा है? आपको कोई दूसरा काम नहीं है ? वह एकदम सुबह जल्दी से उठ कर घर से निकलने लगते हैं, कि वह आते ही होंगे ! और शाम को भी बाहर से आकर देख लेते हैं कि आप बैठे तो नहीं , नहीं तो आगे बढ़ जाते हैं | क्यों हमारा जीवन तहस नहस किए दे रहे हैं ?

तो मैंने उस युवक को कहा कि मैं तो किसी से पूछने कभी गया नहीं | तुम मुझसे पूछने आए हो , पूछना ही बताता है कि अच्छा यही होगा कि तुम अनुभव से गूजरो |अनुभव के अतिरिक्त और कोई उत्तर नहीं है |

सत्यानंद, तुम पूछते हो : मेरी शादी होने वाली है | मामला लगता है तय ही हो गया है | ऐसे भी बहुत देर हो चुकी है | इससे मेरी सत्य की खोज कुंठित होगी या इससे सहयोग मिलेगा ? तुम पर निर्भर है | सत्य की खोज कुंठित भी हो सकती है, सहयोग भी मिल सकता है | मगर तुम शादी करो | कम से कम मुझे एक सन्यासिनी मिलेगी ,और जो होगा हो

! तुम अपनी फिक्र करो, मैं अपनी फिक्र करता हूँ |

(सपना यह संसार : से साभार प्रस्तुत)

प्रश्न : ओशो, आप विवाह का इतना मजाक क्यों उड़ाते हैं ?

ओशो : नारायण , मालूम होता है तुम अनुभवी नहीं | पक्का है कि तुम विवाहित नहीं | विवाहित होते तो ऐसा प्रश्न न पूछते | और लगता है कहीं विवाहित होने की आकांक्षा है अभी | तुम्हारी मर्जी | समझदार दूसरों को देख कर समझ जाते हैं,नासमझ हजार बार गड्ढों में गिरते हैं, फिर भी नहीं समझते |

चंदूलाल और डब्बू जी एक ही साथ मरे,क्योंकि एक ही साइकिल पर सवार थे | और बस से टकरा गई साइकिल और गिर गई नाले में | चंदूलाल आगे बैठे थे, साइकिल चला रहे थे और डब्बू जी पीछे | सो चंदूलाल एक–दो मिनट पहले पहुंचे स्वर्ग के दरवाजे पर ,डब्बू जी भी भागते हुए एक –दो मिनट पीछे | डब्बू जी ने सुन लिया जो हुआ | दरवाजा खुला और द्वारपाल ने पूछा चंदूलाल से, विवाहित या अविवाहित? चंदू लाल ने कहा विवाहित | द्वारपाल ने कहा : भीतर आ जाओ, नरक तुम भोग चुके | अब तुम्हें स्वर्ग मिलेगा | डब्बू जी ने सुन लिया सब, चले आ रहे थे भागे पीछे –पीछे | फिर द्वार खुला जब डब्बू जी ने दस्तक दी | द्वारपाल ने फिर पूछा विवाहित या अविवाहित ? डब्बू जी ने कहा, चार बार विवाहित ! इस आशा में कि चंदू लाल को हराऊँ | लेकिन द्वारपाल ने दरवाजा बंद कर लिया और उसने कहा कि दुखी लोगों के लिए तो यहाँ जगह है, पागलों के लिए नहीं | एक बार माफ किया जा सकता है कि भाई चलो, जानते नहीं थे, तो भूल हो गई | मगर चार बार !

नारायण विवाह मजाक ही हो गया है | सदियों–सदियों में ऐसा विकृत हुआ है ......| सबसे सड़ी गली संस्था अगर हमारे पास कोई है तो विवाह है | मगर हम ढोए चले जाते हैं | क्योंकि हममें साहस भी नहीं है कि हम कुछ नए प्रयोग कर सकें | हममें साहस भी नहीं है कि पुराने ढर्रे और रवैये से मुक्त हो सकें या विवाह को कोई नया रूप, कोई नया रंग दे सकें | हममें कुछ नया करने की क्षमता खो गई है | नए के लिए साहस चाहिए | और विवाह निश्चित ही मजाक हो गया है | क्योंकि आशाएं

बड़ी और परिणाम बिल्कुल विपरीत | विवाह से हम बड़ी आशाएं बँधाते हैं लोगों को और जितनी आशाएं बँधाते है उतना ही विषाद हाथ लगता है| हमने जिंदगी को एक लंबा धोखा बनाया है | बच्चों को कहते हैं कि पहले पढ़-लिख जाओ, फिर सुख मिलेगा | वे पढ़ लिख गए , फिर उनसे कहते हैं, अब विवाहित हो जाओ तब सुख मिलेगा | फिर जब विवाहित हो गए तो उनसे कहते हैं, अब धंधा करो , नौकरी करो, कमाओ, तब सुख मिलेगा | जब तक वे धंधा करते हैं, नौकरी करते हैं, कमाते हैं, तब तक जिंदगी हाथ से गुजर जाती है | बस यह सिलसिला जारी है | और फिर एक घड़ी आ जाती है कि तुम्हें अपने बच्चों को जवाब देना पड़ता है | अब बच्चों के सामने यह कहना कि हमने जिंदगी यूं ही गंवाई, हम कोरे के कोरे रहे, खाली आए खाली जा रहे हैं – तो अहंकार के विपरीत पड़ता है | बच्चों के सामने तो अकड़ बतानी पड़ती है कि अरे मैंने इतना पाया ! जो बच गए है, बेटा तू दिखलाना! ऐसा यश-नाम मैंने कमाया ! छोड़े जा रहा हूँ याददाश्त | दुनिया से उठ जाऊंगा, सदियों तक जगह खाली रहेगी ! हालांकि दो दिन बाद कोई याद करता नहीं |

विवाह तो अत्यंत सड़ी -गली संस्था हो गया है | उसका कारण भी है, क्योंकि हमने विवाह को झुठला दिया है | हम कहते हैं, विवाह पहले, फिर प्रेम | यह विवाह को झुठलाने का उपाय है | प्रेम पहले फिर विवाह _ तो सम्यक होता | हालांकि मैं यह नहीं कहता हूँ कि उससे सुख मिल जाता है, लेकिन सम्यक होता, इससे ज्यादा सम्यक होता ! सुख बाहर की किसी चीज से मिलता नहीं| सुख तो आंतरिक दशा है |

जीवन को व्यवस्थित किया जा सकता है – बस इतना ही कि उसमें चोट कम से कम लगे , व्यर्थ चोटें न लगें|

विवाह से सुख तो नहीं मिल सकता, लेकिन कम से कम दुख मिले , ऐसा किया जा सकता है | मेरी बात को खयाल में रखना, सुख तो नहीं मिल सकता | सुख तो उनको मिलता है जो भीतर ध्यान में जाते हैं, विवाह का क्या लेना-देना उससे ! विवाहित को भी मिल सकता है , अविवाहित को भी मिल सकता है –भीतर जाने से |

मगर जैसी हमने व्यवस्था दी है वह व्यवस्था कम, अव्यवस्था ज्यादा है | चौबीस घंटे मुठभेड़ है | पति -पत्नी जैसे जानी दुश्मन ! जैसे

एक-दूसरे के पीछे पड़े हैं | एक मल्लयुद्ध चल रहा है |

एक युवक ने अपनी मां को आकर कहा कि मुझे एक युवती से प्रेम हो गया है, मैं विवाह करना चाहता हूँ | लेकिन वह युवती नास्तिक है | नरक भी नहीं मानती !

उस युवक की मां ने कहा बेटा, तू घबड़ा मत | पहले विवाह कर | और मेरे-तेरे बीच में उसको हम ऐसा सबक सिखाएंगे कि नरक में तो उसे भरोसा करना ही पड़ेगा | मेरे-तेरे रहते और तेरी पत्नी नरक में भरोसा न करे, यह नहीं हो सकता !

नारायण ,थोड़ी सावधानी से चलना | विवाह भी करना तो सचेत होकर कि यह सब तो होगा ही | तैयारी से करना | अपने कवच वगैरह सब लगा लेना |

विवाह पुरानी संस्था है, काफी पुरानी संस्था है | और जितनी पुरानी है उतनी ही सड़ गई है | विवाह भविष्य में बच नहीं सकता, इसके दिन लद गए हैं | इसकी जगह हमें कुछ नए विकल्प खोजने पड़ेंगे | विकल्पों की तलाश भी शुरू हो गई है | लेकिन अभी जो भी विकल्पों की तलाश हो रही है, उसमें एक भ्रांति है | वह भ्रांति यह है कि वे सब सोचते हैं कि विवाह में दुख था और इस विकल्प में दुख नहीं होगा | वह भ्रांति है | हाँ विकल्पों में कम –ज्यादा दुख हो सकता है, मगर दुख तो होगा ही – जब तक तुम अपने में स्थिर न हो जाओ |

असल में विवाह की जरूरत ही इसलिए उठती है कि तुम सोचते हो दूसरे से सुख मिल सकता है और वहीं मूल जड़ है सारे अज्ञान की | दूसरे से सुख नहीं मिल सकता | और जो चाहता है, और सोचता है कि दूसरे से सुख मिल सकता है, वह दुख पाएगा | वह जगह –जगह विफल होगा, हारेगा, टूटेगा, विक्षिप्त होगा |

दूसरे से सुख नहीं मिलता , सुख स्वयं में छिपा है, वहाँ खोजना है | और तुम्हारे पास सुख हो तो तुम दूसरों को भी बाँट सकते हो | अगर मेरा वश चले तो मैं किसी भी व्यक्ति को विवाह करने के पहले ध्यान को अनिवार्य बना दूँ , और कोई शर्त पूरी हो या न हो, जन्म-कुंडली मिले कि न मिले, क्योंकि जिससे तुम जन्म कुंडली मिलवाने जाते हो, कभी छिप कर उसकी और उसकी पत्नी की हालत तो देखो | और इस देश में

तो कम से कम सभी की जन्म कुंडलियाँ मिली हुई हैं | जन्म कुंडलियाँ तो मिल जाती हैं | वह तो चंद रुपयों में कोई भी पंडित मिला देता है |

विवाह के पूर्व वर्ष, दो वर्ष गहन ध्यान की प्रक्रिया से गुजरना जरूरी है | फिर इसके बाद विवाह भी एक अपूर्व अवसर बन जाएगा विकास का |

ध्यान से प्रेम की संभावना प्रकट होती है | ध्यान का दिया जलता है तो प्रेम का प्रकाश फैलता है | और दो व्यक्तियों के भीतर ध्यान का दिया जला हो तो विवाह में एक आनंद है | वह आनंद भी ध्यान से आ रहा है , विवाह से नहीं आ रहा है – यह खयाल रखना | और जब तक ऐसा न हो तब तक विवाह एक मजाक है – और बड़ा कठोर मजाक |

(मन ही पूजा, मन ही धूप : से साभार प्रस्तुत)

3

लव-जिहाद

लव जिहाद क्या है ?

लव जिहाद मूलतः लव और जिहाद शब्दों से मिलकर बना है | लव एक अंग्रेजी शब्द है जिसका मतलब होता है प्यार और जिहाद एक अरबी शब्द है जिसका मतलब होता है किसी मकसद को पूरा करने के लिए अपनी पूरी ताकत झोंक देना | यानि साधारण भाषा में लव जिहाद का मतलब समझें तो यह है कि किसी लड़की को अपना कोई खास मकसद पूरा करने के लिए अपने प्यार के जाल में फंसाना और उसका धर्म परिवर्तन करवाना| इसे ही लव जिहाद कहते हैं |

हिन्दू जनजागृति समिति के राष्ट्रीय प्रवक्ता रमेश शिंदे कहते हैं कि लव जिहाद को सबसे पहले हिंदुस्तान में वर्ष 2009 में पुस्तक के माध्यम से हम सामने लाए थे | हालांकि इससे सिर्फ हिंदुस्तान ही पीड़ित नहीं है, यह पूरी दुनिया में चल रहा है | 29 सितंबर 2009 को लंदन के पुलिस कमिश्नर सर इयान ब्लेयर ने सबसे पहले बताया था कि लव जिहाद चल रहा है | यह पूरे विश्व के लिए समस्या है|

अपनी बात के समर्थन में शिंदे कहते हैं कि मोदी जी की सभा में जो पटना में बम विस्फोट हुआ था उसका पूरा फायनेंस कर्नाटक की आयशा बानो नामक लड़की के नाम से हुआ था, जिसका असली नाम आशा है | पहले उसको धर्मांतरित किया गया फिर उसके नाम से 30 अकाउंट खोले गए, जिसका उसे पता भी नहीं था | फिर उन खातों में आतंकवादियों की

मदद के लिए पाकिस्तान और सऊदी से लगभग 5 करोड़ रुपये डाले गए | आतंकवादी तो भाग गए, मगर आयशा जेल में हैं | वे कहते हैं प्यार-मोहब्बत जैसी कोई चीज नहीं है | हिन्दू लड़कियों का आतंकवाद के लिए उपयोग किया जा रहा है | यह इतने बड़े पैमाने पर हो रहा है कि इसकी राष्ट्रीय स्तर पर जांच होनी चाहिए |

लव जिहाद का कारण क्या है ?

जो लोग लव जिहाद को मानते हैं उनके अनुसार मुस्लिम युवक जानबूझकर हिन्दू लड़कियों को अपने प्यार के जाल में फंसा कर जबरन उनका धर्म परिवर्तन करवाते हैं | इसके पीछे उनका मकसद अपने धर्म का विस्तार करना होता है | हालांकि मुस्लिम समाज से जुड़े लोग इस बात का खंडन करते हुए इसे गलत बताते हैं |

धर्म जब लोगों को बरगलाता है तो उसके बाद लोगों के दिमाग में 'धर्म' जहर का काम करने लगता है | मुस्किल धर्म के युवा हिन्दू धर्म की लड़कियों से प्यार के नाम पर अश्लील खेल कर रहें हैं , उन्हे धोखा दे रहे हैं | वो सबसे पहले लड़कियों को फँसाने के लिए अपना धर्म छुपा लेते हैं और धोखा देते हुए प्यार का नाटक करते हैं | जब लड़कियों को इनका धर्म मालूम होता है तब तक काफी देर हो चुकी होती है |

ऐसी घटनाएं शहरों के स्कूलों के आसपास ज्यादा हो रही हैं | मुस्लिम लड़के अच्छा पहनावा और अच्छी गाड़ी लेकर , लड़कियों के स्कूलों के आसपास खड़े हो जाते हैं और खुद को अच्छे घर का दिखाकर हिन्दू लड़कियों को अपने प्यार के जाल में फंसा लेते हैं | पहले वो काफी नेक दिल बने रहते हैं | उन्हे शादी के ऊंचे ऊंचे सपने दिखाते हैं |और जब लड़की इनके जाल में पूरी तरह फंस जाती है तो उससे शादी कर लेते है | लड़की घर से बगावत कर चुकी होती है | जब हिन्दू लड़कियां अपने प्रेमी के घर जाती हैं तो पता चलता है कि वो तो हिन्दू नहीं मुस्लिम है | फिर लड़की को धर्म परिवर्तन करने के लिए मानसिक दबाव और मार-पीट किया जाता है |कई बार यह लड़कियों की वीडियो भी बना लेते हैं |और फिर उन्हे ब्लैकमेल करते हैं |

अखिला उर्फ हादिया केस की सुनवाई के दौरान सुप्रीम कोर्ट ने यह कहा था कि, 'जिस तरह इंटरनेट गेम ब्लू व्हेल में किसी लड़के या लड़की

को टास्क दिए जाते हैं और जिसमें उसे आखिर में सुसाइड करना होता है उसी तरह आजकल किसी को भी खास मकसद के लिए राजी करना आसान हो गया है '|

हादिया केस क्या है ?

दरअसल केरल में एक हिन्दू परिवार में जन्मी अखिला पहले मुस्लिम धर्म अपना कर हादिया बन गई और फिर एक मुस्लिम शख्स सफीन के साथ शादी कर ली | तब इस मामले को लव जिहाद के तौर पर प्रचारित किया गया था | इस मामले में अखिला उर्फ हादिया के माता-पिता ने आरोप लगाया कि उनकी बेटी को आतंकवादी संगठन आई एस आई एस में फिदायीन बनाने के लिए लव जिहाद का सहारा लिया गया है | हालांकि बाद में सुप्रीम कोर्ट ने अपने फैसले में कहा था कि जब हादिया को कोई समस्या नहीं है , तो फिर यह मसला ही खत्म है | जहाँ तक लड़के के क्रिमिनल बैकग्राउंड की बात है , तो उसकी जांच हो सकती है| लेकिन शादी की जांच का हक किसी को नहीं है |

भारत में लव जिहाद क्यों फैल रहा है ?

मनुष्य एक सामाजिक प्राणी है | समय के साथ लंबे संघर्ष के बाद, आज के वर्तमान मनुष्य का अस्तित्व है | हमने अपनी पिछली गलतियों से सीखा, दोबारा उन गलतियों को न दुहराने की कसम भी खाई | हम इतने समझदार हुए कि हर बार पीछे मूडकर अपने इतिहास को देखना और जानना जरूरी समझा | और इसी आदत की वजह से एक जंगली मनुष्य आज का सभ्य समाज का निर्माता बना हुआ है | पर परिस्थितियाँ कभी एक समान नहीं रहती| कुछ गलतियों से हम कभी कुछ नहीं सीखते और इन्ही गलतियों के कारण हम अपना ऐसा नुकसान कर लेते हैं जिसकी भरपाई असंभव हो जाती है |

कुछ लोगों का मानना है कि लव जिहाद एक काल्पनिक शब्द है | इसका वास्तविकता से कोई संबंध नहीं है | यह ठीक वैसा ही है जैसे किसी शराबी से शराब से होने वाले नुकसान के बारे में पूछना | मांशाहारी व्यक्ति से शाकाहारी के लाभ और जो कुंवारा नहीं उसे कौमार्य की परिभाषा पूछना | जो खुद गलती करके सीखे ,उसे समझदार कहा जाता है| और जो दूसरों की गलती से सीखे , उसे बुद्धिमान कहा जाता है | और

जो गलती करके कभी कुछ नहीं सीखे ,उसे बिना पूछ का जानवर कहा जाता है |

हमारा इतिहास गवाह है कि भारत में मुस्लिम आक्रान्ताओं ने किस कदर यहाँ की जनता का तलवार की नोक पर धर्म परिवर्तन किया | आज वही कायर हिन्दू मुस्लिम धर्म में परिवर्तित होने के बाद उसी मानसिकता को चंद जिहादी लोगों के माध्यम से आगे बढ़ा रहे हैं |

जिस देश में ऐसी मानसिकता के लोगों को पनाह दी जाती हो ,देश विरोधी राजनीतिक पार्टियों द्वारा मुस्लिमों के लिए तुष्टीकरण की नीति अपनाई जाती हो,वहाँ भारत से बेहतर जिहाद की फसल के लिए कोई और जगह नहीं हो सकती | तमाम तरह के जिहाद भारत में ही फल फूल सकते हैं| भारत के बाहर चीन, इजराइल, अमेरिका, रूस और जापान , ये चार पाँच देशों के नाम ही काफी हैं जहाँ जिहाद की परिभाषा भी आप जानने की हिमाकत नहीं कर सकते | भारत में आतंकवाद जिहाद, लव जिहाद, गैर मुस्लिम को भगाने का जिहाद, शर्मनाक गजवा-ए-हिन्द को कामयाब बनाने का जिहाद इसके उदाहरण हैं | इस्लामिक पाकिस्तान बना लेना मुस्लिमों के शर्मनाक जिहाद का सबसे घटिया नमूना है |

पाकिस्तान के अखबार डॉन में छपी एक खबर के अनुसार – पाकिस्तान में दूसरे धर्मों की 32.7% लड़कियों का जबरन धर्म परिवर्तन करा दिया जाता है | इनमे से अधिकांश की उम्र महज 11 से 15 साल के बीच होती है | केवल 16.67% जबरन धर्म परिवर्तन की पीड़ित 18 वर्ष से ऊपर की होती हैं|

पाकिस्तान के मानवाधिकार समूह –सेंटर फॉर सोशल जस्टिस(सी एस जे) के हवाले से यह खबर छपी थी सी एस जे के आंकड़ों के मुताबिक पंजाब प्रांत में सबसे ज्यादा 52% जबरन धर्म परिवर्तन के मामले दर्ज होते हैं | जबरिया धर्म परिवर्तन के सर्वाधिक 54.3% पीड़ित हिन्दू समुदाय के हैं |

क्या लव जिहाद भारत में खत्म हो सकता है ?

लव जिहाद भारत में कभी समाप्त नहीं हो सकता | इसकी संभावना की कल्पना जरूर की जा सकती है | लेकिन इसकी जड़ें इतनी गहरी हो

चुकी हैं कि अब इसे मिटा पाना किसी क्रांतिकारी आंदोलन और पूरी तरह से सामाजिक बदलाव के बिना संभव नहीं जान पड़ता |

इसके पीछे का कारण स्पष्ट करने से पहले यह समझना आवश्यक है कि भारत एक संवेदनशील देश है जहाँ भावनाओं और धर्म का बोलबाला है | खासकर यहाँ यौवन की दहलीज पर खड़ी लड़कियां जो परिवार के सदस्यों द्वारा अधिक महत्व नहीं दी जाती, ऐसे जिहादियों के निशाने पर होती हैं |और बची खुची कसर उम्र के इस पड़ाव पर बगावत करने जैसे मनोभाव उन्हे कुछ समझने लायक नहीं छोड़ते |

प्यार एक ऐसी चीज है जिसके आगे सदियाँ कहानियाँ कहती रही हैं | इस मर्ज के आगे तो किसी की नहीं चली | इसलिए लड़कियां इसमें आसानी से पड़ जाती हैं | थोड़ी समझदारी से इससे बचा जा सकता है मगर कहते हैं युवा मन बेलगाम होता है और साथ ही इश्क का इस पर बुखार जोरों पर होता है | समझने की और सोचने की क्षमता का नाश हो चुका होता है | इसलिए इस विषय पर कोई महाज्ञानी भी कुछ लिख दे तो भी यह बेअसर होगा |

मुद्दे की बात यह है कि घर परिवार में हर सदस्य को अपने घर के युवा होते बच्चों के प्रति अति संवेदनशील होने की जरूरत है | उनके किसी बात, किसी हरकत, किसी व्यवहार जो नया और अनजाना हो, को नजरअंदाज नहीं करना चाहिए | साथ ही उनके विश्वासपात्र बने रहना भी जरूरी है | भावनात्मक जुड़ाव उन्हे उनके वांछित प्रेम और महत्व को घर से बाहर तलाशने के लिए भटकने नहीं देगा | उनके साथ भावनात्मक रिश्ता मजबूत रखने पर जोर देना होगा |

लेकिन इतनी समझदारी न तो परिवार के लोगों में है और न ही इतनी समझदार हमारी युवा पीढ़ी मे | आचार्य चाणक्य ने कहा था कि दूसरों की गलतियों से सीखना चाहिए क्योंकि अपनी गलतियों से सीखने के लिए तो उम्र भी छोटी पड़ेगी |

आजकल की युवा पीढ़ी इसका अपवाद है | वह सब कुछ अपने जोखिम पर अनुभव करना चाहती है | इसलिए जब तक उन्हे यह अनुभव होता है कि वे किसी जाल में फंस चुके हैं, वे अपना अधिकतम नुकसान कर चुके होते हैं | नतीजा? वे आत्महत्या, वेश्यावृत्ति, और

नारकीय जीवन जीने को मजबूर होते हैं|

लव जिहाद कानून क्या है ?

लव जिहाद को लेकर सबसे पहले उत्तरप्रदेश की सरकार ने एक कानून 'गैर कानूनी धर्मांतरण विधेयक 2020' बनाया था | इस कानून के तहत किसी का शादी के बाद या पहले जबरन धर्म परिवर्तन करने पर गैर जमानती धाराओं में मामला दर्ज करने और 10 साल की कड़ी सजा का प्रावधान है | हालांकि भारत के कई राज्यों में जबरन धर्म परिवर्तन को लेकर सख्त कानून बने हुए हैं | देश में जबरन धर्म परिवर्तन को लेकर छत्तीसगढ़, झारखंड,ओडिशा, हिमाचल प्रदेश, उत्तराखंड, राजस्थान, गुजरात, अरुणाचल प्रदेश और मध्यप्रदेश में कानून हैं |

लव जिहाद का सच क्या है ?

दरअसल लव जिहाद को लेकर लोगों के अलग-अलग मत हैं | हमारे देश में ऐसे अनेक मामले सामने आए हैं, जहाँ एक मुस्लिम लड़के ने हिन्दू लड़की को अपने प्यार के जाल में फँसाने के लिए अपना धर्म छुपाया है और खुद को हिन्दू लड़का बताया है | इसके अलावा ऐसे भी मामले सामने आते हैं जहाँ शादी के तुरंत बाद लड़की का धर्म परिवर्तन करा दिया जाता है | हमारे देश में कई लड़कियों ने मीडिया के सामने आकर बताया है कि कैसे उनके साथ धोखा हुआ है |

लव जिहाद कट्टर मुस्लिम संगठनों द्वारा चलाए जाने वाला धर्म परिवर्तन का एजेंडा है | लेकिन हिन्दू-मुस्लिम युवक और युवतियों के बीच होने वाले सारे प्रेम –विवाहों को लव-जिहाद का नाम देना भी गलत है| अगर किसी लड़की को अपने प्रेमी का धर्म पहले से पता है और वह उससे अपनी मर्जी से शादी करती है तो वह ठीक है | लेकिन अगर कोई लड़का अपना धर्म या पहचान छुपाकर लड़की से दोस्ती करता है और फिर उससे शादी करके उसका धर्म परिवर्तन करता है तो यह लव जिहाद है |

अंतर्जातीय विवाह और लव जिहाद में अंतर क्या है?

यहाँ पर हमे यह जानने की आवश्यकता है कि लव जिहाद और अन्तर्जातीय विवाह दो अलग अलग चीजें हैं | हमारा संविधान हमें हक देता है कि हम किस से शादी करें या किसके साथ रहें | परंतु अन्तर्जातीय

विवाह में दो अलग अलग जाति या धर्मों के लोग एक दूसरे का वरण करते हैं और दोनों धर्मों के लोगों को अपनी जाति या धर्मों के बारे में पूरी जानकारी होती है | तत्पश्चात ही दो लोग शादी के बंधन में बंधने को तैयार होते हैं | इस पर किसी को आपत्ति नहीं होनी चाहिए |

वहीं दूसरी ओर लव जिहाद के अंदर एक व्यक्ति अपना धर्म छुपाकर एक लड़की को प्यार के जाल में फँसाता है व अपना नाम उस लड़की के धर्म के अनुसार उसे बताकर चिकनी चुपड़ी बाते करके उसे विवाह के लिए तैयार करता है, विवाह के पश्चात वह लड़की को धर्म परिवर्तन के लिए मजबूर करता है, और नहीं मानने पर बहुत से मामलों में लड़कियों की हत्या तक कर दी जाती है |

अन्तर्जातीय विवाह में सब कुछ जानने के पश्चात ही शादी की जाती है |इसके विपरीत लव जिहाद में लड़का अपना धर्म छुपाकर लड़की को बरगलाता है ,और उसे विवाह के लिए तैयार करता है |

अन्तर्जातीय विवाह में लड़की को धर्म परिवर्तन के लिए मजबूर नहीं किया जाता न ही उसका नाम बदला जाता है, यह उसकी मर्जी होती है कि वह धर्म परिवर्तन करे या न करे| परंतु इसके विपरीत शादी होते ही लव जिहाद में लड़की का न केवल धर्म परिवर्तन कराया जाता है बल्कि उसका नाम भी बदलकर लड़के के धर्म के अनुसार रख दिया जाता है |

इसे लव जिहाद का नाम इसीलिए दिया गया है क्योंकि हमारे समाज में अब वृहद रूप में एक चलन देखने को मिल रहा है कि एक खास धर्म का लड़का दूसरे धर्म की लड़कियों को ही निशाना बनाता है | इसमें एक बात हमेशा सुनने को मिलती है कि लड़की को शादी से पूर्व पता ही नहीं होता कि लड़के का धर्म कुछ और था और वह उससे झूठे नाम से मिलता था | और उसी खास धर्म के आधार पर उसका नाम भी उनके धर्म के आधार पर ही रखा दिया जाता है |

यह बात किसी को तब तक समझ में नहीं आ सकती जब तक उनका खुद का कोई प्रिय इस प्रकार के प्रपंच का शिकार नहीं हो जाता | किसी को भी जीवन में ऐसे समय का सामना न करना पड़े | इसका दर्द तो उन माता-पिता को ही पता होता है जिनकी बिटिया इस प्रकार की धोखाधड़ी का शिकार हुई हो या फिर उन लड़कियों से पूछा जाना चाहिए जिन्हे झूठ

बोलकर फँसाया गया और अब उनका शोषण हो रहा है|

लव जिहाद से बचने के उपाय क्या हैं ?

1. किसी भी मुसलमान पर भरोसा न करना, उससे ज्यादा बातचीत, दोस्ती या व्यक्तिगत संबंध जैसे की घर आना-जाना वगैरह न करना फिर चाहे वह मुसलमान सहपाठी हो, साथ में काम करने वाला हो, पड़ोसी हो टीचर हो, जिम –डांस वगैरह सिखाने वाल हो | किसी भी मुसलमान लड़के के साथ रिलेशनशिप ,लिव इन,अकेले आना-जाना या शादी जैसी भूल बिल्कुल न करें | किसी भी मुसलमान लड़के को राखी बांधकर भाई बनाने जैसी मूर्खता बिल्कुल भी न करें क्योंकि इनके लिए गैर मुस्लिम लड़कियां खासकर हिन्दू लड़कियां सिर्फ और सिर्फ भोग की वस्तु हैं | कोई भी मुसलमान दोस्त अगर अधिक दोस्ती बढ़ाने के बाद धार्मिक मामलों पर चर्चा शुरू करता है या करती है,इस्लाम की अच्छाई और हिन्दू धर्म की बुराई करने लग जाए ऐसे में तुरंत सतर्क हो जाना है और दूरी बना लेना है |

2. इस मामले में हिन्दू लड़कों को भी सावधानी बरतने की आवश्यकता है | किसी भी मुसलमान लड़के से ज्यादा दोस्ती न बढ़ाना, उसे अपने घर पर बुलाना या उसका घर पर आना जाना न करना आवश्यक है | यदि किसी कारणवश मुसलमान लड़के का घर आना-जाना हो भी रहा है तो घर की सभी बच्चियों लड़कियों और महिलाओं का उससे सावधान रहना अति आवश्यक है |

3. नाम बदलकर हिन्दू नाम रखकर मुसलमान लड़के हिन्दू लड़कियों को फँसाते हैं इसलिए निम्नलिखित सावधानियाँ बरतें :

(क) फ़ेसबुक, इंस्टाग्राम इत्यादि पर किसी भी अनजान व्यक्ति से दोस्ती करना या किसी अनजान व्यक्ति का फोन आए उससे किसी प्रकार की दोस्ती नजदीकी न बढ़ाना |

(ख) स्कूल,कॉलेज,कोचिंग या ऑफिस इत्यादि के बाहर कोई बाइक लेकर पीछा कर रहा है फोन नंबर माँग रहा है, दोस्ती करने को कह रहा है उससे एकदम सावधान और सीधा मना कर देना |

(ग) जिम,डांस सीखने के लिए संस्था का ठीक तरह से जांच कर उसका चुनाव करना,जब तक जानकारी न हो वहाँ भी किसी अनजान

व्यक्ति से नजदीकी न बढ़ाना |

(घ) किसी भी आम छोटी-मोटी दुकान , पार्लर, शोरूम इत्यादि में फ़ीड बैक के बहाने नंबर लेकर कोई बात बढ़ाने का प्रयास करे तो तुरंत सावधान हो जाना | ऐसी जगहों पर काम करने वालों की बातों में आकर किसी तरह की नजदीकी न बढ़ाना|

(च) कोई डिलीवरी बॉय हो जैसे की कोई समान पहुंचाने वाला, दावा की आपूर्ती करने वाला, या कोई अजनबी अनजान व्यक्ति किसी बहाने घर मदद माँगने आया हो और फिर घर के आसपास दिखने लगे और लड़की से बातचीत , दोस्ती बढ़ाने का प्रयास करने लगे तो तुरंत सावधान हो जाना|

(छ) किसी छोटी-मोटी फैक्ट्री या कंपनी इत्यादि में काम करने वालों से सावधान रहना, ऐसी जगहों पर अधिक मामले आते हैं क्योंकि काम की तलाश में लड़की एक अनजान शहर में आई होती है और लव जिहाद को अंजाम देने वाले ऐसी ही लड़कियों के ताक में रहते हैं | इसलिए इन जगहों पर कोई भी अप्रोच कर रहा है तो नजदीकी नहीं बढ़ानी है | अगर बात आगे बढ़ भी रही है तो लड़के के विषय में पूरी जानकारी उसके बैकग्राउंड से संबंधित हर तरह से आश्वस्त होने के बाद ही कोई बड़ा कदम उठायें |

(ज) अपनी मुस्लिम दोस्तों से सावधान रहना, मुस्लिम लड़की अगर किसी लड़के से मिलवा रही है तो उससे तुरंत सतर्क हो जाना,मुस्लिम लड़की किसी ऐसी जगह ले जाने के लिए कह रही है जो जगह देखी नहीं है तो जाने से तुरंत इनकार कर देना और अगर जाना भी हो तो बाकी लड़कियों के साथ ग्रुप में ही जाना |

(झ) किसी से बस, मेट्रो या ऑटो में मुलाकात होती है तो कोशिश यह करना कि अकेले सवारी न करें ,बाकी लोगों के साथ यात्रा करें| जब तक व्यक्तिगत स्तर पर लड़की और उसके घरवालों को ऑटो ड्राइवर से संबंधित सारी जानकारी न हो तब तक एक ही ऑटो ड्राइवर के साथ आना- जाना वह भी अकेले बिल्कुल न करें क्योंकि ऐसे मामलों में भी इस तरह के अपराध को अंजाम दिया जाता है |

(ट) आजकल जगह जगह पर जिहादियों ने फर्जी आर्य समाज मंदिर भी खोल लिया है जहाँ हिन्दू लड़की को ले जाते हैं | वहाँ जाकर शादी कर लेते हैं जो कि वास्ताव में निकाह होता है | इसलिए किसी भी आर्य समाज मंदिर में जाने से पहले इंटरनेट या अन्य माध्यमों से आर्य समाज की आधिकारिक वेबसाइट या नंबर पर पूछ कर कनफर्म कर लें या फिर अग्निवीर संस्था से संपर्क करें जिनका सारा विवरण इंटरनेट पर उपलब्ध है |

4

किशोरावस्था

किशोरावस्था मनुष्य के जीवन का बसंतकाल माना गया है |बचपन और वयस्कता के बीच के महत्वपूर्ण समय को ही किशोरावस्था कहा जाता है | बचपन से किशोरावस्था की ओर बढ़ते लड़के और लड़कियों में हार्मोन्स की वजह से मनोवैज्ञानिक,सामाजिक और शारीरिक बदलाव होते हैं | यह समय यौवन के आस पास होता है |यह काल 12 से 19 वर्ष तक रहता है,परंतु किसी किसी व्यक्ति में यह 22 वर्ष तक चला जाता है | यह काल भी सभी प्रकार् की मानसिक शक्तियों के विकास का समय है | भावों के विकास के साथ साथ बालक की कल्पना का विकास होता है | उसमें सभी प्रकार के सौन्दर्य की रुचि उत्पन्न होती है और बालक इसी समय नए नए और ऊंचे ऊंचे आदर्शों को अपनाता है | बालक भविष्य में जो कुछ होता है, उसकी रूपरेखा उसकी किशोरावस्था में बन जाती है | जिस बालक ने धन कमाने का स्वप्न देखा, वह अपने जीवन में धन कमाने में लगता है | इसी प्रकार जिस बालक के मन में कविता और कला के प्रति लग्न हो जाती है, वह इन्ही में कुशलता प्राप्त करने की चेष्टा करता है और इनमें सफलता प्राप्त करना ही वह जीवन की सफलता मानता है | जो बालक किशोरावस्था में समाज सुधारक और नेतागिरी के स्वप्न देखता है ,वह आगे चलकर उसी दिशा में बढ़ने की कोशिश करता है |

किशोरावस्था के दौरान लड़के और लड़कियों में होने वाले परिवर्तन कई बार माता-पिता के लिए चिंता का विषय बन जाते है | किशोरावस्था

के अलग-अलग चरणों के बारे में जानना जरूरी है |

किशोरावस्था का प्रारम्भिक चरण 10 से 13 वर्ष की उम्र के बीच होता है |इस चरण के दौरान लड़के-लड़कियों का विकास तेजी से होने लगता है | शरीर में कई तरह के परिवर्तन नजर आते हैं | इन परिवर्तनों में अंडरआर्म्स और जननांगों के पास बालों का बढ़ना, लड़कियों में स्तन का विकास और लड़कों के अंडकोश का बढ़ना शामिल है |माना जाता है यह बदलाव लड़कों की तुलना में लड़कियों में एक –दो साल पहले से शुरू होने लग जाते हैं | इस दौरान कई लड़कियों का मासिक चक्र भी शुरू हो जाता है | वहीं ट्रांसजेंडर बच्चों के लिए यौवन की शुरुआत का मुश्किल समय हो सकता है |कुछ बच्चे इस समय अपने लिंग पहचान पर भी सवाल उठा सकते हैं |

किशोरावस्था का मध्यम चरण 14 से 17 वर्ष की उम्र के बीच होता है | इस दौरान अधिकांश लड़कों का विकास तेजी से होने लगता है और यौवन संबंधी परिवर्तन भी जारी रहते है, जैसे आवाज में बदलाव होना व मुँहासों का आना | वहीं , लड़कियों में शारीरिक परिवर्तन लगभग पूर्ण हो जाते हैं और अधिकांश लड़कियों का मासिक धर्म भी नियमित हो जाता है | इस उम्र में, कई किशोर रोमांस और शारीरिक संबंधों में रुचि लेने लगते हैं | वहीं किशोर माता-पिता के साथ बहस और तर्क करने लगते हैं, क्योंकि वो परिवार से ज्यादा दोस्तों के साथ समय बिताना और बंदिशों में नहीं रहना चाहते हैं | इन सभी के साथ लड़का और लड़की के मस्तिष्क का विकास जारी रहता है |

किशोरावस्था का अंतिम चरण 18 से 21 की उम्र के बीच या उससे अधिक होता है | आमतौर पर किशोरावस्था के अंतिम चरण तक शारीरिक विकास पूरा हो जाता है |वयस्कता की ओर बढ़ रहे अंतिम चरण के किशोर अपने व्यक्तित्व और अपनी अहमियत को बखूबी समझने लगते हैं |वो अपने भविष्य पर ध्यान देने के साथ ही अपने आदर्शों को आधार बनाकर ही फैसला लेते हैं | इस दौर में दोस्ती और प्यार जैसे रिश्ते स्थिर होते जाते हैं | कुछ लड़के-लड़कियां भावनात्मक और शारीरिक रूप से अपने परिवार से अलग हो जाते है | हालांकि, कई अपने माता-पिता के साथ एक नए रिश्ते को फिर से स्थापित करते हैं |

लड़कियों में किशोरावस्था के दौरान होने वाले शारीरिक परिवर्तन कुछ इस प्रकार होते हैं :

- लड़कियों के स्तन विकसित होने लगते हैं |यह एक तरीके से संकेत होता है कि यौवन शुरू हो रहा है |
- 12 से 18 साल के बीच लड़कियों के स्तन पूरी तरह से विकसित हो जाते हैं |
- बाएं और दायें दोनों स्तनों का विकास अलग-अलग आकार में हो सकता है |
- इस दौरान सॉफ्ट क्रॉप टॉप या स्पोर्ट्स ब्रा का इस्तेमाल करना अच्छा माना जाता है |
- लड़कियां इस दौरान लंबी होती हैं और उनके शरीर के कुछ अंग-जैसे हाथ, सिर और चेहरा अन्य अंगों के मुकाबले तेजी से बढ़ सकते हैं |
- लगभग 16-17 साल बाद लड़कियों का कद बढ़ना बंद हो जाता है |
- लड़कियों के शरीर का आकार भी बदलने लगता है, जैसे उनकी कमर और कूल्हे चौड़े होने लगते हैं |
- इस दौरान गुप्तांगों के बाल भी बढ़ने लगते हैं |

लड़कों मे किशोरावस्था के दौरान होने वाले शारीरिक परिवर्तन कुछ इस प्रकार होते हैं :

- 12 साल की उम्र से बगल ,पैर ,छाती और चेहरे के बाल भी बढ़ने शुरू हो जाते हैं |
- लड़कों का अंडकोश बढ़ने लगता है और लिंग का भी विकास होता है |
- लड़कों की आवाज भी बदलने लगती है |
- लड़कियों में मासिक धर्म की शुरुआत की तरह लड़कों में यौवन से संबंधित अचानक कुछ नहीं होता, लेकिन लड़कों में नाइटफाल व स्वप्नदोष का होना यौवन की शुरुआत माना जाता है |
- नाइटफाल आमतौर पर 13 से 17 साल की उम्र के बीच शुरू होता है |

- 17 या 18 साल की उम्र तक लड़कों के गुप्तांग का भी पूरी तरह विकास हो जाता है |
- लड़कों का विकास 13 वर्ष की आयु के आसपास तेज गति से होता है और 18 साल तक पहुंचते पहुंचते यह धीमा हो जाता है
- लड़कों के स्तनों में हल्का विकास होना आम बात है | अगर ये सामान्य लग रहे है, तो घबराएं नही, इनका विकास थोड़े समय बाद रुक जाता है |
- युवाओं में इस दौरान टेस्टोस्टेरॉन का उत्पादन अधिक होने लगता है, जो शुक्राणुओं (स्पर्म) का उत्पादन करते हैं |

किशोरावस्था में होने वाले मनोवैज्ञानिक परिवर्तन कुछ इस प्रकार हैं :

किशोरावस्था मेंअक्सर बड़ों की बातों को मानने और समझने वाले अच्छे स्वभाव का बच्चों के व्यवहार में भी बदलाव आता है | क्योंकि यह समय होता ही ऐसा है | इस दौरान बच्चे मनोवैज्ञानिक बदलाव से गुजर रहे होते हैं | मनोवैज्ञानिक परिवर्तन की वजह से गुस्सा करना और विद्रोह करने जैसे बदलाव बच्चों में नजर आ सकते हैं

- साईकोलाजिकाल बदलाव हार्मोनला और न्यूरो डेवलपमेंटल परिवर्तनों से जुड़ा हुआ है, जिसके कारण सामाजिक और भावनात्मक परिवर्तन होते हैं |
- इसके साथ ही बौद्धिक क्षमता में वृद्धि होती है |
- किशोरों में इस दौरान तार्किक व नैतिक सोच मजबूत होती है |
- वो तर्कशील होने लगते हैं |
- सामान्य सोच में बदलाव होता है |
- तर्कसंगत निर्णय लेने में सक्षम होने लगते हैं |

किशोरावस्था में सामाजिक परिवर्तन कुछ इस प्रकार हैं :

- युवा खुद में हो रहे बदलावों को समझने के साथ ही आत्मपरिचय की कोशिश करते हैं |
- लोगों की राय को लेकर चिंतित होते हैं,खासकर अपने दोस्तों की राय से प्रभावित होते हैं |
- स्वतंत्रता और जिम्मेदारी की चाहत बढ़ती है |
- अपने फैसलों ,भावनाओं और कार्यों को दृढ़तापूर्वक करते हैं |
- माता-पिताके नियंत्रण से मुक्त होने की कोशिश करते हैं |
- 'सही' और 'गलत' के बारे में अधिक सोचने लगते हैं |इंटरनेट,मोबाइल फोन और सोशल मीडिया से प्रभावित होते हैं |

किशोरावस्था में भावनात्मक परिवर्तन कुछ इस प्रकार हैं :

- मूड स्विंग
- प्राइवेसी की मांग |
- भविष्य की चिंता |
- भावनाओं में बहना |
- दोस्तों के साथ रिश्ते और माता-पिता व स्कूल की अपेक्षाओं की वजह से तनावपूर्ण हालत में आ जाना |

किशोरावस्था में अपने बच्चों की मदद कैसे करें ?

किशोरावस्था के दौरान बच्चों और उनके माता-पिता व परिवार के रिश्तों में परिवर्तन आने लगता है | वो अपने दोस्तों के साथ समय बिताना ज्यादा पसंद करते हैं और परिवार से कटने लगते हैं | ऐसे में नीचे दिए गए कुछ उपाय बच्चों की मदद करने में सहायक साबित हो सकते हैं :

- युवाओं को समझाएं कि शारीरिक परिवर्तन और कामुकता की भावना का होना इस समय सामान्य है |उन्हे इतना सहज महसूस कराएं कि वो आपसे किशोरावस्था से जुड़े सवाल करने से हिचकें न |

- किशोरावस्था में हो रहे शारीरिक बदलाओं को लेकर बच्चों को चिढ़ाएं नहीं और न ही शर्मिंदगी महसूस कराएं |
- अपने बच्चों के साथ सकारात्मक बातचीत करते रहें |
- महत्वपूर्ण विषय जैसे –रिश्तों, कामुकता, शारीरिक संबंध, इससे सम्बंधित सहमति और सुरक्षा के बारे में खुलकर बातचीत करें |
- यही समय है जब उनके साथ संबंध स्थापित करने, संभोग से होने वाले संक्रमण और गर्भावस्था के बारे में सहज तरीके से खुलकर बात की जाए |
- उनका सहयोग करने के साथ ही कुछ सीमाएं भी निर्धारित करे, जैसे –कितना समय पढ़ाई के लिए देना, कितना दोस्तों को, कितना परिवार को और किस तरीके से व्यवहार करना है |
- युवाओं की स्वतंत्रता और व्यक्तित्व का सम्मान करें | साथ ही उन्हे यह भी एहसास दिलाएं कि जरूरत पड़ने पर आप हमेशा उनके साथ खड़े रहेंगे |
- किशोरों को अक्सर इस समय गोपनीयता की आवश्यकता होती है | ऐसे में उन्हे अलग कमरा या निजी स्थान देने की कोशिश करें |

पश्चिमी देशों में किशोर अवस्था का विशेष अध्ययन कई मनोवैज्ञानिकों ने किया है | किशोर अवस्था काम भावना के विकास की अवस्था है | कामवासना के कारण ही बालक अपने में ऊर्जा का अनुभव करता है | वह सौन्दर्य की ओर आकर्षित होता है | उसी से उसे बहादुरी के काम करने की प्रेरणा मिलती है |

किशोर अवस्था शारीरिक परिपक्वता की अवस्था है | इस अवस्था में बच्चे की हड्डियों में दृढ़ता आती है, भूख काफी लगती है | कामुकता की अनुभूति बालक को 13 वर्ष से ही होने लगती है | इसका कारण उसके शरीर में स्थित ग्रंथियों का स्राव होता है | अतएव बहुत से किशोर बालक अनेक प्रकार की कामुक क्रियाएं अनायास ही करने लगते हैं | जब पहले पहल बड़े लोगों को इसकी जानकारी होती है तो वे चौंक जाते हैं | आधुनिक मनोविश्लेषण विज्ञान ने बालक की किशोर अवस्था की कामचेष्टा को स्वाभाविक बताकर, अभिभावकों के अकारण भय का

निराकरण किया है | ये चेष्टाएं बालक के शारीरिक विकास के सहज परिणाम है | किशोरावस्था की आदत कभी कभी प्रौढ़ अवस्था तक बनी रहती है | किशोरावस्था का विकास होते समय किशोर को अपने ही समान लिंग के बालक से विशेष प्रेम होता है | यह जब अधिक प्रबल होता है, तो समलिंगी काम क्रियाएं भी होने लगती हैं | बालक की समलिंगी कामक्रियाएं सामाजिक भावना के प्रतिकूल होती है, इसलिए वह आत्मग्लानि का अनुभव करता है | अतः वह समाज के सामने निर्भीक होकर नहीं आता | समलिंगी प्रेम के दमन के कारण मानसिक ग्रन्थि मनुष्य पेन पैरानोइया नामक पागलपन उत्पन्न करती है | इस पागलपन में मनुष्य एक ओर अपने आपको अत्यंत महान व्यक्ति मानने लगता है और दूसरी ओर अपने ही साथियों को शत्रु रूप में देखने लगता है | ऐसी ग्रंथियां हिटलर और उसके साथियों में थी, जिसके कारण वे दूसरे राष्ट्रों की उन्नति नहीं देख सकते थे| इसी के परिणामस्वरूप द्वितीय विश्वयुद्ध छिड़ा |

किशोर बालक उपर्युक्त मनःस्थितियों को पार करके ,विषमलिंगी प्रेम अपने में विकसित करता है और फिर प्रौढ़ अवस्था आने पर एक विषमलिंगी व्यक्ति को अपना प्रेम केन्द्र बना लेता है, जिसके साथ वह अपना जीवन व्यतीत करता है |

कामवासना के विकास के साथ साथ मनुष्य के भावों का विकास भी होता है | किशोर बालक के भावोद्वेग बहुत तीव्र होते हैं | वह अपने प्रेम अथवा श्रद्धा की वस्तु के लिए सभी कुछ त्याग करने को तैयार हो जाता है | इस काल में किशोर बालकों को कला और कविता में लगाना लाभप्रद होता है | ये काम बालक को समाजोपयोगी बनाते हैं |

किशोर बालक सदा असाधारण काम करना चाहता है | वह दूसरों का ध्यान अपनी ओर आकर्षित करना चाहता है | जब तक वह इस कार्य में सफल होता है, अपने जीवन को सार्थक मानता है और जब इसमें वह असफल हो जाता तो वह अपने जीवन को नीरस एवं अर्थहीन मानने लगता है | किशोर बालक के अंदर डींग मारने की प्रवृत्ति भी अत्यधिक होती है | वह नए नए प्रयोग करना चाहता है | इसके लिए दूर दूर तक घूमने में उसकी बड़ी रुचि रहती है |

किशोर बालक का बौद्धिक विकास पर्याप्त होता है | उसकी चिंतन शक्ति अच्छी होती है | इसके कारण उसे पर्याप्त बौद्धिक कार्य देना आवश्यक होता है | किशोर बालक में अभिनय करने, भाषण देने तथा लेख लिखने की सहज रुचि होती है | अतएव कुशल शिक्षक इन साधनों द्वारा किशोर का बौद्धिक विकास करते हैं |

किशोर बालक की सामाजिक भावना प्रबल होती है | वह समाज में सम्मानित रहकर ही जीना चाहता है | वह अपने अभिभावकों से भी सम्मान की आशा करता है | उसके साथ 10,12 वर्ष के बालकों जैसा व्यवहार करने से, उसमें द्वेष की मानसिक ग्रंथियां उत्पन्न हो जाती हैं, जिससे उसकी शक्ति दुर्बल हो जाती है और अनेक प्रकार के मानसिक रोग उत्पन्न हो जाते हैं |

बालक का जीवन दो नियमों के अनुसार विकसित होता है, एक सहज परिपक्वता का नियम और दूसरा सीखने का नियम | बालक के समुचित विकास के लिए, हमें उसे जल्दी जल्दी कुछ भी नहीं सिखाना चाहिए| सीखने का कार्य अच्छा तभी होता है जब वह सहज रूप से होता है | बालक जब सहज रूप से अपनी सभी मानसिक अवस्थाएं पार करता है तभी वह स्वस्थ और योग्य नागरिक बनता है | कोई भी व्यक्ति न तो एकाएक बुद्धिमान होता है और न परोपकारी बनता है | उसकी बुद्धि अनुभव की वृद्धि के साथ विकसित होती है और उसमें परोपकार, दयालुता तथा बहादुरी के गुण धीरे धीरे ही आते हैं | उसकी इच्छाओं का विकास क्रमिक होता है | पहले उसकी न्यून कोटि की इच्छाएं जाग्रत होती हैं और जब इनकी समुचित रूप से तृप्ति होती है तभी उच्च कोटी की इच्छाओं का आविर्भाव होता है | यह मानसिक परिपक्वता के नियम के अनुसार है | ऐसे ही व्यक्ति के चरित्र में स्थायी सद्गुणों का विकास होता है और ऐसा ही व्यक्ति अपने कार्यों से समाज को स्थायी लाभ पहुंचाता है |

युवास्था में की गई गलतियाँ भविष्य पर बहुत दुष्प्रभाव छोड़ती हैं | कुछ उन पर भी प्रकाश डालना आवश्यक है|

यूं तो उम्र का हर पड़ाव अपने आप में बहुत खास होता है, वैसे मुझे तो पर्सनल तौर पर वो बचपना ही पसंद है जो हमने बिना किसी परेशानी के

हँसते-खेलते गुजार दिया | ना घर की चिंता, ना काम की और ना ही कोई अन्य समस्या , बस खाओ, पियों और मस्ती से जीवन जियो | लेकिन ये बचपना बहुत धोखेबाज होता है, जैसे ही हमें इसकी आदत पड़ती है ये हमें छोड़कर चला जाता है और साथ ले आता है दुविधा से भरी उम्र जिसे हम किशोरावस्था कहते हैं | ये वो उम्र होती है जब हमें ये समझ नहीं आता कि अब हमें बच्चे हैं या बड़े हो चुके हैं | कोई कहता है, 'अब तुम बच्चे नहीं हो' तो कोई कहता है कि 'तुम अभी बच्चे हो'| बस इसी उथल-पुथल और संदेह के बीच हम आ पहुंचते हैं युवास्था की सीढ़ी पर | सामाजिक तौर पर इसे सबसे खतरनाक पड़ाव माना जाता है, इसके अलावा यह उम्र हमारे भविष्य के साथ भी सीधे तौर पर जुड़ी होती है | हमारा भविष्य अंधकारमय होगा या उज्ज्वल, हम समाज में कितने सफल हो पाएंगे ये सभी बातें लगभग युवास्था में ही निर्धारित हो जाती हैं | आप भले ही इस बात को स्वीकार करें या ना करें लेकिन विभिन्न युवास्था की अहमियत ,अन्य पड़ावों में सबसे ज्यादा है | लेकिन जब हम युवा होते हैं तब हमें इस उम्र की अहमियत पता नहीं होती और जाने-अनजाने हम कुछ ऐसी गलतियाँ कर बैठते हैं जो भविष्य में हमारे ऊपर भारी पड़ती हैं |

ना सिर्फ सामाजिक बल्कि हिन्दू शास्त्रों, जो जीवन व्यतीत करने का सही तरीका भी बयान करते हैं| मैं कुछ ऐसी बातों का जिक्र करना चाहता हूँ जिन्हे युवास्था में भूलकर भी नहीं करना चाहिए, क्योंकि इनका परिणाम हमे वृद्धावस्था में भुगतना पड़ता है :-

1. युवास्था के दौरान हम सबसे ज्यादा दोस्त बनाते है, इसके अलावा प्रेम संबंध भी हमारे इसी उम्र में जुडते है | शास्त्रों के अनुसार इस उम्र में हमें ऐसे लोगों के साथ जुड़ना चाहिए जिनका चरित्र और स्वभाव सही हो | क्योंकि यहाँ की गई गलती हमें उम्र भर झेलनी पड़ सकती है | दोस्त या प्रेमी हमेशा सोच-समझ कर ही बनाए जाने चाहिए |

2. हम मनुष्य हैं| हमें डर लगना भी स्वाभाविक है | हम अक्सर वही काम करते हैं जिसमें हम सहज महसूस करते हैं | लेकिन हमें अपने आराम पसंदगी की आदत को छोड़कर अपने डर का सामना करना चाहिए | डर हमें आगे बढ़ने नहीं देता और फिर हमें आगे जाकर पछतावा

होता है कि हम अपने जीवन में बहुत कुछ कर सकते थे |

3. आमतौर पर स्त्रियों को घर के काम की जिम्मेदारी सौंपी जाती है और पुरुषों को बाहर आजीविका कमाने के लिए भेज दिया जाता है | लेकिन अब ऐसे हालात पूरी तरह बदल चुके हैं |इसलिए महिलायें केवल घर तक ही सीमित रहेंगी, यह सोच पूरी तरह निरर्थक है |

4. अगर आप किसी गलत जॉब में फंस गए हैं तो समय पर उसे छोड़ना ही बेहतर और एकमात्र विकल्प है| ये जॉब आपकी ऊर्जा छीनकर जीवन भर का कष्ट दे सकती है |

5. अक्सर लोग बाहरी सुंदरता को ज्यादा तरजीह देते हैं, ब्यूटी उत्पादनों और केमिकल्स की सहायता से बाहरी तौर पर तो निखर जाते हैं लेकिन अंदरूनी खूबसूरती की ओर ध्यान भी नहीं देते | अपने भीतर की खूबसूरती को ना पहचानना भविष्य के लिहाज से एक भूल साबित हो सकती है |

6. अपनी भावनाओं को व्यक्त करना इंसान के लिए बहुत मुश्किल होता है | लेकिन अगर सही समय पर भावनाओं को उजागर ना किया जाए तो वह 'काश' बनकर हमेशा हमारे जेहन में रहती है और हमें ताउम्र दुख पहुंचाती हैं |

7. अपने अभिभावकों की बात ना सुनना- ऐसा जरूरी नहीं है कि आपके माता-पिता और आपके विचार एक समान हों, लेकिन आपको उनका सम्मान करना चाहिए | उनकी बातों को सुनना चाहिए और अगर आप उनसे सहमति ना रखते हों तो उन्हे प्रेमपूर्वक समझाना चाहिए |

8. केवल अपने बारे में सोचना इंसान के लिए भारी पड़ सकता है | मनुष्य को हमेशा खुद से पहले अपने परिवार और अपने समाज के बारे में सोचना चाहिए | जब आप दूसरों के बारे में सोचेंगे तो यकीन मानिए आपको ज्यादा खुशी होगी |

9. लेकिन एक बात जो आपको अवश्य ही ध्यान रखनी चाहिए कि दूसरों के बारे में सोचते हुए ये ना भूल जाएँ कि आपको किसके बारे में कितना सोचना है | अपने हित को नजर अंदाज करते हुए केवल त्याग करते जाना भी भविष्य के अनुरूप नहीं है |

10. बुरी यादों और किसी के प्रति नकारात्मक भावना को सहेजकर रखना किसी और को नहीं बल्कि आपको ही अंदर ही अंदर कमजोर करता जाएगा | इसलिए बुरी यादों को बुरा सपना समझकर भूल जाना चाहिए |

11. आपको जिस बात पर यकीन है उसके लिए अकेला खड़ा रहना पड़े तो भी कोई बात नहीं | हमेशा झुंड में रहकर जीत हासिल करना ही जरूरी नहीं |

12. शारीरिक व्यायाम ना करना अपने खानपान पर ध्यान ना देना , ये बात आपको आज नहीं भविष्य में परेशान करेगी |

13. पहले के जमाने में जल्दी या कम उम्र में विवाह करना उचित माना जाता था, लेकिन आज के दौर में यह मान्यता पूरी तरह गलत साबित हो चुकी है | आपको अपनी उम्र के हिसाब से नहीं अपने विचारों के परिपक्व होने के बाद विवाह करना चाहिए | उम्र तो बस अंक है | जब तक आप मानसिक रूप से तैयार ना हों, कभी विवाह के लिए हाँ ना करें |

14. जब हम युवास्था में होते हैं तब दोस्त ही हमारी दुनिया बन जाते है, लेकिन ये वो समय भी होता है जब हमें अपने परिवार के साथ वक्त बिताना चाहिए | यकीन मानिए जब यह समय बीत जाएगा तो आप अपने परिवार के साथ समय बिताने के लिए भी तरस जाएंगे |

15. अंत में सबसे मुख्य बात, सेविंग करने की आदत आपको अपने युवास्था में ही डाल लेनी चाहिए अन्यथा भविष्य में आपको बहुत पछतावा होगा |

5

उत्तर-दक्षिण की दूरियाँ

कर्नाटक एक्सप्रेस नई दिल्ली के प्लेटफार्म से छूटने ही वाली थी | गार्ड ने हरी झंडी दिखाई , ड्राइवर ने हॉर्न बजाया | रुद्र ने पिता के चरण स्पर्श किए | उन्होंने उसे गले लगा लिया और उसके मस्तक को चूमते हुए कहा,

"बेटा, अपना ध्यान रखना |"

उनकी आँखें भर आई |जल्दी रूमाल निकाला और अपनी आँखें पोंछने लगे तब तक रुद्र ट्रेन में चढ़ गया | उन्होंने रुद्र को हाथ हिलाकर विदा किया | कुछ पल यूं ही खड़े होकर ट्रेन को जाते हुए देखते रहे और हाथ हिलाते रहे | ट्रेन आँखों से ओझल हो गई और वे भारी मन से स्टेशन से बाहर आ गए |

यह पहला अवसर था जब रुद्र अकेले ही दक्षिण भारत कर्नाटक राज्य की राजधानी बंगलौर पढ़ने जा रहा था | इसके पहले रुद्र सैनिक स्कूल रीवा में कक्षा छठवीं से लेकर बारहवीं तक पढ़ता रहा | पिता जब भी छुट्टी आते तो कई बार बेटे से मिलना होता था | वो छुट्टी ही तब लेते थे जब रुद्र को शीतकालीन और ग्रीष्मकालीन छुट्टियाँ मिलती थी | रुद्र का भाई हर्ष जो उससे दो साल छोटा था वह रीवा के जीसस क्राइस्ट स्कूल में पढ़ता था | तीनों पिता-पुत्र रीवा के सिविल लाइन इलाके में सुबह सैर के

लिए जाते थे | उनका घर भी नरेंद्र नगर इलाके में था जो सिविल लाइन इलाके से बहुत ही नजदीक था | इसी सिविल लाइन इलाके में सैनिक स्कूल रीवा का कैंपस है | पिता को कभी महसूस ही नहीं हुआ कि बेटा उनसे कहीं दूर है | जब कभी वो स्कूल लगने के दौरान छुट्टी आते थे तब भी सप्ताह में एक या दो बार रुद्र से मिलना जरूर होता था |

रुद्र पढ़ने में तो औसत दर्जे का विद्यार्थी था पर खेल-कूद में हमेशा आगे रहता था | फुटबाल उसका प्रिय खेल था | उसके अंदर जीतने का जज्बा हद से ज्यादा था | कई बार तो जीतने के लिए वह सारे नियम भी ताक पर रख देता था | एक बार आदित्य प्रताप सिंह दोनों बेटों को दौड़ने की प्रतियोगिता के लिए उत्साहित किया | दोनों तैयार हो गए | दौड़ सिविल लाइन इलाके में ही शुरू हुई | दो किलो मीटर की दूरी निर्धारित थी |जब दोनों भाई दौड़ कर वापस आए तो रुद्र हर्ष से आगे था | हर्ष ने आते ही पिता से शिकायत की,

“पापा, भैया ने चीटिंग की है, इसने सॉर्ट कट रास्ता अपनाया है|”

पिता ने देखा कि हर्ष तो पसीने से लथपथ था जबकि रुद्र के चेहरे पर कोई पसीना नहीं था |वो समझ गए | उन्होंने रुद्र को समझाते हुए कहा,

“बेटा, जीवन में सफल होना है तो सॉर्ट कट रास्ता अपनाना छोड़ दो | यहाँ तो तुम जीत गए पर जीवन की दौड़ में तुम्हें संघर्ष करना ही पड़ेगा |”

रुद्र,राष्ट्रीय रक्षा अकादमी खड़कवासला पुणे में प्रवेश के लिए संघ लोक सेवा द्वारा आयोजित परीक्षा में शामिल हुआ पर सर्विस सलेक्सन बोर्ड इलाहाबाद के साक्षात्कार में सफल नहीं हो सका |

पिता ने उसका हौसला बढ़ाते हुए कहा था ,

“बेटा , निराश मत हो ,आने वाले समय में तुम्हें और भी मौके मिलेंगे, बस अपने लक्ष्य पर नजर रखो और तैयारी करो |

“पापा, मैंने तैयारी तो बहुत की थी ,पर लगता है कुछ कमी रह गई |”

“बेटा, हमारे पूर्व राष्ट्रपति ए पी जे अब्दुल कलाम और फिल्म स्टार अमिताभ बच्चन भी सर्विस सलेक्सन बोर्ड के साक्षात्कार में सफल नहीं हो पाए थे | वो निराश नहीं हुए और देख लो वो किस बुलंदी पर पहुँच गए हैं | हो सकता है तुम्हारे लिए भी कुछ और अच्छा होने वाला हो |”

"पापा, आप हमेशा मजाक ही करते हैं |"

"बेटा, मैं मजाक नहीं बल्कि मजाक में अपने दिल की बात कहता हूँ | मुझे उर्दू के कवि मुहम्मद इकबाल का एक शेर याद आ गया – खुदी को कर बुलंद इतना कि हर तकदीर से पहले खुदा बंदे से खुद पूछे बता तेरी रजा क्या है |"

****

घर पहुंचते ही पत्नी देवकी ने पूछा,

"बेटा, चला गया ना ?"

"हाँ चला गया",

पति के हाँ कहते ही देवकी के आँसू फिर बह निकले | आदित्य ने देवकी के सर पर जैसे ही हाथ रखा वह फफक कर रोने लगी | उसे समझाते हुए आदित्य ने कहा,

"रुद्र अब बच्चा नहीं रहा बड़ा हो गया है , तुम उसकी चिंता करना छोड़ दो |"

"मैं मां हूँ , मेरे लिए तो वो बच्चा ही है |"

"मैंने उसे अच्छी तरह समझा दिया है कि .....

"यही की , बंगलौर बड़ा शहर है, वहाँ तुम्हारा कोई गार्जियन नहीं है , पढ़ाई में ध्यान रखना, किसी लड़की के चक्कर में मत पड़ना, वरना घर में घुसने नहीं दूंगा ....यही समझाया है ना ?"

"तो और क्या कहता ? जाओ बेटा बाप के पैसे से इश्क लड़ाओ |"

"मैं ये नहीं कहती , पर आप को वो सब कहने की क्या जरूरत थी ? मेरा बेटा ऐसा नहीं है |"

"अरे भाग्यवान, मैं उसका पिता हूँ , मेरा भी कोई फर्ज है | मैं जानता हूँ तुम्हारा बेटा ऐसा नहीं है पर कल अगर किसी लड़की को अपनी मर्जी से शादी करके घर ले आया तो तुम्ही कहोगी – अब क्या करें ?"

"चलिए छोड़िए, आप को तो मेरे बेटे पर यकीन ही नहीं है , बैठिए खाना लगाती हूँ |

****

रुद्र बड़ा बेटा होने की वजह से देवकी उसे कुछ ज्यादा ही चाहती थी | हर मां को अपने बड़े बेटे में अपने पति की तस्वीर नजर आती है और हर

पिता सोचता है कि उसका बड़ा बेटा उससे बड़ा बने | बस इसी मनोदशा में पिता उसे अनुशासित करने के लिए सख्ती करता है और मां शेरनी के बच्चे की तरह बेटे का बचाव करती फिरती है |अनुशासन की आदत डालने में पिता सख्ती बरतता है पर मां का दिल प्यार की भावना से ओतप्रोत होता है | मां से बच्चे की थोड़ी भी तकलीफ देखी नहीं जाती |

यही रुद्र के साथ होता था | रुद्र के पिता आदित्य प्रताप सिंह सेना में जूनियर कमीसन ऑफिसर थे | वह चाहते थे कि उनका बेटा उनसे भी बड़ा अधिकारी बने | यही वजह है कि वो अनुशासनहीनता बिल्कुल ही बर्दास्त नहीं करते थे| रुद्र उनके अनुशासन के खौफ से बचने के लिए मां के आँचल का सहारा लेता था | वह अपनी बात कहने के लिए कभी अपने छोटे भाई हर्ष का तो कभी मां का सहारा लेता था पर पिता से अपने दिल की बात नहीं कहता था | उसे लगता था कि पिता उसके साथ ज़्यादाती करते हैं जबकि उसकी नजरों में माँ से बढ़ कर उसका भला चाहने वाला इस दुनिया में कोई और नहीं था |बचपन में रुद्र बहुत ही संकोची स्वभाव का बच्चा था | अगर कोई घर में मिलने आता तो वो घर के अंदर छुप जाता था | वहीं दूसरी ओर हर्ष पड़ोसियों के घर जाता और सीधे किचन में जाकर कहता,

"आंटी, क्या आप मुझे दावत देने वाली हैं ?"

"क्या खाओगे बेटा ?"

"जो कुछ भी आपके किचन में हैं |"

"अरे अभी तो कुछ नहीं बना है |"

"आंटी, टमाटर तो होंगे ?

"हाँ ,वो तो हैं , पर क्या तुम सिर्फ टमाटर खाओगे ?"

"जी आंटी, मैं टमाटर भी खा लेता हूँ |

रुद्र संकोची और डरपोक वहीं हर्ष मिलनसार और बिंदास | दोनों के स्वभाव में काफी अंतर देखकर पति-पत्नी में अक्सर बहस हो जाती थी और आदित्य प्रताप देवकी को जीवन दर्शन का ज्ञान देने लगते थे | वो कहते थे ,

"देखो देवकी, तुम्हारा ज्यादा लाड़-प्यार रुद्र को कमजोर बना देगा |"

"तो आप क्या सोचते हैं कि आपका ये अनुशासन का खौफ उसे मजबूत बनाएगा ?"

"हाँ मैं तो ऐसा ही सोचता हूँ |"

"आप गलत सोचते हैं | यदि आप ऐसी सख्ती करते रहे तो एक दिन आपका बेटा आपसे दूर हो जाएगा |"

"देवकी, दूर तो वो उसी दिन हो गया था जब 11 वर्ष की उम्र में मैंने उसे सैनिक स्कूल रीवा पढ़ने भेजा था | तुम यह अच्छी तरह जान लो कोई भी बच्चा मां की गोद में बैठ कर जीवन भर संघर्ष नहीं कर सकता | उसे माता-पिता से दूर जाना ही पड़ता है |ये दुनिया संघर्ष से भरी है | उसे इस काबिल बनाना होगा कि वो संघर्ष करते हुए अपने जीवन की दशा और दिशा खुद निर्धारित कर सके |"

"आप कुछ ज्यादा ही सोचते हैं |"

"मैंने कहा ना , मैं पिता हूँ | यदि मेरे लाड़-प्यार से तुम्हारा बेटा कमजोर हो गया तो तुम दोष मुझे दोगी |"

"आप मुझसे क्या उम्मीद करते हैं ?"

"एक मां होने के नाते तुम्हें बेटे को प्यार के साथ अनुशासन भी सिखाना चाहिए ताकि वो अंदर से मजबूत और साहसी बने |"

"वो कैसे ?"

"देखो मैं तुम्हें बाज पक्षी के बारे में बताता हूँ | तुम समझ जाओगी कि एक मां कैसे अपने बच्चे को मजबूत और साहसी बनाती है |"

वह थोड़ा रुके , देवकी के हाथों को अपने हाथ में लेकर बैठ गए और उसे उदाहरण देते हुए कहा ,

"जिस उम्र में बाकी परिंदों के बच्चे चिचियाना सीखते हैं, उस उम्र में एक मादा बाज अपने चूजे को पंजे में दबोच कर सबसे ऊंचा उड़ जाती है | पक्षियों की दुनिया में ऐसा कठिन प्रशिक्षण किसी और का नहीं होता है | मादा बाज अपने चूजे को लेकर लगभग 12 किलोमीटर ऊपर ले जाती है | जितने ऊपर अमूमन जहाज उड़ा करते हैं और वह दूरी तय करने में मादा बाज 7 से 9 मिनट का समय लेती है | यहाँ से शुरू होती है उस नन्हे चूजे की कठिन परीक्षा | उसे अब यहाँ बताया जाता है कि तू किस लिए पैदा हुआ है ? तेरी दुनिया क्या है ? तेरी ऊंचाई क्या है ? तेरा धर्म बहुत

ऊंचा है और फिर मादा बाज उसे अपने पंजों से छोड़ देती है |धरती की ओर ऊपर से नीचे आते वक्त लगभग नौ किलोमीटर तक उस चूजे को आभास ही नहीं होता कि उसके साथ क्या हो रहा है | सात किलोमीटर के अंतराल तक उस चूजे के पंख जकड़े होते हैं ,वह खुलने लगते हैं | लगभग नौ किलोमीटर आने के बाद उनके पंख पूरे खुल जाते हैं | यह जीवन का पहला दौर होता है, जब बाज का बच्चा पंख फड़फड़ाता है | अब धरती से वह लगभग 3000 मीटर दूर है, लेकिन अभी वह उड़ना नहीं सीख पाया है | अब धरती के बिल्कुल करीब आता है जहाँ से वह देख सकता है अपने अस्तित्व को | अब उसकी दूरी धरती से महज 700-800 मीटर होती है लेकिन उसका पंख अभी इतना मजबूत नहीं हुआ है कि वो उड़ सके | 400-500 मीटर दूरी पर आते आते उसे लगता है कि जीवन का अब अंत होने वाला है | फिर अचानक एक पंजा उसे आकर अपनी गिरफ्त में ले लेता है और अपने पंखों के बीच समेट लेता है | यह पंजा उसकी मां का होता है जो ठीक उसके ऊपर चिपक कर उड़ रही होती है | उसकी यह ट्रेनिंग निरंतर चलती रहती है जब तक की वह उड़ना नहीं सीख जाता | यह ट्रेनिंग एक कमांडो की तरह होती है | तब जाकर दुनिया को एक बाज मिलता है जो अपने से दस गुना अधिक वजनी प्राणी का भी शिकार करता है |"

अपने पति की बात सुनकर देवकी मुस्कुरा रही थी | जिसे देखकर उन्होंने फिर कहा,

"हिन्दी में एक कहावत है .....'बाज के बच्चे मुंडेर पर नहीं उड़ते|' बेशक अपने बच्चों को अपने से चिपका कर रखो पर उन्हे दुनिया की मुश्किलों से रूबरू कराओ, उन्हे लड़ना सिखाओ | बिना आवश्यकता के भी संघर्ष करना सिखाओ | वर्तमान समय की अनंत सुख सुविधाओं की आदत व माता-पिता के बेहिसाब लाड़ प्यार ने मिलकर, अपने बच्चों को 'ब्रायलर मुर्गे' जैसा बना दिया है जिसके पास मजबूत पैर तो हैं पर चल नहीं सकता ,दमदार पंख तो हैं पर उड़ नहीं सकता |"

"मैं भी आपको बाज के बारे में कुछ बताना चाहती हूँ | क्या आप सुनना पसंद करेंगे ?"

"हाँ , क्यों नहीं ? जरूर सुनाओ |"

"एकमात्र पक्षी, जो बाज को चोंच मारने की हिम्मत करता है, वह है रेवेन | रेवेन बाज की पीठ पर बैठता है और उसकी गर्दन को अपनी चोंच से काटता है | परंतु बाज जवाब नहीं देता, न रेवेन से लड़ता है | बाज रेवेन के साथ लड़ने में समय और ऊर्जा बर्बाद नहीं करता | बाज सिर्फ अपने पंख खोलता है और आसमान में ऊंची उड़ान भरने लगता है | उड़ान जितनी ऊंची होती जाती है, रेवेन को सांस लेने में उतनी ही कठिनाई होती है ,और अंत में ऑक्सीजन की कमी के कारण रेवेन आसमान से नीचे गिर जाता है | इसीलिए हर लड़ाई का जवाब देने की आवश्यकता नहीं होती और न ही लोगों के तर्कों या उनकी आलोचनाओं का जवाब देने की | बस अपना काम करते रहिए , अपनी मेहनत से अपना मुकाम बनाइये |"

"देवकी, तुम्हारी बातों का मेरे पास कोई जवाब नहीं है | तुमने तो नहले पर दहला मारा है |"

देवकी पति की बात सुनकर मुस्कुराने लगी |आदित्य प्रताप सिंह और देवकी के बीच ऐसी बहस अक्सर हुआ करती थी | रुद्र को लगता था कि पिता उसके साथ बहुत सख्ती करते हैं | वह कहता था ,

"पापा, जिस दिन मैं सेना में अफसर बन गया तो मां को अपने साथ रखूँगा पर आपको नहीं ले जाऊंगा |"

आदित्य प्रताप सिंह बेटे की बात सुनकर मुस्कुरा कर रह जाते थे | सिर्फ इतना कहते थे,

"बेटा, मैं चाहता हूँ तुम सेना में अफसर जरूर बनो और मां को अपने साथ रखो |"

****

रुद्र बहुत ही उमंग और उत्साह के साथ भविष्य के सपने बुनते हुए बैंगलोर शहर जा रहा था | उस शहर के बारे में उसने बहुत कुछ सुना था | अब उस शहर में रहने का मौका भी मिलेगा यह सोच कर वह रोमांचित हो रहा था | उसके सीट के सामने ही एक सज्जन व्यक्ति बैठे थे | उन्होंने रुद्र से पूछा ,

"बेटा, कहाँ तक जा रहे हो ?"

"अंकल, मैं बैंगलोर पढ़ने जा रहा हूँ |"

“कहाँ पढ़ोगे ?”

“अंकल, मैं आर्मी इंस्टिट्यूट ऑफ होटल मैनेजमेंट में बैचलर इन होटल मैनेजमेंट करूंगा |”

“बहुत अच्छी बात है | पर ये बताओ कि क्या तुम पहले बैंगलोर शहर देख चुके हो |”

“नहीं अंकल , पहली बार जा रहा हूँ |”

दोनों के बीच काफी चर्चा हो रही थी | जो सज्जन सामने बैठे थे वे बैंगलोर विश्वविद्यालय में इतिहास के प्रोफेसर राजेन्द्रन नायर थे | रुद्र ने कहा,

“अंकल, क्या मुझे बताएंगे बैंगलोर किस चीज के लिए प्रसिद्ध है ?”

“जरूर बताऊँगा , सुनो

आई टी हब के नाम से मशहूर बैंगलोर, दक्षिण भारत का एक प्रमुख शहर है | यह आकर्षक शहर भारतीय राज्य कर्नाटक का सबसे बड़ा शहर और देश का पाँचवाँ सबसे बड़ा महानगर के रूप में जाना जाता है|1537 में बसाया गया यह नगर आज कामयाबी की अलग मुकाम पर है |

बैंगलोर को भारत की नई पीढ़ी का शहर भी कहा जाता है | गौरतलब है कि इस शहर को भारत की सूचना प्रौद्योगिकी यानी आई टी की राजधानी कहते हैं | यहाँ साफ्टवेयर तथा कंप्यूटर से संबंधित अनेक जानी मानी कंपनियां हैं जहाँ देश के युवा अच्छे पदों पर नौकरी कर रहे हैं | यदि आकड़ों की माने तो आज बैंगलोर में 51 % से ज्यादा लोग भारत के विभिन्न हिस्सों से आ कर बसे हैं | आज भले बैंगलोर एक आई टी सिटी के नाम से जाना जाता है , लेकिन इस शहर को घूमने के कई खास कारण हैं, यकीनन आप इन कारणों को एक बार जानने के बाद बैंगलोर जरूर घूमना चाहेंगे |

भारत के अन्य शहरों के मुकाबले बैंगलोर का मौसम बेहद सुहावना है | यकीन मानिए जो यहाँ आता है वह इस मौसम का दीवाना हो जाता है | खास बात यह है कि, यहाँ पूरे साल मौसम सुहावना बना रहता है, बैंगलोर में कभी भी हो जाने वाली बारिश सभी की पसंदीदा हो चुकी है | अगर आप वीकेंड के दौरान अपनी थकान मिटाना चाहते हैं तो बैंगलोर के आसपास करीबन 100 किमी की रेंज में कई खूबसूरत हॉलीडे डेस्टिनेशन

मौजूद हैं |

'गार्डन ऑफ सिटी' के नाम से विख्यात बैंगलोर में आप घूमते हुए कई विशाल हरे-भरे पेड़ों आदि को देख सकते हैं | जैसे कब्बन पार्क जहाँ करीबन 300 एकड़ में दर्जनों प्रजाति के पेड़, पौधे लगे हुए हैं| इस बागान में पेड़-पौधों की ऐसी ऐसी प्रजातियाँ हैं जिन्हे शायद आपने कहीं देखा भी नहीं होगा |यहाँ 6000 से भी ज्यादा पेड़-पौधे लगे हैं जो यहाँ के पर्यावरण को बहुत ही सुंदर और सुखद बनाते हैं |

इसके अलावा आप यहाँ स्थित बन्नेरघट्टा नेशनल पार्क की भी सैर कर सकते है| यह बैंगलोर शहर से मात्र 22 किलोमीटर की दूरी पर स्थित है | यह 100 वर्ग किलोमीटर में फैला पार्क शहर का सबसे लोकप्रिय पर्यटको के आकर्षण का केंद्र है| यह उष्ण कटिबंधीय पौधों का देश का सबसे बड़ा संग्रह है |

बीते कुछ सालों में भारत के कई शहरों मे थीम वाले रेस्तरां का चलन शुरू हुआ है, आप बैंगलोर में थीम रेस्तरां की भरमार देख सकते हैं | खास बात यह है कि, इन रेस्तरां में आप अच्छे और लजीज खाने के साथ लाइव म्यूजिक भी और अन्य गतिविधियों का लाभ उठा सकते हैं |

बैंगलोर भारत के कई शैक्षिक और अनुसंधान संस्थानों का घर है, जैसे कि भारतीय विज्ञान संस्थान , भारतीय प्रबंधन संस्थान,राष्ट्रीय डिजाइन संस्थान, नेशनल लॉ स्कूल ऑफ इंडिया विश्वविद्यालय और राष्ट्रीय मानसिक स्वास्थय और तंत्रिका विज्ञान संस्थान , एरोस्पेस और रक्षा संगठन , भारत इलेक्ट्रॉनिक्स, हिंदुस्तान एरोनोटिक्स और नेशनल एरोस्पेस लेबोरेटरीज और कन्नड फिल्म उद्योग इत्यादि हैं |

नब्बे के दशक तक बैंगलोर शहर उत्तर भारतियों के लिए सैर-सपाटे की जगह हुआ करता था, हालांकि अब ये शहर देश भर के युवाओं के लिए रहने का सबसे बढ़िया शहर के तौर पर सामने आया है | जीवन सुगमता सूचकांक के आधार पर बैंगलोर को रहने के लिए देश का सबसे शानदार शहर माना गया है | धीरे धीरे ये शहर सिलिकॉन सिटी की तरह विकसित हुआ है | और अब यहाँ के स्थानीय लोगों के खानपान अलग होने के बावजूद भी उत्तर भारतीयों को इससे शिकायत नहीं, बल्की वे देश भर के दूसरे बड़े शहरों की बजाए बैंगलोर को रहने के लिए प्राथमिकता दे

रहे हैं |

दरअसल इस शहर का मौसम हमेशा शानदार रहता है | यहाँ न तो ज्यादा गर्मी होती है और न ही ज्यादा ठंड, बल्कि साल भर यहाँ शाम होते होते हवा हल्की ठंडी हो जाती है | साथ ही यहाँ शायद ही कभी चिपचिपाहट भरा मौसम मिलता हो | ऐसे में एक्सट्रीम मौसम झेलकर आए दूसरे राज्यों के लोगों को ये शहर काफी पसंद आ जाता है |

बैंगलोर की जीवन शैली दूसरे मेट्रोज के मुकाबले काफी सस्ती लेकिन आरामदेह है | यहाँ घर लेने के लिए दिल्ली-मुंबई की तरह भारी किराया नहीं देना पड़ता | हाँ, ये बात जरूर है कि किराये पर घर लेते हुए मकान-मालिक कई तरह की शर्तें रख सकते हैं ताकि आसपास रहने वालों को कोई असुविधा न हो | इसके अलावा एकमुश्त रकम ली जाती है , जिसे सिक्योरिटी अमाउंट कहते हैं| आमतौर पर ये पैसे घर खाली करते समय वापस हो जाते हैं | इसके अलावा खाने पीने और जरूरत की दूसरी चीजें भी यहाँ कम कीमत पर उपलब्ध हैं |

एक और वजह भी है -आर्थिक | बैंगलोर के सिलिकॉन सिटी की तरह विकसित होने के बाद से यहाँ रोजगार के मौके बढ़े हैं | आई टी के अलावा मैन्यूफैक्चरिंग में भी यहाँ निजी के अलावा सरकारी कंपनियों ने भी काफी निवेश किया है | अगर आपमें प्रतिभा और अनुभव है तो यहाँ मनचाहे पैसे मिल पाते हैं | ये भी इस शहर की ओर युवाओं को आकर्षित करता हैं |

इसके अलावा बैंगलोर मेट्रो होने के बाद भी दूसरी राजधानियों से एकदम अलग हैं | यहाँ परंपरा और आधुनिकता का अनोखा मेल दिखता है | इसके लिए आपको शहर के एक से दूसरा कोना नापने की जरूरत नहीं होगी, बल्कि एक कॉलोनी में ही जरूरत का सब सामान मिल जाता है | तो बाहर से आने वालों के लिए ये काफी सुविधाजनक होता है |

“अंकल आपको यहाँ की काफी जानकारी है| आप कितने सालों से यहाँ रह रहे हैं ?”

“बेटा, मैं पिछले 25 वर्षों से यहाँ रह रहा हूँ |”

“अंकल यहाँ के इतिहास के बारे में भी कुछ बताएं |

“बेटा, अभी तुम मेरे विषय पर आए हो | मैं यहाँ के इतिहास के बारे में विस्तार से बताऊँगा | मुझे बहुत कम विद्यार्थी तुम्हारे जैसे जिज्ञासू मिले | सुनो ,

पुराणों में इस स्थान को कल्याणपुरी या कल्याण नगर के नाम से जाना जाता था | अंग्रेजों के आगमन के पश्चात ही बैंगलोर को अपना यह अंग्रेजी नाम मिला |

बेगुर के पास मिले एक शिलालेख से ऐसा प्रतीत होता है कि यह जिला 1004 ईस्वी तक गंग राजवंश का एक भाग था | इसे बेंगावलोरू के नाम से जाना जाता था | जिसका अर्थ प्राचीन कन्नड में “रखवालों का नगर” होता है | सन 1015 से 1116 तक तमिलनाडु के चोल शासकों ने यहाँ राज किया | जिसके बाद इसकी सत्ता होयसल राजवंश के हाथ चली गई |

ऐसा माना जाता है कि आधुनिक बंगलौर की स्थापना सन 1537 ईस्वी में विजयनगर साम्राज्य के पतन के बाद हुई | बंगलौर की सत्ता की बागडोर कई बार बदली | मराठा सेनापति शाहजी भोसले के अधिकार में कुछ समय तक रहने के बाद इस पर मुगलों ने राज किया |बाद में जब 1689 में मुगल शासक औरंगजेब ने इसे चिक्काराजा वोडयार को दे दिया तो यह नगर मैसूर साम्राज्य का हिस्सा हो गया | कृष्णराजा वोडयार के देहांत के बाद मैसूर के सेनापति हैदर अली ने इस पर 1759 में अधिकार कर लिया | इसके बाद हैदर अली के पुत्र टीपू सुल्तान , जिसे लोग शेर-ए-मैसूर के नामे से जानते हैं, ने यहाँ 1799 तक राज किया | जिसके बाद यह अंग्रेजों के अधिकार में चला गया |

सन 1799 में यह राज्य चौथे मैसूर युद्ध में टीपू सुल्तान की मौत के बाद ही अंग्रेजों के हाथ लग सका | मैसूर का शासकीय नियंत्रण महाराजा के ही हाथ में छोड़ दिया गया, केवल छावनी क्षेत्र (कैंटोनमेंट) अंग्रेजों के अधीन रहा |ब्रिटिश शासनकाल में यह नगर मद्रास प्रेसिडेंसी के तहत था | मैसूर की राजधानी 1831 में मैसूर शहर से बदल कर बंगलौर कर दी गई |

सन 1537 में विजयनगर साम्राज्य के सामंत केंपेगौड़ा प्रथम ने इस क्षेत्र में पहले किले का निर्माण किया था| इसे आज बैंगलोर शहर की

नींव माना जाता है | समय के साथ यह क्षेत्र मराठों, अंग्रेजों और आखिर में मैसूर राज्य का हिस्सा बना | अंग्रेजों के प्रभाव में मैसूर राज्य की राजधानी मैसूर शहर से बैंगलोर में स्थानांतरित हो गई, और ब्रिटिश रेजिडेंट ने बैंगलोर से शासन चलाना शुरू कर दिया | बाद में मैसूर का शाही वाडेयार परिवार भी बैंगलोर से ही शासन चलाता रहा |

सन 1947 में भारत की आजादी के बाद मैसूर राज्य का भारत संघ में विलय हो गया, और बैंगलोर 1956 में नवगठित कर्नाटक राज्य की राजधानी बन गया | 1949 में बैंगलोर छावनी और बैंगलोर नगर, जिनका विकास अलग अलग इकाइयों के तौर पर हुआ था, उनका भी विलय करके नगरपालिका का पुनर्गठन किया गया |

"अंकल ,आपकी जानकारी बहुत अच्छी लगी | आपने बैंगलोर के बारे में बहुत कुछ बता दिया | इतनी जानकारी के लिए तो मुझे कई किताबें पढ़नी पड़ती |"

"बेटा, आजकल लोग किताबें पढ़ना नहीं चाहते | मुझे भी यहाँ के इतिहास की जानकारी किताबों से ही मिली है | बैंगलोर पहुँचने में तो अभी समय है | तुम मुझसे और क्या जानना चाहते हो ? पूछ लो ,न जाने फिर कब हमारी मुलाकात होगी |"

"अंकल, आप तो नायर हैं , क्या आप केरल की नायर जाति के बारे में कुछ बताएंगे ?"

"नायर (नैयर) मलयाला क्षत्रीय के रूप में भी विख्यात हैं | केरल की उन्नत हिन्दू जाति का नाम है -नायर | 1792 में ब्रिटिश विजय से पहले, केरल राज्य में छोटे सामंती क्षेत्र शामिल थे| जिनमें से शाही और कुलीन वंश में ,नागरिक सेना में और भू प्रबंधकों के कार्य के लिए नायर चुने जाते थे | नायर राजनीति, सरकारी सेवा, चिकित्सा, शिक्षा और कानून में प्रमुख थे |

नायर परिवार पारंपरिक रूप से मातृ वंशीय है , जिसका अर्थ है कि नायर परिवार में वंश को महिलाओं के माध्यम से जाना जाता है। बच्चों को अपने माता के परिवार की सम्पति विरासत में मिलती है। उनकी पारिवारिक इकाई में सदस्यों को संयुक्त रूप से सम्पत्ति पर स्वामित्व हासिल होता है | इसका सीधा सा अर्थ है कि शादी के पश्चात किसी भी

पुरुष को अपने ससुराल में रहना होता है क्योंकि उसका अपने पिता की संपत्ति की बजाय अपने ससुराल की संपत्ति पर हक होता है |

नायर अपने सामरिक इतिहास के लिए विख्यात हैं, जिसमें कलरीपायट्टु (युद्ध कला)में उनकी भागीदारी और मामनकम धार्मिक अनुष्ठान में नायर योद्धाओं की भूमिका शामिल है | नायरों को अंग्रेजों द्वारा योद्धा वंश के रूप में वर्गीकृत किया गया था | सन 1935 तक त्रावणकोर राज्य की फौज में केवल नायरों की भर्ती की जाती थी, जिसके बाद से गैर-नायरों को भी शामिल किया गया | इस राज्य के सैन्य बल नायर ब्रिगेड को आजादी के बाद भारतीय सेना में विलय कर लिया गया | वह भारतीय सेना की सबसे पुरानी बटालियन 9 वीं बटालियन मद्रास रेजीमेंट बनी |

"अंकल, इसका अर्थ है कि नायर क्षत्रीय हैं ?"

"हाँ, तुम ऐसा कह सकते हो |"

"अंकल, आप कहाँ के रहने वाले हैं ?"

"मैं केरल के कालीकट का रहने वाला हूँ जिसे कोझीकोड भी कहते हैं |"

"मैंने कहीं पढ़ा था कि वासको डा गामा सबसे पहले भारत में केरल के कालीकट के तट पर ही आया था |"

"तुमने ठीक पढ़ा है |मैं तुम्हें पूरी कहानी बताता हूँ |"

पश्चिम में 15 वीं शताब्दी में भारत को खोजने की होड़ लगी थी | कई नाविक भटक रहे थे, लेकिन 20 मई 1498 को वास्को डी गामा ने कालीकट पहुँच कर भारत को खोज निकाला |

यूरोपीय देशों के लिए भारत एक पहेली जैसा था, अरब देशों के साथ यूरोप का व्यापार था | यूरोप अरब जगत से मसाले, खासकर काली मिर्च और चाय खरीदता था |लेकिन अरब कारोबारी उन्हे ये नहीं बताते थे कि ये मसाले और चाय कहाँ पैदा होते हैं| यूरोप इतना समझ चुका था कि अरब कारोबारी कुछ छुपा रहे हैं| रोमन सभ्यता के इतिहास से उन्हे पता था कि पूर्व में एक अलग संस्कृति वाला समृद्ध देश है |

उस देश को खोजने बड़ी संख्या में यूरोप के नाविक निकल पड़े | इनमें एक नाम था इटली के क्रिस्टोफर कोलंबस का | भारत खोजने

निकले कोलंबस अटलांटिक महासागर में भटक गया और दक्षिण अमेरीका की तरफ पहुँच गए | कोलंबस को शुरुआत में लगा कि उन्होंने भारत खोज लिया है, इसीलिए वहाँ के मूल निवासियों को रेड इंडियंस का नाम दिया |

कोलंबस की पहली यात्रा के करीब पाँच साल बाद जुलाई 1497 में पुर्तगाल के युवा नाविक वास्को डा गामा भारत की खोज में निकला | 1460 में पैदा हुए वास्को डा गामा एक हुनरमंद कप्तान था | चार जहाजों के साथ यात्रा की शुरुआत पुर्तगाल की राजधानी लिस्बन से हुई | उनका अपना जहाज सेंट गाबरियल 200 टन का था |

कहा जाता है कि वास्को डा गामा सीधे दक्षिण अफ्रीका पहुंचे | वहाँ उन्होंने कई भारतीयों को देखा |उन्हे पता चला कि भारत अभी और आगे है | वे भारतीय व्यापारी जहाजों पीछा करते हुए भारत की खोज में निकल पड़े |दक्षिण अफ्रीका के आखिरी छोर के मोड़ 'कैप ऑफ गुड हॉप' का मोड़ काटते ही वो हिन्द महासागर में दाखिल हो गए | इसके बाद उनके ज्यादातर साथी बीमार पड़ गए | खाना कम पड़ गया | जान बचाने के लिए वो मोजाम्बिक में रुके | मोजाम्बिक के सुल्तान को उन्होंने यूरोपीय उपहार दिए| तोहफों से सुल्तान ऐसे खुश हुए कि उन्होंने वास्को डा गामा की भरपूर मदद की और भारत का रास्ता खोजने में भी मदद की|

आखिरकार 20 मई 1498 को वास्को डा गामा कालीकट के तट पर पहुँच गए | कालीकट के राजा ने उनसे कारोबार करने की हामी भरी | कालीकट में तीन महीने बिताने के बाद वो वापस पुर्तगाल लौटे | उनके 199 नाविकों में सिर्फ 55 जिंदा बचे | 1499 में वास्को डा गामा के लिस्बन पहुँचने के बाद पूरे यूरोप में भारत की खोज की खबर फैलने लगी |

इसके बाद कब्जे का दौर शुरू हुआ | 1502 को पुर्तगाल के राजा ने वास्को डा गामा को 20 नौसैनिक जहाजों के साथ भारत के लिए रवाना किया | पुर्तगाली कालीकट और उसके आस पास के इलाके को अपने नियंत्रण में रखना चाहते थे | पूर्वी अफ्रीका के तट के सहारे वास्को डा गामा ने अरबों पर बर्बर हमले किए | कालीकट पहुँचने पर भी हमले जारी रहे | कालीकट के राजा के आत्मसमर्पण के बाद कोच्चि के राजा से

समझौता किया | इसके तहत मसालों का कारोबार बनाए रखने की संधि हुई |

1502 में वास्को डा गामा पुर्तगाल लौट गए | वहाँ 20 साल रहने के बाद वो फिर भारत आए | 1524 में तीसरी बार भारत पहुंचे वास्को डा गामा की तबीयत बिगड़ गई | 24 मई 1524 को उनकी मौत हो गई | पहले उन्हे कोच्चि में ही दफनाया गया | बाद में 1538 में कब्र खोदी गई और वास्को डा गामा के अवशेषों को पुर्तगाल लाया गया | लिस्बन में आज भी उस जगह एक स्मारक है जहाँ से वास्को डा गामा ने पहली भारत यात्रा शुरू की थी |

"अंकल , केरल को भगवान का देश (God's own country) क्यों कहते हैं ?"

"इसके कई कारण हैं – पौराणिक कथाओं के अनुसार देवताओं ने केरल को बनाया था |पौराणिक कथाओं के अनुसार, ऋषि परशुराम, जो विष्णु के अवतार थे उन्होंने अपनी कुल्हाड़ी से केरल का निर्माण किया | उन्होंने कुल्हाड़ी को पानी में फेंक दिया और पानी में भूमि की जगह बनने से यह आज केरल के रूप में जाना जाता है | दूसरी कथा के अनुसार,राजा महाबली केरल पर शासन करते थे और उनकी समृद्धि और धन देख देवता भी ईर्ष्या करते थे जहाँ भगवान विष्णु के अवतार वामन उन्हे दूर भेजने में कामयाब रहे| इसलिए राजा महाबली की याद में हर साल ओणम त्यौहार बड़ी उत्साह के साथ मनाया जाता है |

तीसरा कारण है – वाल्टर मेनडेज ने सन 1989 में राज्य के पर्यटन क्षेत्र को बढ़ावा देने के लिए केरल का नाम God's Own Country रखा| उन्होंने केरल के प्राकृतिक सौन्दर्य को बढ़ावा देने के लिए केरल पर्यटन विभाग के अनुरोध के अनुसार विभिन्न विचारों पर काम किया और उनके ओर से दी गई टैग लाइन God's own country ने केरल के पर्यटन क्षेत्र के लिए चमत्कार किया जहाँ केरल की अर्थव्यवस्था में लगभग 13 प्रतिशत की बढ़त हुई |

इसके अलावा ,प्राचीन काल से ही केरल अपने मसालों के लिए दुनिया भर में प्रसिद्ध है | केरल का कालीकट (कोझिकोड) शहर मसाले के लिए काफी मशहूर है |आप यहाँ के खाने में इन मसालों के मिश्रण

पाएंगे| इन मसालों की सुगंध देश-विदेश से हर साल हजारों पर्यटकों को अपनी ओर खींचती है | यूरोपियन ने भारत की मसाला राजधानी के लिए रास्ता खोजने के लिए सालों तक कड़ी खोज की | भारत अपने मसालों के लिए यूरोपियन बाजार में सदियों से मशहूर था |दुनिया भर में उन दिनों मसाले व्यापार की चर्चा थी |"

केरल की खूबसूरती ऐसी है कि एक बार वहाँ जाओ तो लौटने का मन नहीं करता है | केरल को 'भगवान का देश 'अगर कहते हैं तो बिल्कुल ठीक कहते हैं | प्रकृति मे इस प्रदेश पर भरपूर कृपा बरसाई है | मानसून में केरल के हरे-भरे पहाड़ों के ऊपर छाए बादल ,कभी बादल आपको छू कर गुजर जाएंगे तो कभी बारिश और ठंडी हवा गालों को सहलाकर जाएगी | इन हरे-भरे पहाड़ों पर बने घुमावदार सीढ़ीनुमा खेत देखकर कौन मोहित हुए बिना रह सकता है ? केरल जाएँ और हाउसबोट नहीं देखा तो क्या देखा ? पानी के बीच नाव पर बसे घर में रहना, सुबह आँख खुलते ही चारों तरफ पानी और हरियाली | पानी हरियाली, नारियल के पेड़, प्रकृति का साथ और सुकून सब केरल में है | कला,संस्कृति और प्रकृति का संगम सब कुछ एक साथ मिलता है केरल में |"

"अंकल, आपका बहुत बहुत धन्यवाद | आपसे मुझे बहुत कुछ जानकारी मिली | अब हमारी मुलाकात बैंगलोर में होगी | मैं आपसे मिलने जरूर आऊँगा |

****

दोपहर के 12.30 बजने वाले थे , ट्रेन बेंगलुरू स्टेशन पहुँचने वाली थी | रुद्र ने अपना सामान बांधा और तैयार हो गया उतरने के लिए | ट्रेन स्टेशन पर रुक गई |तभी उसकी नजर पड़ी उसके दोस्त दीपक पर | उसने हाथ से इशारा किया और दीपक तुरंत दौड़ कर आया और दोनों दोस्त सामान लेकर स्टेशन के बाहर आ गए |

जुलाई का महीना था , बेंगलोर का मौसम बहुत ही खुशनुमा था | टैक्सी पर सामान लादा और चल पड़े अपने कॉलेज के हॉस्टल की ओर | हॉस्टल मद्रास इंजीनियरिंग ग्रुप सेना के प्रशिक्षण केंद्र के कैंपस के अंदर ही स्थित था | हालांकि उनका कॉलेज आर्मी इंस्टिट्यूट ऑफ होटल मैनेजमेंट सेना सेवा कोर के प्रशिक्षण केंद्र के कैंपस में था | दोनों कैंपस

में आपस की दूरी करीब 4 किलोमीटर थी | दोनों आपस में बातें करते हुए हॉस्टल में पहुँच गए |

रुद्र का कॉलेज में एडमीशन तो ऑनलाइन हो चुका था | कॉलेज के निदेश के अनुसार उसे हॉस्टल में कॉलेज खुलने के एक दिन पहले बुलाया गया था ताकि प्रवेश की बाकी औपचारिकताएं पूरी की जा सके| रुद्र दीपक के कमरे मे ही शिफ्ट हो गया, कागजात जमा कर दिए , मेस में दोपहर का भोजन किया और दोनों बातें करने लगे | रुद्र ने पूछा ,

"दीपक, क्या सभी स्टूडेंट्स आ चुके हैं ?"

"हाँ ,सुबह की काउंटिंग में 38 थे , तू 39 है | बस 40 सीट हैं |"

"क्या इनमें लड़कियां भी हैं ?"

"वाह बेटा ! आते ही लड़कियों की खोज खबर लेने लग गया |"

"अबे पता तो होना चाहिए हमें अपने क्लासमेटस का |"

"कल कॉलेज का पहला ओपनिंग डे है , सब जान जाएगा |"

कॉलेज का पहला दिन था |सभी स्टूडेंट्स आपस में एक दूसरे से परिचय कर रहे थे | इस कॉलेज में एडमीशन सिर्फ सैनिकों के बच्चों का ही होता था ,इसीलिए यहाँ सिर्फ कार्यरत या भूतपूर्व सैनिकों के बच्चे ही पढ़ रहे थे | वे सभी अनुशासित थे | यहाँ प्रिंसिपल भी कर्नल रैंक के अधिकारी को नियुक्त किया गया था| यह कॉलेज बैंगलोर विश्वविद्यालय से सम्बद्ध था | कॉलेज का पहला सत्र शुरू हो गया | बैचलर इन होटल मैनेजमेंट के प्रथम वर्ष में 39 विद्यार्थी थे जिनमे 30 लड़के और 9 लड़कियां थी |

उन्ही लड़कियों में एक थी शिवानी | यही कोई 18 साल के आसपास की उम्र थी, सांवला रंग ,औसत 5 फुट 5 इंच की लंबाई ,चेहरे पर स्वाभाविक मुस्कुराहट ,देखने में साधारण सी लड़की थी |व्यवहार में लगता था जैसे उसमें अनुशासन कूट कूट कर नहीं बल्कि मार कूट कर भरा हुआ था |किसी लड़के की हिम्मत नहीं होती थी कि उसे उसके शान के खिलाफ कुछ कह दे | वह पढ़ने में पूरी क्लास में सबसे अव्वल थी | वह कभी किसी लड़के को भाव नहीं देती थी |

वह केरल राज्य के कालीकट की रहने वाली थी | उसके पिता सेना में अधिकारी थे और स्वैच्छिक सेवा निवृति लेने के पश्चात एक कंपनी में

सुरक्षा अधिकारी के पद पर कार्य कर रहे थे |

हॉस्टल में रहने के लिए लड़के और लड़कियों की व्यवस्था तो अलग अलग थी पर भोजन की व्यवस्था एक साथ थी | वे सभी विद्यार्थी जल्दी ही आपस में घुलमिल गए और उनकी दोस्ती हो गई |

रुद्र की मुलाकात अक्सर शिवानी से मेस में हो जाती थी | खाने की लाइन में खाना लेते वक्त दोनों एक दूसरे प्राथमिकता देने लगे | एक दिन रुद्र लाइन में आगे खड़ा होने के बावजूद शिवानी को प्राथमिकता देते हुए कहा,

"आप पहले ले लो |"

"नहीं , आप पहले ले लो, आप लाइन में मुझसे आगे खड़े हो |"

पहले आप पहले आप से गाड़ी स्टार्ट हो गई | दोनों आप से तुम पर आ गए और ये सिलसिला चलता रहा और एक साल निकल गया |

लड़के और लड़कियों की दोस्ती प्यार में बदलते समय नहीं लगता | वह उम्र ही कुछ ऐसी होती है | रुद्र भी उसके ख्यालों में खोने लगा | लड़कियां क्लास में सबसे आगे बैठती थी और सवालों का जवाब भी पहले देती थी | वहीं रुद्र ने सबसे पीछे वाली लाइन में बैठना सुरक्षित महसूस करता था | पीछे बैठने का फायदा भी था | आगे बैठने वाले विद्यार्थी शिक्षक को व्यस्त रखते थे | जबकि पीछे बैठने वाले लड़के बारी बारी से ऊँघने का काम करते थे |

रुद्र को यकीन हो गया था कि अगर कुछ छूट गया तो शिवानी के नोट्स लेकर लिख लेगा| यही सोच कर एक दिन उसने कहा ,

"शिवानी, मुझे मैनेजमेंट का नोट्स दोगी क्या ?"

"हाँ ,ये लो | पर ये बताओ क्या तुम पीछे बैठ कर सोते हो ?"

"यार, शिवानी मेरा मूड ठीक नहीं था | मैं नोट्स ले नहीं पाया |"

"चलो , अगले संडे कहीं घूमकर आते हैं , तुम्हारा मूड ठीक हो जाएगा |"

"कहाँ चलें ?

"नंदी हिल चलते हैं |"

"ठीक है |"

संडे का दिन था | रुद्र ने अपने दोस्त दीपक की बाईक लिया और शिवानी के साथ नंदी हिल घूमने निकल पड़ा | नंदी हिल्स बैंगलोर से 50 किलोमीटर की दूरी पर स्थित है |

अगस्त का महीना था | धूप खिली हुई थी |मौसम बड़ा शानदार था | बैंगलोर का मौसम वैसे भी बहुत आनंददायक होता है| जहाँ उत्तर भारत के लोग जुलाई और अगस्त के महीनों में पसीने से भीगे रहते हैं वहीं बैंगलोर के लोग ठंडी हवा का आनंद लेकर घूमते फिरते हैं |

नंदी हिल्स कर्नाटक के चिकबल्लापुर जिले में स्थित है | इसे नंदी हिल्स ,नंदी किले या नंदी दुर्ग कहते हैं | हिल्स और नंदी बेट्टा पहले समय में यहाँ घना जंगल होता था | उसके साथ यह आकवर्ती नदी का उद्गम स्थल भी होता था |

नंदी हिल्स का इतिहास बेहद ही दिलचस्प और रोचक है | ऐसा कहा जाता है की इस स्थान का आकार सोते हुए बैल जैसा होने के कारण इसका नाम नंदी हिल्स पड़ा है | क्योंकि इसकी उत्पत्ति के बारे में कई किवंदतियाँ प्रसिद्ध हैं | भारत के सबसे खूबसूरत हिल स्टेशन में नंदी हिल्स की गिनती की जाती है | नंदी हिल्स पहाड़ी पर बना प्राचीन नंदी किला टीपू सुल्तान के द्वारा बनवाया गया था | प्राकृतिक सुंदरता से भरे इस स्थान पर अंग्रेज शासन के समय ब्रिटिश अधिकारी अपनी छुट्टियाँ मनाने आते थे |

यह स्थान समुद्र सतह से 4800 फुट की ऊंचाई पर बना हरियाली और सुंदर दृश्य के लिए जाना जाता है | यहाँ पैराग्लाइडिंग और ट्रेकिंग का मजा भी लोग लेते हैं | नंदी हिल्स में प्राचीन स्थापत्यों में बहुत सारे प्राचीन और आकर्षक मंदिर स्थित हैं | इसके अलावा तीन नदियां –पलार नदी, पोन्नेयार नदी और पेन्नर नदी देखने को मिलती है |

इतिहासकारों के मुताबिक नंदी हिल्स चोल राजवंश के समय में आनंद गिरी के नाम से प्रसिद्ध था | यहाँ मराठा शासकों के कई किले उपलब्ध हैं |लेकिन टीपू सुल्तान ने नंदी दुर्ग (नंदी हिल) नाम का एक किला बनवाया था | इस किले की प्रसिद्धी चारों ओर फैली थी | नंदी हिल के नजदीक ही देवनहल्ली किले में टीपू सुल्तान का जन्म हुआ था | गर्मियों के मौसम में सुल्तान नंदी दुर्ग में अपना समय व्यतीत करता

था | इस स्थान को तशक -ए-जन्नत के नाम से जाना जाता है | यहाँ नजदीक ही पर्वतों के ढलानों पर नंदेश्वर अभयारण्य भी मौजूद है |

फोटोग्राफी का शौक रखने वाले व्यक्तियों के लिए यह जगह बहुत ही उपयुक्त है | प्रकृति प्रेमियों के लिए भी यहाँ अनेक प्रकार के फूल और पौधे देखने को मिलते हैं | इसके साथ साथ जंगली जानवरों की कई प्रजातियाँ देखने को मिलती हैं |यहाँ अलग अलग प्रकार की कई दुर्लभ फूल और जड़ी बूटियों के पौधे भी देखने को मिलते हैं | नंदी हिल की ठंडी हवा और शांत व सुरम्य वातावरण सभी पर्यटकों के तन और मन को एकदम तरो ताजा कर देता है |इस स्थान का नाम पहले आनंदा गिरी यानि 'खुशी का पहाड़ था' |

नंदी हिल्स में पैराग्लाइडिंग बहुत ही लोकप्रिय साहसिक गतिविधि है | कुदरत की रमणीय वादियों में इस खेल का भरपूर आनंद उठा सकते हैं | शांत वातावरण के साथ साथ सुंदर दृश्य देखते हुए पर्यटकों को यहाँ एक अलग एहसास होता है | यह गतिविधि साहसी पर्यटकों के लिए बहुत ही उत्साहवर्धक है |

नंदी हिल्स का आकर्षक स्थल चन्नापुरा फाल्स बहुत ही अच्छा और शानदार जलप्रपात है | यह प्रमुख दर्शनीय स्थलों में से एक माना जाता है | जल प्रपात के दर्शन ट्रेकिंग से पर्यटकों को बहुत आनंद की अनुभूति होती है | बारिश के मौसम में इस झरने को देखना बेहद सुखद अनुभूति होती है |

नंदी हिल्स के प्रसिद्ध पर्यटक स्थलों में ब्रह्म आश्रम गुफा भी शामिल है | ब्रह्म आश्रम गुफा का शांत वातावरण और सुंदर हरियाली से भरा स्थान पर्यटकों को बहुत प्रिय लगता है | शानदार पहाड़ी गुफा तेज गर्मी में ठंड का और शांति का एक बेहद अच्छा अनुभव देती है |

टीपू सुल्तान का किला नंदी हिल्स का प्रसिद्ध पर्यटन स्थल है| टीपू सुल्तान के पिता हैदर अली खान ने इस किले का निर्माण शुरू किया था और उनके बेटे ने यह कार्य पूरा किया | सुल्तान गर्मियों के मौसम में समय व्यतीत करने के लिए इस किले का निर्माण करवाया था और इस किले का नाम तशक -ए-जन्नत(स्वर्ग से ईर्ष्या) रखा था | इस किले की शानदार नक्काशी पर्यटकों को बहुत आकर्षित करती है |

अमृता झील (अमृत सरोवर) नंदी हिल्स में घूमने लायक खूबसूरत जगह है | अमृत सरोवर को अमृत की झील के नाम से भी पहचाना जाता है | इसी नदी से नंदी हिल के सभी स्थानों पर पानी पहुंचाया जाता है | नदी के किनारे शाम को बैठकर चंद्रमा की रोशनी में यहाँ के पानी को देखना सभी को एक आश्चर्य जनक लगता है | इसी जगह पर ही टीपू सुल्तान प्रार्थना करता था |

यदि आपने ऐतिहासिक मंदिर –भोगा नंदीश्वर मंदिर नहीं देखा तो आपकी यात्रा अधूरी है | क्योंकि पहाड़ियों के आधार पर बना भोगा नंदीश्वर मंदिर इस स्थान का ऐतिहासिक एवं आकर्षक मंदिर है | इस मंदिर को रानी रत्नाबली ने अपने शासन काल में 9 वीं शताब्दी में बनाया था | भगवान शिव को समर्पित इस नंदी मंदिर में शिव के साथ चोल सम्राट राजेन्द्र की आकृति स्मारक भी स्थित है |

धार्मिक स्थल योग नंदीश्वर मंदिर नंदी हिल्स का एक खूबसूरत मंदिर है | शांत वातावरण और प्राकृतिक सुंदरता का बेजोड़ नमूना अपनी ओर दर्शकों को आकर्षित करता है | भगवान शिव को समर्पित है यह मंदिर |

योग नंदीश्वर मंदिर के नजदीक ही टीपू ड्रॉप नंदी हिल्स स्थल है | यह भूमि से तकरीबन 600 मीटर पहाड़ी पर बना है | टीपू सुल्तान के शासन काल में कैदियों को सजा देने के लिए यहाँ लाया जाता था और 600 मीटर की ऊंचाई से उन्हे धक्का देकर मार दिया जाता था |

शाम होने वाली थी , रुद्र और शिवानी ने यहाँ घूमने का भरपूर आनंद लिया और वापस अपने हॉस्टल लौट आए |

****

बेंगलोर की कॉलेज लाइफ रुद्र के लिए बड़ी मौज मस्ती में निकल रही थी | शिवानी से दोस्ती का नतीजा ये रहा कि दोनों इतवार या अन्य छुट्टियों के दिन घूमने फिरने,के लिए बैंगलोर निकल जाया करते थे | कभी बिरयानी खाने तो कभी आइसक्रीम पार्लर |बाकी उनकी पढ़ाई में उनके घूमने फिरने की मौज मस्ती का कोई बुरा असर नहीं पड़ा था | दोनों ने मन बना लिया था कि भविष्य में एक दूसरे के साथ जीवन बिताएंगे | पर अभी इसके लिए बहुत समय था | कॉलेज का कोर्स चार

साल का था | उसके बाद पहली पसंद सेना की सर्विस थी और दूसरा ऑपसन होटल में जॉब था |

आर्मी अथॉरिटी द्वारा चलाया जाने वाला कॉलेज था |अतः कॉलेज में पढ़ने वाले छात्रों में अनुशासन दूसरे कॉलेजों की बजाय काफी सख्त था | कॉलेज में पढ़ाई के अलावा खेल कूद की गतिविधियां भी होती रहती थी | रुद्र की रुचि फुटबॉल खेलने में ज्यादा थी | वह कॉलेज की फुटबाल टीम का कप्तान भी था |

कॉलेज में फुटबाल प्रतियोगिता का आयोजन किया गया था | खेल के दौरान रुद्र के एंकल में चोट लग गई | चोट काफी गंभीर थी | अतः रुद्र को बैंगलोर के सैनिक अस्पताल में भर्ती होना पड़ा |

रुद्र के पिता को जब पता चला तो उन्होंने रुद्र के छोटे भाई हर्ष को बैंगलोर रुद्र से मिलने के लिए भेजा | हर्ष रुद्र से मिला | हर्ष ने बैंगलोर प्रवास के दौरान यह देखा कि शिवानी उससे रोज अस्पताल मिलने आती थी | हर्ष को समझते देर ना लगी कि रुद्र और शिवानी के बीच सिर्फ दोस्ती ही नहीं बल्कि प्यार भी पनप रहा है | हर्ष ने यह बात पिता को समझाते हुए कहा,

"पापा, अब भैया के लिए कोई लड़की देखने की आपको जरूरत नहीं होगी |"

"क्या रुद्र ने कोई लड़की पसंद कर ली है ?"

"हाँ, लगता तो ऐसा ही है |"

"लड़की कहाँ की रहने वाली है ?"

"वह दक्षिण भारत में केरल के कालीकट की रहने वाली है |"

"उसका क्या नाम है ?"

"शिवानी नायर |"

"उसके पिता करते क्या हैं ?"

"अंकल, आर्मी में मेजर थे | फिलहाल वो एम आर एफ कंपनी में सुरक्षा अधिकारी हैं |

रुद्र के पिता अच्छी तरह जानते थे कि यदि रुद्र ने ठान लिया है तो उसे समझाना नामुमकिन है | उन्होंने मन बना लिया कि अब यदि बेटा शादी करने का फैसला उस दक्षिण भारतीय लड़की से कर लिया है तो अब

स्वीकार कर लेना ही उचित होगा | उन्होंने यह बात अपनी पत्नी देवकी और पिता से बताई | पिता ने कहा ,

"तुम्हारा बेटा जो भी करेगा वो ठीक ही करेगा | मुझे उसके फैसले से कोई आपत्ति नहीं है |"

तभी देवकी बोल पड़ी,

"बाबूजी, ऐसे कैसे हो सकता है ? अपनी जात-बिरादरी के बाहर हम कैसे शादी कर सकते हैं ? आखिर लोग क्या कहेंगे ?"

"बेटा, लोगों के साथ रुद्र को जिंदगी नहीं चलानी है, तुम लोगों की चिंता न करो |"

"मुझे ये शादी मंजूर नहीं , मैंने तो सोचा था कि अपने इलाके में ही रुद्र की शादी करूंगी |"

तभी आदित्य प्रताप सिंह ने कहा,

" देवकी, मैं तुम्हारी बात से सहमत हूँ | पर मुझे ये बताओ कि अगर तुम्हारे मना करने के बावजूद भी रुद्र ने अपनी मर्जी से शादी कर लिया तो तुम क्या करोगी ?"

देवकी ने चुप्पी साध ली | थोड़ा सोचते हुए कहा,

"ठीक है अगर उसे अपनी मर्जी से ही सब कुछ करना है तो करे पर मैं सहमत नहीं हूँ |"

"तो क्या तुम ऐसी हालत में बेटे से हमेशा के लिए संबंध तोड़ दोगी ?"

"ऐसा कैसे हो सकता है ?"

"फिर तो एक ही उपाय है |"

"क्या ?"

"खुशी से शिवानी को अपनी बहू बनाने का अभी से मन बना लो | वरना दुखी मन से स्वीकार करने पर तुम्हारे और बहू के संबंध बिगड़ जाएंगे | बेटे को तुम छोड़ नहीं सकती और बहू को स्वीकार नहीं कर सकती | ऐसी हालत में तुम हमेशा दुखी रहोगी |अगर तुम बेटे को छोड़ सकती हो तो मैं तुम्हारे फैसले के साथ हूँ |"

"मैंने देखा है, ऐसे विवाह चलते नहीं है |"

"तो फिर कैसे विवाह चलते हैं ?"

"जैसे हमने किया है |"

"तुम्हारा मतलब है -जोर जबरदस्ती वाले ?"

"ओह ! तो क्या आपकी शादी जोर जबरदस्ती से हुई थी ?"

"जोर जबरदस्ती तो थी ही |"

"तो मना कर देना था |"

कैसे मना करता ? माता-पिता ने तो मुझसे बिना पूछे ही शादी तय कर दी थी |"

"फिर भी क्या आप मान गए थे ?"

"नहीं मानता तो करता भी क्या ? मानना पड़ा था |"

"तो बेटे को भी मना लीजिए |"

"अरे भाग्यवान , आजकल के बेटे बेटियाँ अपने माता-पिता को अहमियत नहीं देते | वो सब कुछ अपनी मर्जी से ही करना चाहते हैं | अब तो माता-पिता को बच्चों की इच्छा के मुताबिक ही चलना पड़ता है | हमारे समय में पहले विवाह होता था बाद में प्रेम | प्रेम हो या ना हो बच्चे हो जाते थे |अब पहले प्रेम होता है फिर विवाह | इसी का नाम है प्रेम-विवाह | मैं सोचता हूँ कि काश मैं भी प्रेम-विवाह किया होता !

"तो अब कर लो पछतावा किस बात का है |"

"अब नहीं कर सकता |"

"क्यों ?"

"अरे भाग्यवान , शादी हो गई, प्रेम भी हो गया और बच्चे भी हो गए | अब मेरे करने को कुछ बचा ही नहीं है | अब जो भी करेंगे , मेरे बच्चे करेंगे |"

"ओह! अब समझी | आप इसीलिए उन्हे छूट देना चाहते हैं |"

"देखो देवकी ,तुम्हारे या मेरे छूट देने से उन्हे अब कोई फर्क पड़ने वाला नहीं है | जिस दिन वो कमाने लगेंगे उस दिन के बाद हमारे पास उनके फैसले को स्वीकार करने के अलावा दूसरा कोई उपाय नहीं होगा | वो तुम पर निर्भर नहीं रहेंगे और अपनी मर्जी से शादी करेंगे | तुम्हें उनके फैसले को मजबूरन स्वीकार करना पड़ेगा | बेहतर है कि पहले ही स्वीकार कर लो और खुशी से जिंदगी जिओ |"

"ठीक है, जो होगा देखा जाएगा | "

****

रुद्र और शिवानी के दिन महीने, साल यूं ही पढ़ाई और मौज मस्ती में बीत रहे थे | आपस में उनके प्रेम पत्रों का भी आदान-प्रदान हो रहा था | उन प्रेम पत्रों में एक दूसरे के लिए आहें भरने और रूमानी दुनिया में खो जाने की कल्पना नहीं थी | बल्कि उनमें एक दूसरे के लिए हौसला बढ़ाने, पढ़ाई में खूब मेहनत करने और अपनी सेहत का ध्यान रखने की बातें लिखी होती थी | वैसे भी वो कॉलेज में ,मेस में , खेल के मैदान में और सप्ताह एक बार बैंगलोर घूमने फिरने के बहाने मिलते ही रहते थे | कोई ऐसा बंधन नहीं था जो उन्हे आपस में मिलने-जुलने से रोकता | वो सच मायने में जिदगी का आनंद ले रहे थे |

रुद्र का जन्म दिन था | शिवानी मेस में सुबह नाश्ते के समय रुद्र से मिली और कहा,

"रुद्र , जन्म दिन की बहुत बहुत शुभकामनाएं |"

"यार शिवानी मैं तो भूल ही गया था मेरा आज जन्मदिन भी है |"

"तुम्हारी आदत बहुत कुछ भूलने की है |"

" तुम ऐसा कह सकती हो और मैं इस बात को स्वीकार करता हूँ | पर मैं तुम्हें याद दिलाना चाहता हूँ कि जन्म दिन सेलीब्रेट करने के लिए हमें लाल बाग चलना है | तुम जल्दी से तैयार हो जाओ | पहले हम लाल बाग की सैर करेंगे फिर जन्मदिन सेलीब्रेट करेंगे | तुम्हें आज बिरियानी खिलाऊँगा |"

दोनों लाल बाग की सैर करने निकल पड़े |

लालबाग बोटानिकल गार्डन बैंगलोर में स्थित एक प्रसिद्ध गार्डन और पर्यटक स्थल है जो शहर की भीड़-भाड़ से दूर अपने फ्रेंड, फेमिली या अपने कपल के साथ कुछ क्वालिटी टाइम स्पेन्ड करने के लिए परफेक्ट जगह है | यह वनस्पति उद्यान राष्ट्रीय और अंतर्राष्ट्रीय स्तर पर वनस्पति कलाकृतियों , पौधों के वैज्ञानिक अध्ययन और पौधों के सरंक्षण के लिए प्रसिद्ध केंद्र भी है |

लाल बाग शहर के मध्य में 240 एकड़ क्षेत्र में फैला है जिसमें पौधों की लगभग 1854 प्रजातियाँ पाई जाती हैं | इस उद्यान में फ्रेंच, फारसी और अफगानी मूल के दुर्लभ पौधों का सबसे बड़ा संग्रह मौजूद है | पूर्ण

रूप से समृद्ध होने के अलावा, इस उद्यान में मैना ,परकेट्स ,कौवे, ब्राह्मणी पतंग, पॉण्ड हेरोन , कॉमन एगेट और पर्पल मूर हेन जैसे कई पक्षी भी रहते हैं जो इसे और अधिक आकर्षक बनाते हैं |

लालबाग बॉटनिकल गार्डन का निर्माण 1760 में हैदर अली द्वारा करवाया गया था जिसे 1856 तक रोज गार्डन के रूप में जाना जाता था | हैदर अली दिल्ली के मुगल गार्डन के बड़े प्रशंसक थे| इसीलिए अपने शहर में भी इसे स्थापित करना चाहते थे | लाल बाग बॉटनिकल गार्डन के निर्माण के बाद कई दुर्लभ पौधों ,पेड़ों और झाड़ियों की कई प्रजातियों को यहाँ लगाया गया और इनमें से ज्यादातर टीपू सुल्तान ने लगवाया था | लाल बाग के अंदर प्रसिद्ध ग्लास हाउस भी है जिसकी नींव वर्ष 1898 में रखी गई थी |

लालबाग दक्षिण बेंगलुरू में स्थित है |और यह बेंगलुरू के संस्थापक केम्पे गौड़ा द्वारा निर्मित एक टॉवर के आसपास बनाया गया है| इस बगीचे के निर्माण का सबसे महत्वपूर्ण हिस्सा इसकी परिष्कृत पानी की टंकी है, जो फूलों सहित 1000 से अधिक प्रजातियों की सिंचाई करती है| यहाँ ऐसे भी पेड़ हैं जो 100 साल से अधिक पुराने हैं | उद्यान में ही लॉन ,फ्लावरबेड, कमल पूल और फब्बारे हैं |

लालबाग में एक चट्टान भी है, जिसे 3000 मिलियन वर्ष पुराना माना जाता है |इस गार्डन में चार अलग अलग एंट्री गेट हैं| उत्तरी गेट ग्लास हाउस तक आसानी से पहुँच प्रदान करता है, जबकि दक्षिणी गेट को अक्सर लालबाग रोड तक खुलने वाल मुख्य द्वार माना जाता है | पूर्वी गेट जयनगर के करीब है और पश्चिमी गेट सिद्धपुरा सर्कल के पास स्थित है |

यहाँ फ्लोरल क्लॉक एक प्राकृतिक घड़ी है, जो विभिन्न फूलों के पौधों और झाड़ियों से बनी है, जिसका व्यास 7 मीटर है | इसे एक बगीचे में रखा गया है जिसे स्नो व्हाइट और सेवन डवार्फ से मूर्तियों के साथ सजाया गया है जो इसे वयस्कों और बच्चों दोनों के लिए एक दिलचस्प स्थान बनाता है |

यहाँ एक झील है जिसे लालबाग झील के नाम से जाना जाता है जो बगीचे के साथ साथ बनी है |पर्यटक झील के किनारे बोटिंग और

पिकनिक इन्जॉय कर सकते हैं| शहर के बीचों-बीच होने के बावजूद भी बोटिंग करने के लिए आदर्श स्थान है |

हर साल गणतंत्र दिवस और स्वतंत्रता दिवस पर, लालबाग के परिसार में फूलों की प्रदर्शनी आयोजित की जाती है | उद्यानिकी और मैसूर बागवानी सोसायटी द्वारा ऑर्गनाइज किया जाने वाला यह शो गार्डन में वनस्पतियों का एक सुंदर नजारा प्रस्तुत करता है जो स्थानीय लोगों और पर्यटकों के बीच काफी पॉपुलर है | इनके अलावा, फूलों को तितलियों के रूप में भी व्यवस्थित किया जाता है, जो बेहद मनमोहक होते हैं |

रुद्र और शिवानी ने आज लाल बाग की सैर का खूब आनंद लिया | फिर उन्होंने "रेड ओनियन " में जाकर बिरयानी का स्वाद लिया और रुद्र का जन्म दिन मनाया | रुद्र ने शिवानी से पूछा,

"शिवानी, क्या तुमने हमारे अफेयर के बारे में अपने घर में किसी को बताया है ?"

"हाँ, मैंने अपनी बहन से शेयर किया है |"

"उसकी क्या प्रतिक्रिया थी ?"

"कह रही थी –तुझे प्यार व्यार के चक्कर में अभी से नहीं फंसना चाहिए | मम्मी-पापा को पता चलेगा तो बहुत नाराज होंगे |"

"फिर तुमने क्या कहा ?"

"मैंने कहा, जब जॉब लग जाएगी तब पापा से बात करूंगी | मम्मी तो सुनते ही आगबबूला हो जाएगी |"

"मैंने भी अभी तक घर में किसी को नहीं बताया है पर मेरे छोटे भाई हर्ष को पता लग चुका है |"

"वो कैसे ?"

"मैं जब अस्पताल में भर्ती था तो तुम रोज मिलने आती थी ,उन्ही दिनों मेरा भाई भी मुझसे मिलने आया था बस उसने अनुमान लगा लिया | हो सकता है उसने घर में मम्मी –पापा को बता दिया हो | लेकिन तुम परेशान मत हो | हम अपनी तरफ से उन्हे तभी बताएंगे जब हमारी दोनों की जॉब लग जाएगी |"

"ठीक है ,मैं भी तुम्हारी बात से सहमत हूँ |"

****

होटल मैनेजमेंट की पढ़ाई का आखरी साल था | रुद्र को कैंपस सलेक्सन ऑर्गनाइज करने की जिम्मेदारी दी गई थी | उसे देश के प्रसिद्ध होटलों से संपर्क बनाने और उन्हे कैंप में आमंत्रित करने का जिम्मा दिया गया था | कैंपस में देश के नामी हॉटलियर्स आए थे| कुछ लड़कों का सलेक्सन भी किया गया पर रुद्र का सलेक्सन नहीं हो पाया | रुद्र बहुत निराश हो गया और उसने अपने पिता को फोन पर कहा,

“सॉरी पापा, मेरा सलेक्सन कहीं नहीं हो पाया | अब तो लगता है चारों ओर अंधेरा छा गया है |”

“बेटा, हर अँधेरे के बाद उजाला ही आता है | निराश होने की जरूरत नहीं है |लेकिन तुम यह बताओ कि इसकी वजह क्या हो सकती है ?”

“पापा, मैं प्रॉडक्सन में हूँ और प्रॉडकसन में अनुभवी व्यक्ति को लेते हैं |”

“बेटा, अनुभव तो तभी आएगा जब कोई व्यक्ति काम करेगा | तुम चिंता न करो | मूंगफली खरीदने की हैसियत रखने वाले बादाम नहीं खरीदा करते | तुम बादाम हो | मुझे पूरा यकीन है तुम्हारा सलेक्सन जरूर होगा , बस तुम इंतजार करो |”

चार साल का होटल मैनेजमेंट का कोर्स पूरा ओ गया था | अब सभी अपने भविष्य को लेकर चिंतित हो रहे थे | चूंकि उस कॉलेज में पढ़ने वाले सभी विद्यार्थी आर्मी बैकग्राउंड से थे, सभी ने संघ लोक सेवा द्वारा आयोजित संयुक्त रक्षा सेवा परीक्षा(Combined Defence Service Exam) के लिए आवेदन कर दिया | साथ साथ होटल इंडस्ट्री में जाने के लिए आवेदन करने लगे |

रुद्र और शिवानी ने भी होटल इंडस्ट्री में जाने के लिए आवेदन किया | इस बार रुद्र का सलेक्सन ताज होटल,ओबेरॉय होटल और फोर सीजन होटल में हो गया | शिवानी का भी सलेक्सन ताज होटल में हो गया और वह ट्रेनिंग के लिए औरंगाबाद के ताज होटल में चली गई | जबकि रुद्र ने किसी होटल में जॉइन नहीं किया | पिता ने पूछा ,

“रुद्र ,तुमने होटल इंडस्ट्री क्यों जॉइन नही किया ?

"पापा, मैं आर्मी में जाना चाहता हूँ | मेरी पहली प्राथमिकता आर्मी है |"

"फिर तुमने होटल मैनेजमेंट की पढ़ाई में क्यों पैसे बर्बाद किए ? तुम जानते हो तुम्हारी पढ़ाई के लिए मुझे बैंक से लोन लेना पड़ा | चार लाख से ऊपर खर्च हो गए | अब तुम कहते हो आर्मी में जाना चाहता हूँ |"

"पापा, आप तो जानते हैं आर्मी अफसर के लिए सलेक्सन कितना मुश्किल होता है | निश्चित नहीं था कि भविष्य में मैं आर्मी में जा पाऊँगा या नही | यही सोच कर मैंने सिम्पल बी ए या बी कॉम करने की बजाय कोई तकनीक वाली शिक्षा लेना उचित समझा | मुझे होटल मैनेजमेंट करना अच्छा लगा |"

"अभी बैंगलोर में क्या कर रहे हो ? दिल्ली आ जाओ |"

"पापा, अभी साक्षात्कार की तैयारी कर रहा हूँ | सर्विस सलेक्सन बोर्ड इलाहाबाद में मेरा साक्षात्कार है |"

कुछ दिनों बाद ही रुद्र का साक्षात्कार हो गया और उसने अपने पिता को फोन पर बताया,

"पापा, मेरा सलेक्सन हो गया है |"

आदित्य प्रताप सिंह को अपने कानों पर भरोसा नहीं हुआ | उन्होंने फिर पूछा,

"क्या कहा ?"

"पापा ,मेरा आर्मी अफसर के लिए सलेक्सन हो गया है |"

यह सुनकर रुद्र के पिता की आँखों में आँसू आ गए | रुद्र के पैदा होने के पहले ही देखे गए सपने को रुद्र ने साकार कर दिया था | खुशी के मारे उनके पाँव जमीन पर नहीं पड़ रहे थे | खुशी के मारे उन्होंने अपनी पत्नी को यह खुसखबरी सुनाई और गले लगा लिया| दोनों ने अपने बेटे को आर्मी अफसर बनाने का सपना साथ साथ देखा था जो आज पूरा हुआ |

रुद्र साक्षात्कार के बाद दिल्ली आ गया | पिता ने पूछा ,

"बेटा, अफसर ट्रेनिंग अकादमी चेन्नई कब जॉइन करोगे ?"

"पापा, तीन महीने बाद कोर्स शुरू होगा तब तक मैं खाली नहीं बैठ सकता | मुझे कुछ काम करना होगा |"

"बेटा, फिर तुम कॉल सेंटर जॉइन कर सकते हो | गुड़गाँव में एक कंपनी है- "जेनपेक्ट" | तुम वहाँ चले जाओ , मुझे पूरा यकीन है तुम्हारा सलेक्सन वहाँ हो जाएगा |"

रुद्र ने वैसा ही किया | वह दूसरे ही दिन जेनपेक्ट के ऑफिस गुड़गाँव पहुँच गया | कंपनी में कॉल सेंटर जॉब के लिए छह चरणों में साक्षात्कार होता था पर इंग्लिश की सम्प्रेषण क्षमता अच्छी होने के वजह से उसका सलेक्सन तीन चरणों में साक्षात्कार के बाद ही हो गया और रुद्र ने कंपनी जॉइन कर लिया |

इसी बीच शिवानी और रुद्र के रूम मेट दीपक का भी आर्मी अफसर के लिए सलेक्सन हो गया | होटल मैनेजमेंट के पूरे 39 लड़कों और लड़कियों के बैच में 4 लोगों का ही सलेक्सन आर्मी मे हो पाया |

चंद महीनों बाद रुद्र और शिवानी ने अपने अपने जॉब छोड़ कर अफसर ट्रेनिंग स्कूल चेन्नई जॉइन कर लिया | जॉइन करने की शर्त थी कि अविवाहित प्रशिक्षु को ही अकादमी में प्रवेश दिया जाता था | प्रशिक्षण के दौरान शादी करने का प्रश्न ही नहीं उठता था |

इसी बीच होटल मैनेजमेंट की परीक्षा का अंतिम परिणाम भी आ गया | शिवानी कॉलेज की बेस्ट टॉपर स्टूडेंट बनी | उसे बैंगलोर विश्वविद्यालय से दीक्षांत समारोह में शामिल होने के लिए आमंत्रित किया गया |दीक्षांत समारोह में शिवानी के पिता शिवेंद्र नायर भी शामिल हुए | दीक्षांत समारोह में शिवानी को "गोल्ड मेडल" दिया गया | पिता को अपनी बेटी पर गर्व हो रहा था | उनका सपना था कि बेटी इंजीनियर या डॉक्टर बने पर बेटी की होटल मैनेजमेंट की पढ़ाई देखकर उनके सपने पूरे होने की कोई उम्मीद नहीं थी| पर जब बेटी आर्मी अफसर के लिए चुन ली गई तो उनकी खुशी का ठिकाना न रहा | अब तो वह गोल्ड मेडल भी लेकर आई थी | शिवानी ने अपने दिल की बात पिता से कहने का यह उचित मौका पाया और उसने पिता से कहा,

"पापा, आप से एक बात कहना चाहती हूँ पर शर्त है कि आप नाराज नहीं होंगे |"

"ठीक है बेटा, कहो |"

"पापा, मेरा एक क्लास मेट है रुद्र | उसका भी सलेक्सन आर्मी अफसर के लिए हो गया है और वह ट्रेनिंग में भी मेरा बैचमेट है | मैं उससे प्यार करती हूँ और उससे ही शादी करना चाहती हूँ |"

शिवेन्द्र नायर, बेटी की बात सुनकर सकते में आ गए | उन्होंने सोचा नहीं था कि बेटी अपनी शादी के बारे में इस तरह कहेगी | उन्होंने बड़े संयम से पूछा ,

"वह कहाँ का रहने वाला है ?"

"वह मध्य प्रदेश के रीवा का रहने वाला है |"

"उसके पिता क्या करते हैं ?"

"आर्मी में जूनियर कमीसन अफसर थे | अभी सीमा सुरक्षा बाल में सब इंस्पेक्टर हैं और फिलहाल दिल्ली में पोस्टेड हैं |"

"तुम पहले अपनी ट्रेनिंग करो उसके बाद शादी के बारे में सोचना |"

****

दीक्षांत समारोह के बाद शिवानी प्रशिक्षण के लिए चेन्नई चली गई | उसे जो बात कहनी थी वह अपने पिता से कह चुकी थी | वह अच्छी तरह जानती थी कि पिता ज्यादा विरोध नहीं करेंगे पर मां आसानी से स्वीकार नहीं करेगी | घर में मां की ही चलती थी |

वैसे भी केरल राज्य में घर जंवाई बनने के बाद कोई भी पति अपनी पत्नी का विरोध नहीं कर पाता | उसे अपनी पत्नी की इच्छा के मुताबिक ही चलना पड़ता है | विरोध का अर्थ है –पति-पत्नी में विवाद | और विवाद की परिणति है तलाक और प्रॉपर्टी से बेदखल | यही वजह है कि अन्य राज्यों की तुलना में केरल राज्य में सबसे अधिक तलाक के मामले पाए जाते हैं |

शिवेंद्र नायर ने शिवानी की इच्छा के बारे में अपनी पत्नी उमा को बताया |पति की बात सुनकर उनकी पत्नी ने उग्र रूप धारण कर लिया और कहा,

"मैं ऐसा कभी नहीं होने दूँगी | उत्तर भारत के लोग दहेज के लिए बहुओं को मारते पीटते हैं ,उन पर अत्याचार करते हैं और कई मामलों में उन्हे जला भी देते हैं | आए दिन टेलीवीजन और समाचार पत्रों में खबर आती रहती है | मैं बचपन से यह देखते आ रही हूँ| मुझे शादी के मामले

में उत्तर भारतीयों पर बिल्कुल भी यकीन नहीं है |"

"देखो उमा, सभी उत्तर भारतीय ऐसे नहीं होते जैसा तुम सोचती हो |"

"आपकी नजर में वो बहुत अच्छे लोग होंगे पर मेरी नजर में वो गिरे हुए हैं जो दहेज के लिए बहुओं को जला देते हैं , मार डालते हैं | अगर शिवानी ने रुद्र से शादी की तो मैं अपनी जान दे दूँगीं पर जीते जी अपनी बेटी की शादी किसी भी उत्तर भारतीय से नहीं होने दूँगी चाहे वो कितना भी बड़ा अफसर हो जाए |"

"देखो उमा, तुम्हें जो करना है वो कर लेना पर शिवानी को अभी कुछ मत कहना | वो ट्रेनिंग कर रही है | तुम्हारी बातें सुनेगी तो वो दुखी होगी और उसकी ट्रेनिंग पर भी असर पड़ेगा |"

"आप कहते हैं तो चुप रहती हूँ पर मेरी बात कान खोलकर सुन लें – शिवानी की शादी मैं किसी भी उत्तर भारतीय लड़के से नहीं होने दूँगी |उसकी शादी तो किसी दक्षिण भारतीय आर्मी अफसर से ही करूंगी|"

पत्नी का रुख देखकर शिवेंद्र नायर ने चुप रहने में ही अपनी भलाई समझी | वैसे भी फिलहाल तो शादी का कोई मुद्दा नहीं था | वो तो शिवानी की उपलब्धि की पत्नी से चर्चा कर रहे थे और बातों ही बातों में शिवानी की इच्छा भी जाहिर कर दी |

****

एक साल पूरे होने वाले थे | शिवानी और रुद्र की ट्रेनिंग भी पूरी होने वाली थी | अफसर ट्रेनिंग स्कूल चेन्नई से अफसर पास आउट होकर अपनी बटालियन में जाने वाले थे | सभी कैडेट्स के पेरेंट्स को भी परेड देखने के लिए आमंत्रित किया गया था | रुद्र के माता-पिता, छोटा भाई हर्ष और दादा भी परेड देखने के लिए चेन्नई पहुँच गए | शिवानी ने भी अपने माता-पिता और छोटी बहन को बुलाया था |

नियत तारीख 19 सितंबर 2009 को पासिंग आउट परेड का आयोजन किया गया | इस शानदार परेड में रुद्र अपनी कंपनी का परेड कमांडर था जबकि शिवानी ने भी पूरे प्रशिक्षण के दौरान खूब मेहनत की थी और पूरे कैडेस के बीच उसे चौथा स्थान प्राप्त हुआ था | एक शानदार परेड के बाद सभी कैडेट्स के माता-पिता और अभिभावकों ने

कैडेट्स के कंधों पर स्टार लगाया और उस क्षण को यादगार बनाने के लिए फोटोग्राफस लिए |

रुद्र और शिवानी ने निर्णय लिया कि अभी दोनों के माता-पिता को आपस में परिचय कराने और मिलाने का यह उपयुक्त अवसर नहीं है | अत: उन्हे आपस में न मिलवाया जाए | फिर भी रुद्र ने शिवानी को अपने माता-पिता से मिलवाया और उसने उनके साथ फ़ोटो भी खिंचवाया | यहाँ एक बात गौर करने वाली थी कि जहाँ एक ओर रुद्र और शिवानी की खुशी का ठिकाना नहीं था वहीं दूसरी ओर रुद्र की मां खुश नहीं दिखाई दे रही थी | वह भी शिवानी की मां की तरह ही इस शादी के विरोध में थी | इसी वजह से उसने शिवानी से कोई बातचीत की पहल नहीं की | रुद्र के पिता बड़े गौर से पत्नी की भाव भंगिमा पढ़ रहे थे पर वो कुछ नहीं बोले |

कंधे पर स्टार लगाने के बाद सभी कैडेट्स ने देश की रक्षा की प्रतिज्ञा ली| फिर भारत के सेना अध्यक्ष ने सभी पासिंग आउट सेना के अधिकारियों को सम्बोधन किया और बधाई दी , चाय पार्टी का आयोजन हुआ तत्पश्चात सभी अपने अपने गंतव्य स्थान के लिए विदा लिया |

****

अकादमी से पास आउट होने के बाद रुद्र की तैनाती चीन की सीमा से लगे गंगोत्री के नजदीक हो गई |वहीं दूसरी ओर शिवानी की तैनाती पाकिस्तान की सीमा के नजदीक जम्मू कश्मीर के सेना मुख्यालय ऊधमपुर में हो गई |

****

दोनों ही अपनी ड्यूटी में व्यस्त हो गए | इस बीच रुद्र को कमांडो ट्रेनिंग के लिए भेज दिया गया और वहाँ से आते ही उसने स्वेच्छा से सियाचिन ग्लेशियर में तैनाती का आवेदन दे दिया | उसे तैनाती के लिए उपयुक्त पाया गया और सियाचिन ग्लेशियर भेज दिया गया |

सियाचिन का अर्थ वैसे तो बिखरे हुए गुलाबों की घाटी है लेकिन यहाँ घास का एक तिनका भी नहीं उगता | चारों तरफ फैले बर्फीले ग्लेशियर में कदम कदम पर मौत दिखती है | ध्रुवीय इलाके से बाहर ये दुनिया का दूसरा सबसे बड़ा ग्लेशियर है | सियाचिन ग्लेशियर को दुनिया भर में सबसे ज्यादा ऊंचाई पर बने युद्ध स्थल के तौर पर जाना जाता है |

भारत-पाक नियंत्रण रेखा के पास स्थित इस ग्लेशियर का प्राकृतिक इतिहास भी है | ये भारत का सबसे बड़ा और दुनिया का दूसरा सबसे बड़ा ग्लेशियर है | लगभग 78 किलोमीटर में फैला सियाचिन ग्लेशियर कई वजहों से बहुत खास है | हिमालय की पूर्वी काराकोरम पर्वतमाला में बने सियाचिन ग्लेशियर का नाम हमने अक्सर भारत-पाक विवाद के बीच सुना होगा लेकिन इससे अलग भी यहाँ की बातें जानने लायक है | यहाँ चारों ओर बर्फ ही बर्फ है और लगातार भयानक आंधी चलती रहती है | ठंडी हवा जब चेहरे पर पड़ती है तो लगता है कोई चाकू से वार कर रहा है |यही वजह है कि देश के लिए सामरिक दृष्टिकोण से बेहद अहम इस ग्लेशियर को “मौत की घाटी” भी कहते हैं |

समुद्र तल से औसतन 18000 फुट की ऊंचाई पर स्थित सियाचिन ग्लेशियर के एक तरफ पाकिस्तान की सीमा है तो दूसरी तरह चीन की सीमा -अक्साई चीन | भारत को इन दोनों देशों पर नजर रखने के लिए इस क्षेत्र में अपनी सेना तैनात करनी पड़ी है | साल 1984 से पहले इस जगह पर न तो भारत और न ही पाकिस्तान की सेना की उपस्थिति थी | बर्फ़ीला रेगिस्तान मानते हुए इस ग्लेशियर को छोड़ दिया गया था | यहाँ तक कि सत्तर के दशक में शिमला समझौते के दौरान भी इस जगह के लिए सीमा निर्धारण नहीं हुआ था लेकिन पाकिस्तान के साथ विवाद के बीच भारत ने साल 1984 के अप्रैल में पहली बार इस ग्लेशियर में अपने सैनिक भेजे | तब से साल के 365 दिन यहाँ भारतीय सैनिक देश की सबसे खतरनाक सरहद की रक्षा करते रहते हैं |

सियाचिन की ठंड का अनुमान आप इसी से लगा सकते हैं कि यहाँ रात के समय सर्दियों का तापमान माइनस 70 डिग्री सेल्सियस तक चला जाता है और गर्मियों में माइनस 30 डिग्री तक रहता है | ये इतना ठंडा है कि जिंदा रहने के लिए सैनिकों को विशेष तौर पर बने कपड़े पहनने होते हैं जो खास इस सर्दी के लिए बने होते हैं | इसके बाद भी उन्हे जीने के लिए अलग मशक्कत करनी पड़ती है | रात में अगर सैनिक लंबी नींद सोये तो उसे जान का खतरा होता है | इसी वजह से उन्हे थोड़ी थोड़ी देर में जागना और हाथ –पैर हिलाते रहना पड़ता है ताकि शरीर सुचारू रूप से काम करता रहे और फेफड़े अपना काम कर सकें | शरीर को

जितनी ऑक्सीजन जरूरी है उसका केवल 30 प्रतिशत ही ऑक्सीजन फेफड़ों तक पहुँच पाती है | ऐसे में सैनिकों को जीवित रहने के लिए अलग प्रशिक्षण से गुजरना पड़ता है |

वहीं दिन के समय सियाचिन में जमी बर्फ सूरज की हलकी किरणों से भी इतनी तेजी से चमकती है कि अगर नंगी आँखों से बर्फ देखी जाए तो आँखों की रोशनी भी जा सकती है | इससे बचाव के लिए भी सैनिकों को हर समय अलग तरह के चश्मे पहनने होते हैं | वही रात में 100 से 200 किमी प्रति घंटे की रफ्तार से बर्फीली आंधी चलती रहती है | ऐसे में सीधी हवा के संपर्क में शरीर का कोई भी हिस्सा आने पर तुरंत हाइपोथर्मिया का खतरा रहता है |

हाइपोथरमिया तब होता है जब शरीर तेजी से गर्मी खोता है और ठंडा हो जाता | इस दौरान शरीर का तापमान 35 डिग्री सेल्सियस (95 डिग्री फेरनहाइट) से नीचे गिर जाता है | ऐसी हालत में नींद नहीं आती , सोचने और हिलने डुलने की क्षमता खत्म हो जाती है , बेचैनी होती है और मौत तक हो जाती है |

सियाचिन ग्लेशियर में चारों ओर बर्फ और ऊंची-नीची जानलेवा खाइयाँ है | ऐसे में वनस्पति की तो बात क्या की जाए यहाँ घास का तिनका भी नहीं उगता |

चूंकि यहाँ के मौसम के बारे में किसी को पता नहीं होता, ऐसे में सप्लाई पहुंचाने वाला हेलीकॉप्टर किस समय तक पहुंचेगा इस बात की जानकारी किसी को नहीं दी जाती | लेकिन फिर भी पायलट अपनी जान जोखिम में डालकर समय पर राशन की सप्लाई पहुंचाने में मदद करते हैं |

कभी कभी यहाँ जीरो विजिबिलिटी होती है | जीरो का मतलब जीरो, इस दौरान आप अपनी आँखों के सामने अगर हाथ भी रखें , तब भी आपको वो दिखाई नहीं देंगे | ऐसे में सैनिक एक दूसरी को रस्सियों से बांधकर रखते है, | इस तरह उन्हे तूफान में साथ में रहने में मदद मिलती है |

पीने के लिए पानी बर्फ को पिघलाकर इस्तेमाल किया जाता है |नहाने के लिए यहाँ कोई सोच भी नहीं सकता |यदि नहाने के लिए कपड़े

उतार दें तो 15 मिनट बाद ही पूरा शरीर सुन्न हो जाएगा | सैनिक यहाँ नहाने की बजाय खुद को बस अच्छी तरह साफ कर लेते हैं |

जवानों को अपने घर वालों से फोन से बात करने के लिए कभी कभी मौका मिलता है | जवान सेटलाइट फोन से बात कर पाते हैं | फोन पर आवाज इतनी कांपती है कि समझ नहीं आता | कई बार सुनने वाले को लगता है कि फोन करने वाला शराब पीकर बोल रहा है |

पैट्रोलिंग टीम को तड़के बेस कैंप से निकलना पड़ता है ताकि 8-9 बजे तक चोटी पर पहुंचा जा सके | इससे बर्फ पिघलने के खतरे से बचने में आसानी होती है | ज्यादा धूप में पहाड़ों की बर्फ पिघल कर हिमस्खलन का रूप ले लेती है |बर्फ से ढंके पहाड़ का बहुत बड़ा हिस्सा धसक कर नीचे आ जाता है और उसमें कई बार जवान फंस जाते हैं | इससे मौत का खतरा हमेशा मंडराते रहता है | ऊंचे दुर्गम इलाके में चढ़ाई करते जवानों के साथ कई किलो वजनी बैग होता है | शरीर पर कई परतों वाल कपड़ा होता है |चोटी पर पहुंचते पहुंचते जवान पसीने से तरबतर होते हैं |और स्थिति ये हो जाती है कि माइनस में पहुंची ठंड के कारण शरीर के ऊपर ही पसीना भी जम जाता हैं |

शून्य से 70 डिग्री तक नीचे तापमान में खाना-पीना बहुत मुश्किल होता है |जवानों को कैन या टीन के डिब्बाबंद डिब्बों में खाना दिया जाता है | यहाँ अंडे, टमाटर आलू पत्थर की तरह हो जाते है जिन्हे हथौड़े से भी नहीं तोड़ा जा सकता | इन्हे पहले गरम पानी में तीन घंटे उबाला जाता है तब कहीं जाकर वो खाने के लायक होते हैं | इसमें ज्यादातर लिक्विड होता है जिसे खाने या पीने से पहले आग पर गरम कर पिघलाना पड़ता है | इन मुश्किलों से निपटने के लिए जवानों को सूखे मेवे दिए जाते हैं जिन्हे खाने के लिए पिघलाने की जरूरत नहीं होती |

यहाँ तक कि टॉयलेट के लिए इस्तेमाल होने वाले पानी को हमेशा स्टोव पर रखा जाता है ताकि वह पिघले नहीं | कड़ाके की ठंड और ऑक्सीजन की कमी का असर शरीर पर देखा जा सकता है | जवान ठीक से नींद पूरी नहीं कर पाते जिस वजह से उन्हे कई समस्याओं का सामना करना पड़ता है | इसीलिए सियाचिन के मोर्चे पर डटे जवानों को एक साथ ज्यादा दिन तक नहीं रखा जाता | मेटल (लोहा) के संपर्क में आते ही

कोई भी खुला अंग जम जाता है | नंगे हाथों से अपनी बंदूकें भी नहीं पकड़ सकते | फ्रॉस्ट बाइट का खतरा बना रहता है जिसे बर्फ लगना कहते हैं | फ्रॉस्ट बाइट में शरीर का हिस्सा बर्फ के संपर्क में आने से उस हिस्से में खून का संचार बंद हो जाता है | यदि हाथों या पैरों में फ्रॉस्ट बाइट लग गया तो फिर उस अंग को काटना ही पड़ता है |

भारत ग्लेशियर की सुरक्षा पर रोजाना करीब 5 से 7 करोड़ रुपये खर्च करता है | ग्लेशियर में लगभग 3000 सैनिक हमेशा ड्यूटी पर रहते हैं | प्रत्येक सैनिक जिसे ग्लेशियर की रक्षा करने की ड्यूटी मिलती है, वह लगभग तीन से चार महीने की सेवा करता है | वहाँ पर जाने के पहले उसे प्रशिक्षण में और वहाँ से डाउन होने में करीब 5 से 6 महीने का कुल समय लग जाता है | इससे ज्यादा वहाँ के कठोर मौसम में जिंदा रहना मुश्किल है |सियाचिन में सन 1984 से 2022 तक खराब मौसम के कारण करीब 1000 जवानों की मौत हो चुकी है | दुनिया के सबसे ऊंचे युद्ध क्षेत्र में बिना लड़े ही इतने जवान शहीद हो गए | यहाँ का खराब मौसम , हिमस्खलन और ऑक्सीजन की कमी से दम घुटना मौत का कारण होता है |

सियाचिन ग्लेशियर काराकोरम रेंज में स्थित है | हिमालय की ये जगह भारत, चीन और पाकिस्तान के बीच एक त्रिभुज के आकार में है | पाकिस्तान का भाग बहुत कम है | सियाचिन भारत के लिए काफी जरूरी है क्योंकि सियाचिन इकलौता भारतीय स्रोत है जहाँ इतनी बड़ी मात्रा में पीने लायक पानी उपलब्ध है | यहाँ से नुब्रा नदी निकलती है | ये आगे जाकर सिंधु नदी से मिलती है | ये पाकिस्तान के पंजाब प्रांत का सबसे बड़ा पानी का स्रोत है | इस पर कंट्रोल मिलने का मतलब है कि इसके बल पर पाकिस्तान से समझौता किया जा सकता है |

सबसे अहम बात ये है कि ये कश्मीर का एंट्री पॉइंट सबित हो सकता है | चीन और पाकिस्तान दोनों तरफ के लोग कश्मीर में सियाचिन की मदद से घुस सकते हैं |

****

सियाचिन से वापस आने के बाद रुद्र की तैनाती पठानकोट में हो गई |सियाचिन में रहने के दौरान रुद्र और शिवानी के बीच संपर्क न के बराबर

हो गया था | रुद्र शिवानी से मिला और कहा,

"शिवानी , हमारी शादी का क्या सीन है ?"

"यार, मां तो मान ही नहीं रही है , क्या करें ?

"बस इंतजार करो या मां की बात मान लो |"

"मैंने तो इस विषय में सोचना ही छोड़ दिया है, जो होगा देखा जाएगा |"

इसी बीच शिवानी को यंग अफसर कोर्स के लिए दुबारा बैंगलोर जाना पड़ा | छह महीने का कोर्स था | शादी का मुद्दा फिर ठंडे बस्ते में चला गया | शिवानी ने कोर्स में प्रथम स्थान प्राप्त किया |

इसी बीच शिवानी के माता-पिता ने शिवानी के लिए योग्य लड़का तलाशना शुरू कर दिया | काफी छानबीन के बाद एक लड़का मिला को केरल का ही था और आर्मी में कैप्टन था | शिवानी की छोटी बहन ने फोन पर सूचना देते हुए कहा ,

"दीदी , तुम्हारे लिए मम्मी-पापा लड़का देख रहे हैं |"

शिवानी ने छोटी बहन से पूरी जानकारी ले ली और रुद्र को बता दिया | रुद्र बहुत निराश था | उसने यह बात अपने पिता को बताया | रुद्र के पिता भी रुद्र की शादी के लिए चिंतित थे | पर बेटे की इच्छा के विरुद्ध जाने के बारे में उन्होंने सोचा भी नहीं था | वो रुद्र को खुश देखना चाहते थे | उन्होंने तो पहले ही मन बना लिया था कि रुद्र जहाँ चाहेगा वहीं उसकी शादी होगी | वैसे भी वो खुले विचारों के व्यक्ति थे | उनका मानना था कि जब संतान वयस्क हो जाए और अपने पैरों पर खड़ी हो जाए तो अपने जीवन के फैसले लेने का हक उसे ही है | माता-पिता एक सलाहकार की भूमिका निभा सकते हैं |

बेटे को चिंतित और दुखी देखकर उन्होंने अपने एक केरल के मित्र सदाशिवम नायर को फोन पर अनुरोध किया,

"नायर साहब , एक मेरा आपसे अनुरोध है |"

"यार अनुरोध की क्या बात है , आदेश दो मैं पालन करूंगा |"

"नायर साहब, रुद्र शिवानी नायर को प्यार करता है और उससे शादी करना चाहता है , पर शिवानी के माता-पिता मान नहीं रहे हैं |उन्हे हमारे बारे में बहुत गलतफहमी है | उनका कहना है कि उत्तर भारतीय लोग

दहेज लोभी हैं और दहेज के लिए बहुओं को जला डालते हैं | आप तो हमारे बारे में अच्छी तरह जानते हो ,आप भी केरल के रहने वाले हो , प्लीज उन्हे समझाओ कि हमें दहेज नहीं चाहिए |हम सिर्फ दोनों की खुशी चाहते हैं |"

"आदित्य साहब, आप चिंता न करो | मैं तो रुद्र को तब से जानता हूँ जब वो पैदा हुआ था | हमने चार साल साथ गुजारे हैं | मैं जब शादी करके पहली बार अपनी पत्नी को लाया था तो आपके यहाँ ही तो पंद्रह दिन रुका था | मैं तो आपके पिता जी को भी जानता हूँ| मैं शिवानी के माता-पिता से जरूर बात करूंगा | मुझे उनका फोन नंबर दे दो |"

सदाशिवम नायर ने शिवानी की पिता को फोन लगाया और कहा,

"सर , मैं आदित्य प्रताप सिंह का दोस्त सदाशिवम नायर बोल रहा हूँ | मैं रुद्र और उसके पूरे परिवार को पिछले 25 वर्षों से जानता हूँ | वो बहुत अच्छे लोग हैं |"

"नायर साहब, इस विषय में जरा मेरी धर्म पत्नी से बात करिए |"

"जी, जरूर |"

"नमस्ते मैडम |"

"नमस्ते भाई साहब , कहिए क्या कहना चाहते हैं ?"

"मैं यही कह रहा था कि रुद्र बहुत अच्छा लड़का है , मैं उसके माता-पिता को अच्छी तरह जानता हूँ | आप शिवानी और रुद्र की शादी के लिए मान जाइए |"

"क्या आपकी कोई बेटी है ?"

"जी हाँ, अभी तो पढ़ रही है |"

"जब उसकी शादी करेंगे तब पता चलेगा कि उत्तर भारत के लोग कितने दहेज लोभी होते हैं | दहेज के लिये बहुओं की हत्या करने से भी नहीं चूकते |दूसरों को सलाह देना बहुत आसान है , जब खुद भुगतोगे तब महसूस होगा |"

"मैडम , प्लीज सुनिए, मेरी बहन की शादी उत्तर भारत में ही हुई है |उन्होंने मुझसे कोई दहेज नहीं मांगा | आज भी मेरी बहन वहाँ खुश है |"

"फिर तो आपका कोई चरित्र नहीं है | नानसेन्स लोग हैं आप | हमारी जात बिरादरी का होने के बावजूद भी हमें गलत सलाह दे रहे हैं | रखिए

फोन और अब फोन करने की कोशिश भी नहीं करना | यदि दुबारा फोन किया तो पुलिस को कंप्लेन करूंगी |"

****

सदाशिवम नायर का फोन रुद्र के पिता के पास आया | उन्होंने कहा ,

"यार,आदित्य , शिवानी की मां तो मां काली का रूप है|"

"उसने क्या कहा ?"

"उसने कहा कि यदि दुबारा फोन किया तो पुलिस को कंप्लेन करूंगी |"

"सॉरी नायर साहब, मेरी वजह से आप को अपमानित होना पड़ा |"

"ऐसी कोई बात नहीं है , पर वो बहुत गुस्से में थी | उसके दिमाग में उत्तर भारतीय लोगों के बारे में बहुत गलतफहमी हैं | फिर भी आप प्रयास करते रहो एक न एक दिन उन्हे मानना ही पड़ेगा |"

शिवानी के मंगेतर का पता चल चुका था | वह रुद्र और शिवानी से तीन साल सीनियर था | उसकी बटालियन में रुद्र और शिवानी के बैचमेट भी थे | उसे पता चल गया कि शिवानी का रुद्र से बहुत पुराना अफेयर है |अत: उसने शिवानी से शादी करने से इनकार कर दिया | शिवानी के माता-पिता को यह सुनकर बहुत दुख लगा और वे शिवानी से बहुत नाराज हो गए | उन्होंने शिवानी को रुद्र से शादी न करने के लिए बहुत मनाया | पर शिवानी ने कह दिया कि वो शादी करेगी तो रुद्र से वर्ना शादी ही नहीं करेगी | मां ने धमकी दिया कि यदि शिवानी ने रुद्र से शादी की तो वो अपनी जान दे देगी |पर शिवानी टस से मस नहीं हुई | दिन ,महीने और साल बीतते गए |

शिवानी और रुद्र के अफेयर को सात साल होने वाले थे | अब शिवानी के माता-पिता को बेटी की शादी की चिंता बढ़ गई थी | अंतत: वो रुद्र से मिलने के लिए मान गए और शिवानी को कहा कि वो रुद्र को केरल भेजे | रुद्र जानता था कि वो शिवानी के माता-पिता से अपना पक्ष नहीं रख पाएगा | उसने उनसे चर्चा करने के लिए अपने छोटे भाई हर्ष को मनाया और दोनों भाई शिवानी के माता-पिता से मिलने केरल पहुँच गए | पहुंचते ही शिवानी की मां उमा ने हर्ष से सवाल किया,

“क्या तुम्हारी कोई बहन है ?”

“सगी बहन तो नहीं है पर चचेरी बहन है |”

“फिर तुम क्या समझोगे कि एक लड़की या बहन की शादी के लिए क्या परेशानी होती है ?”

कई सालों का असंतोष और गुस्सा भरा हुआ था | उमा ने सारा गुस्सा हर्ष पर निकाल दिया | हर्ष एक अच्छे मध्यस्थ की भूमिका निभा रहा था | वो जानता था कि उमा का गुस्सा स्वाभाविक था क्योंकि सब कुछ उमा की इच्छा के विपरीत हो रहा था | वह उमा की बातें शांति से सुनता रहा और नपे तुले शब्दों में जवाब देता रहा | वहीं रुद्र चुपचाप बैठा उमा,शिवेंद्र नायर और और हर्ष के बीच चल रही वार्तालाप को सुनता रहा |वो जानता था कि उस का मुंह खोलना उमा के गुस्से में आग में घी का काम करेगा | उसने मुंह नहीं खोला और न ही कोई सफाई दी | बातचीत के अंत में रुद्र और हर्ष अंदाजा नहीं लगा सके कि शिवानी के माता-पिता ने क्या फैसला लिया और न ही उन्होंने पूछने की हिम्मत की| वो दोनों तो शिवानी के कहने पर उसके माता-पिता से मिलने गए थे | मेजर शिवेन्द्र नायर ने सिर्फ इतना ही कहा ,”जो भी फैसला होगा हम बताएंगे“| शादी के बारे में कोई निश्चित आश्वासन न मिलने से दोनों भाईयों को निराशा हुई पर वो कर भी क्या सकते थे ?

अब तक पिछले सात सालों में शिवानी के माता-पिता और रुद्र के माता-पिता के बीच आपस में कोई बात नहीं हुई | हालांकि आदित्य प्रताप सिंह जानते थे कि यदि शिवानी अपने निश्चय पर दृढ़ रही तो रुद्र और शिवानी की शादी अवश्य होगी | इसी वजह से उन्होंने बातचीत की कोई पहल नहीं की | उन्होंने शिवानी का हौसला जरूर बढ़ाया था और कहा कि वो अपने माता-पिता की इच्छा के विरुद्ध कोई कदम न उठाए और सिर्फ इंतजार करे | एक दिन वो भी शादी के लिए मान जाएंगे |

****

केरल के त्रिसूर जिले के गुरुवायूर शहर में गुरुवायूर मंदिर है | मंदिर के गर्भगृह में श्रीकृष्ण की मूर्ती स्थापित है | यह मंदिर 5000 साल पुराना है | यह केरल के हिंदुओं के लिए सबसे महत्वपूर्ण पूजा स्थलों में से एक है और अक्सर इसे भूलोक वैकुंठ के रूप में जाना जाता है, जो पृथ्वी पर

विष्णु के पवित्र निवास के रूप में स्थित है | गुरुवायूर मंदिर के प्रमुख देवता विष्णु हैं, जिन्हे उनके अवतार कृष्ण के रूप में पूजा जाता है |यहाँ श्रीकृष्ण को गुरुवायुरप्पन कहते हैं जो कि वास्तव में भगवान श्रीकृष्ण का बालरूप है |

एक कथानुसार भगवान कृष्ण ने मूर्ति की स्थापना द्वारका में की थी | एक बार जब द्वारका में भयंकर बाढ़ आई तो यह मूर्ति बह गई और बृहस्पति को भगवान कृष्ण की तैरती हुई मूर्ति मिली | उन्होंने वायु की सहायता द्वारा इस मूर्ति को बचा लिया बृहस्पति ने इस मूर्ति को स्थापित करने के लिए पृथ्वी पर एक उचित स्थान की खोज आरंभ की | खोज करते करते वे केरल पहुँचे, जहाँ उन्हे भगवान शिव व माता पार्वती के दर्शन हुए | शिव ने कहा कि यही स्थल सबसे उपयुक्त है |अतः यहीं पर मूर्ति की स्थापना की जानी चाहिए | तब गुरु (बृहस्पति) एवं वायु (पवन देव) ने मूर्ति का अभिषेक कर उसकी स्थापना की और भगवान ने उन्हे वरदान दिया कि मूर्ति की स्थापना गुरु एवं वायु के द्वारा होने के कारण इस स्थान को 'गुरुवायूर' के नाम से ही जाना जाएगा | तब से यह पवित्र स्थल इसी नाम से प्रसिद्ध है | इसी मंदिर में शिवानी और रुद्र के भाग्य का फैसला होने वाला था | एक दिन शिवानी के पिता ने रुद्र के पिता को फोन करके कहा,

"हैलो सिंह साहब , मैं शिवेंद्र नायर बोल रहा हूँ , नमस्कार "

"जी सर ,नमस्कार |"

"बच्चों ने शादी का फैसला ले लिया है तो हम भी सहमत हैं | मैं चाहता हूँ कि शिवानी की शादी गुरुवायुर मंदिर में हो | इसके लिए मुझे मंदिर में शादी की तारीख की बुकिंग करनी पड़ेगी | वहाँ कई महीनों पहले बुकिंग करनी पड़ती है |आपको शादी की तारीख तय करके बताता हूँ |"

"जी सर ,जो भी तय हो बताइए ताकि हम भी प्लान कर सकें |"

"ठीक है |

सात वर्षों के लंबे अंतराल के बाद इसी पवित्र स्थल पर रुद्र और शिवानी की शादी 4 फरवरी 2012 को सम्पन्न हुई | इस शादी में रुद्र की बारात उत्तर भारत रीवा से दक्षिण भारत गुरुवायूर आई | जब दो दिल एक दूसरे के लिए त्याग और समर्पण की भावना रखते हैं तो उत्तर दक्षिण

या पूरब पश्चिम की दूरी मायने नहीं रखती | यह तो सिर्फ सोच का फर्क है जो हम अपने दिमाग में अपने ज्ञान और अनुभव के आधार पर बैठा कर रखते हैं | इंसान का दिल तो हर जगह धड़कता है |एक दूसरे के लिए प्यार की भावना कहीं भी महसूस की जा सकती है |

यह कहने की जरूरत नहीं है कि रुद्र और शिवानी अपने प्रेम-विवाह से खुश हैं और उनका आठ वर्षीय बेटा भी है | देवकी की सबसे प्यारी बहू शिवानी है और उमा का सबसे प्यारा दामाद रुद्र है | यह प्यार, त्याग, समर्पण की कहानी है जिसे सभी पात्रो ने अपने जीवन में जिया है और समाज के सामने उदाहरण पेश किया है कि प्रेम –विवाह कितने सफल हैं |

6

छत्तीसगढ़ का प्रेमी जोड़ा

प्यार एक डोर है जो हर किसी को एक दूसरे को रिश्ते की डोर से बांधे रखता है | वो कहते हैं न दुनिया की खुशी वहीं मिलती हैं जहाँ प्यार बसता है | दुनिया की बुनियाद ही प्यार पर टिकी है |लेकिन आज के बदलते दौर में प्यार तो सिर्फ स्त्री –पुरुष के शारीरिक मिलन को ही मान लिया गया है |जबकि सच्चा प्यार तो दो आत्माओं का मिलन होता है | तो चलिए एक ऐसी ही प्यार की कहानी मैं बताने जा रहा हूँ जिसके पात्र छत्तीसगढ़ के बिलासपुर शहर के रहने वाले हैं और जिन्हे एक दूसरे के प्रति सच्चा प्यार हुआ |

बात अस्सी के दशक की है जब हमारे देश में मोबाइल फोन नहीं हुआ करते थे | जब किसी लड़की से मिलना और बातें करना दूर की बात थी | यहाँ तक की छोटे शहरों के स्कूल और कॉलेज में भी दूरियाँ बनी रहती थी | यदि कोई लड़का या लड़की एक दूजे को पसंद भी कर ले तो एक दूसरे को देखते देखते ही स्कूल या कॉलेज की पढ़ाई पूरी हो जाती थी | कभी आमना-सामना भी हो जाए तो घबराहट के मारे जुबान बंद हो जाती थी | धड़कन इतनी बढ़ जाती थी मानो कलेजा मुंह को आ जाएगा | बस यही लगा रहता था कि अगर किसी ने देख लिया तो क्या कहेगा ? प्यार करना जैसे कोई अपराध करने के बराबर था | ऐसे हालातों में प्यार की बात तो

शुरू होने के पहले ही खत्म हो जाती थी |

सन 1973 में रिलीज होने वाली फिल्म बॉबी ने भारतीय युवाओं को प्यार करने के लिए उत्साहित किया था और वो प्यार की रूमानी दुनिया में खोने लगे थे | तभी 1976 में एक और फिल्म रिलीज हुई जिसका नाम था - जुली | इन दो फिल्मों ने युवाओं के दिलों दिमाग में गहरा असर डाला था | लड़के लड़कियां घर से भाग कर शादी करने लगे थे | यह भारतीय समाज में बदलाव का समय था

****

इसके पहले कि मैं कहानी के बारे में आगे बताऊँ | बिलासपुर शहर के बारे में भी कुछ बताना चाहूँगा |

बिलासपुर शहर अरपा नदी के किनारे बसा है | अरपा नदी शिवनाथ नदी की सहायक नदी है, और शिवनाथ नदी महानदी की सहायक नदी है | महानदी को छत्तीसगढ़ की गंगा भी कहते हैं |बिलासपुर छत्तीसगढ़ राज्य का दूसरा सबसे बड़ा शहर है | छत्तीसगढ़ राज्य का उच्च न्यायालय बिलासपुर में स्थित है ,जिस वजह से इसे छत्तीसगढ़ की न्याय धानी के नाम से भी जाना जाता है |यह शहर बिलासपुर जिले का प्रशासनिक मुख्यालय है | यहाँ नॉर्थ ईस्ट छत्तीसगढ़ क्षेत्र के वाणिज्यिक केंद्र और व्यापार केंद्र हैं | यह भारतीय रेलवे के लिए भी एक महत्वपूर्ण शहर है, क्योंकि यह दक्षिण पूर्व मध्य रेलवे जोन और बिलासपुर रेलवे डिवीजन का मुख्यालय है | यह साउथ ईस्टर्न कोलफ़ील्डस लिमिटेड का भी मुख्यालय है |

बिलासपुर जिले को 1861 में गठित किया गया था, तथा 1867 में बिलासपुर को नगरपालिका बनाया गया | भारत ऐतिहासिक रिकॉर्ड इंपीरियल गजट ,खंड 8,1908 के अनुसार बिलासपुर शहर का नाम 17 वीं सदी में बिलासा नाम की एक मछुवारन के नाम पर रखा गया है |

****

इसी बिलासपुर शहर में मेरे मित्र बालगोविंद अग्रवाल का एक टायपिंग संस्थान था जिसका नाम था-छत्तीसगढ़ टाइपिंग विद्यालय | इस विद्यालय में करीब 200 छात्र टायपिंग का प्रशिक्षण लेने आते थे| उन्ही छात्रों में एक छात्र था –देवेन्द्र | देवेन्द्र करीब 20 साल का लड़का

था , लंबी कद-काठी का , गेहुआँ रंग , देखने में आकर्षक , और स्वभाव से मिलनसार और विनम्र था | वह इसी शहर में अपने बड़े भाई के घर पर रहकर कॉलेज में पढ़ाई कर रहा था | कॉलेज की पढ़ाई के पश्चात वह टायपिंग सीखने आता था | वह बहुत ही मेहनती और लगनशील लड़का था | वह टायपिंग सीखने के साथ साथ संस्थान चलाने में मेरे दोस्त की मदद भी करता था |

इसी संस्थान में सुनीता नाम की लड़की भी टायपिंग सीखने आती थी | सुनीता देखने में साँवली, और सामान्य कद काठी की लड़की थी | बातचीत में बहुत सरल और एक दिल लड़की थी | वह एक सामान्य भारतीय परिवार से संबंधित थी | उसके पिता एक प्राइवेट फर्म में नौकरी करते थे और परिवार का पालन पोषण करते थे | उसका भाई शिक्षक था |

एक दिन देवेन्द्र टायपिंग संस्थान में टायपिंग क्लास खत्म होने के बाद भी बैठा हुआ था और कुछ अतिरिक्त कार्य कर रहा था | सुनीता प्रशिक्षण की क्लास खत्म होने के बाद अपने घर को जा चुकी थी | करीब आधे घंटे बाद सुनीता रोते हुए वापस प्रशिक्षण संस्थान में आ गई | उसके रोने का कारण जब मेरे दोस्त ने पूछा तो उसने रोते हुए बताया ,

"सर, जब भी मैं सायकल से आती जाती हूँ तो कुछ लड़के मुझे रोज रास्ते में छेड़ते हैं | यदि मैंने अपने घर वालों को बताया तो वो मेरा टायपिंग सीखना बंद कर देंगे | मेरी कुछ मदद कीजिए |"

मेरे दोस्त ने देवेन्द्र को कहा कि वो सुनीता को उसके घर तक छोड़ कर आए | देवेन्द्र सुनीता को अपनी सायकल में बैठा कर उसके घर छोड़ने निकल पड़ा | सुनीता ने देखा कि वो बदमाश लड़के अभी भी उसी जगह पर खड़े थे | सुनीता ने देवेन्द्र को इशारा करके बताया |

ज्योंही देवेन्द्र और सुनीता वहाँ से गुजरने लगे तो उनमें से एक लड़के ने ताना मारते हुए कहा ,

"क्या माल है गुरू, आज तो इस फटीचर ने पटा लिया |"

उसका ताना सुनकर देवेन्द्र को बहुत गुस्सा आया और वो सायकल रोकर उससे पूछा,

"किसे माल बोल रहा है बे ?"

"तेरे साथ जो लड़की है यही तो माल है |"

"क्या तू अपनी बहन को भी माल बोलता है ?"

"साले , तू ज्यादा हिरोगिरी मत कर , चल फूट यहाँ से |"

"बेटा, मिलता हूँ तेरे से ,यहीं मिलना |"

"यहीं मिलूँगा ,तेरे जैसे फट्टू थोड़ी हूँ |"

"बस थोड़ी देर रुक पता चलेगा कि कौन फट्टू है |"

अरे जा बे, तेरे जैसे बहुत देखे , साला लड़की के सामने हीरोगिरी करता है |"

सुनीता ने किसी तरह देवेन्द्र को समझा बुझा कर आगे बढ़ जाने को मना लिया | देवेन्द्र खून का घूंट पीकर रह गया और आगे बढ़ गया |सुनीता को घर तक छोड़ कर वापस लौटा और उसने अपने साथ चार दोस्तों को भी ले आया | बदमाश लड़के वहीं खड़े थे | उसने उन्हे चुनौती देते हुए कहा,

"अब बोल , क्या कह रहा था ?

उसने एक बदमाश लड़के का कॉलर पकड़ लिया |तभी सभी आपस में पकड़ कर खींचा तानी करने लगे | देवेन्द्र ने दो चार मुक्के उस लड़के के मुंह पर जड़ दिए | देवेन्द्र का पलड़ा भारी था | उसने उन्हे चुनौती देते हुए कहा,

"चल बेटा थाने |"

उसे पकड़ कर घसीटने हुए थाने ले जाने लगा |तमाशा देखने के लिए रास्ते में आने जाने वाले लोग इकट्ठे हो गए | किसी ने पूछा ,

"अरे भाई रास्ते में झगड़ा क्यों रहे हो ?"

"अंकल, ये कमीना लड़की को छेड़ रहा था |"

"लड़की कहाँ है ?"

"लड़की तो घर चली गई है |"

"तो तुम लोग भी घर जाओ और झगड़ा बंद करो वरना थाने जाना पड़ेगा |"

"अंकल, इसे थाने ही ले जा रहा हूँ |"

दोनों पार्टी थाने पहुँच गई | थानेदार ने पूछा ,

"क्या समस्या है ?"

बदमाश लड़कों ने इल्जाम लगाते हुए कहा,

"साहब , हम लोग आपस में बातें कर रहे थे | उसी वक्त इत्तेफाक से देवेन्द्र एक लड़की के साथ वहाँ से गुजर रहा था | ये सायकल रोककर हमसे झगड़ा करने पर उतारू हो गया | हमने समझाया तो ये चला गया | आधे घंटे बाद चार लड़कों को साथ लेकर आया और हमसे मार पीट करने लगा |"

"इसका मतलब है , तुम्हारी बातें सुनकर देवेन्द्र तुम्हारे पास झगड़ा करने आ गया |"

"जी साहब |"

"क्या बातें कर रहे थे ?"

बदमाश लड़का चुप हो गया | तभी देवेन्द्र ने कहा,

"सर, मैं बताता हूँ |"

"हाँ बताओ |"

"सर , हमारे टायपिंग इंस्टीट्यूट में एक लड़की सुनीता रोज सरकंडा मोहल्ले से टाइपिंग सीखने के लिए आती है | ये लोग रास्ते में पुल के पास खड़े रहते हैं और जब भी वो यहाँ से शाम को जाती है तो उसे ताना मारते हैं और छेड़ते हैं |"

"तुम इनसे झगड़ा क्यों करने लगे?"

"सर,सुनीता टाइपिंग क्लास के बाद अपने घर जा रही थी | इन लोगों ने सुनीता को छेड़ा | सुनीता वापस टाइपिंग इंस्टीट्यूट में रोते हुए आई और हमारे सर से शिकायत की तो उन्होंने मुझे सुनीता के साथ भेजा और कहा "इसे घर तक छोड़ कर आओ "| मैं सुनीता को लेकर उसके घर छोड़ने जा रहा था | ये लोग पुल ले पास बैठे थे | ज्योंही हम दोनों वहाँ से गुजरे तो इसने ताना मारते हुए कहा," क्या माल है, फटीचर ने इसे पटा लिया " |मैं ने इन्हे समझाने की कोशिश की तो ये मुझे धमकाने लगे | मैं उस वक्त चला गया | थोड़ी देर बाद मैं वापस आया और फिर इनसे पूछा,कि आखिर ये लोग सुनीता को क्यों परेशान करते हैं | ये लोग समझने की बजाय मुझे मारने पर उतारू हो गए तो मैंने भी दो चार झापड़ जड़ दिया |"

दरोगा समझ गया था कि ये लड़की को छेड़छाड़ का मामला है | उसने बदमाश लड़कों से कहा ,

"ध्यान से सुनो , अगर तुमने दुबारा सुनीता या इस इलाके की किसी भी लड़की को छेड़ा तो तुम्हारा पिछवाड़ा लाल कर दूंगा और डालूँगा जेल में | यहाँ गुंडागर्दी नहीं चलेगी |"

उसने हवलदार को आदेश दिया और कहा,

"राम सिंह ,इनसे माफीनामा लिखित में लो |"

देवेन्द्र को भी कहा,

"यदि ये बदमाश दुबारा उस लड़की को छेड़ें तो तुम सीधा उसको लेकर थाने चले आना |इनसे झगड़ा करने की जरूरत नहीं है | मैं इनका वो हाल करूंगा कि पूरा मोहल्ला देखेगा | इनका सर मुंडा कर गधे में बिठा कर इनके मोहल्ले में ही घुमाऊँगा |"

****

उस घटना के पश्चात देवेन्द्र और सुनीता में नजदीकियाँ बढ़ने लगी | टाइपिंग संस्थान में तो सभी विद्यार्थी आते ही टाइपिंग सीखने में व्यस्त हो जाते थे | वहाँ कभी कभार औपचारिक अभिवादन के अलावा कोई बात नहीं होती थी | पर प्यार करने वाले एक दूसरे से मिलने का कोई न कोई तरीका ढूंढ ही लेते हैं | इन दोनों ने भी तरीका ढूंढ लिया | जब टाइपिंग की क्लास खत्म हुई तो दोनों साथ ही बाहर आए | देवेन्द्र ने ही पहल करते हुए सुनीता से कहा,

"अनीता, चाट फुलकी खाने चलोगी क्या ?"

सुनीता यह सुनकर मुस्कुराने लगी और कहा ,

"चलो|"

दोनों साथ साथ चलते हुए नजदीक ही शहर के विवेकानंद उद्यान की ओर बढ़ने लगे | उद्यान के सामने ही एक चाट का ठेला लगा हुआ था | देवेन्द्र ने चाट वाले को कहा,

"भाई ,फुलकियाँ खिलाओ |"

फुलकी वाले ने दोनों को दोने थमा दिए और एक एक करके फुलकियों में खट्टा तीखा पानी भर भर कर देने लगा | फुलकी खत्म होने के बाद देवेन्द्र ने कहा,

"दो जगह चाट भी बना दो |"

दोनों ने चाट का स्वाद लिया | देवेन्द्र ने कहा ,

"चलो कुछ देर गार्डन में बैठते है |"

सुनीता सशंकित होकर इधर उधर देख रही थी तभी देवेन्द्र ने कहा,

"इतना घबराने की जरूरत नहीं है |"

"मुझे देर हो जाएगी |"

"पहली बार तो मेरे साथ चाट खाने आई हो , चलो न कुछ देर बैठते हैं फिर मैं तुम्हें घर के नजदीक छोड़ दूंगा |"

सुनीता शरमाते और सकुचाते हुए देवेन्द्र के साथ गार्डन की ओर बढ़ने लगी | साथ ही उसकी धड़कने भी बढ़ने लगी |मन में हजारों आशंकाएं उठ रही थी कि यदि जान-पहचान का कोई भी आदमी मिल गया तो क्या सोचेगा ? फिर भी अपने मन को समझाते हुए कहा – ठीक है यदि देख भी लिया तो क्या हुआ, हम एक साथ टाइपिंग सीख रहें हैं , क्या हम एक साथ घूम फिर भी नहीं सकते ? वैसे भी देवेन्द्र ने मेरे लिए कितना जोखिम उठाया है | न जाने वो बदमाश लड़के मेरे साथ क्या कर बैठते ? यदि मैं अपने घर में इस घटना के बारे में बताती तो मेरा टाइपिंग सीखना भी बंद हो जाता | इसी ऊहापोह में डूबते उतराते हुए सुनीता देवेन्द्र के साथ गार्डन में प्रवेश कर गई और दोनों जाकर एक बेंच पर बैठ गए | देवेन्द्र ने पूछा,

"क्या तुम्हें डर लग रहा है ?"

"नहीं तो , तुम जो मेरे साथ हो तो डर किसका ?"

कुछ देर दोनों चुपचाप बैठे रहे | दोनों को ही कुछ सूझ नहीं रहा था कि किस बात पर चर्चा की जाए | देवेन्द्र ने ही पहल करते हुए पूछा,

"अनीता, उस दिन के बाद उन बदमाश लड़कों ने तुम्हें परेशान तो नहीं किया ?"

"अब उनकी हिम्मत नहीं पड़ेगी मुझे परेशान करने की |"

"तुमने अपने घर वालों से तो कुछ नहीं कहा ना ?"

"उन्हे अगर पता चल गया होता तो मेरा टाइपिंग सीखना बंद कर देते |"

"तुमने ठीक किया जो नहीं बताया |पर ये बताओ कि ग्रेजुएसन के बाद क्या करने का इरादा है ?"

"किसी जॉब के लिए अप्लाई करूंगी | पिताजी तो प्राइवेट कंपनी में हैं | उनकी ज्यादा तनख्वाह भी नहीं है| किसी तरह गुजारा चल रहा है | सोचती हूँ कोई काम मिल जाए तो मैं भी घर चलाने में मदद कर सकूँ |"

"अरे तुम तो लड़की हो , कल को शादी हो जाएगी तो अपने ससुराल चली जाओगी | फिर तो अपने माता-पिता की बजाय अपने पति की मदद करोगी |"

यह सुनकर सुनीता शर्माने लगी और कहा,

"बिना दहेज के कौन मुझसे शादी करेगा ? मुझे ही अपने दहेज का इंतजाम करना होगा | इसीलिए शादी के बारे में तो अभी सोचा भी नहीं है |"

"ऐसा भी तो हो सकता है कि कोई बिना दहेज लिए भी तुमसे शादी करने को तैयार हो जाए |"

"मेरी इतनी अच्छी किस्मत नहीं है |"

"सुनीता , ऐसा मत सोचो | इंसान का मुकद्दर बदलते कोई देर नहीं लगती | वैसे भी हमें जिम्मेदारी से अपना काम करना चाहिए बाकी सब विधाता की मर्जी है |"

"चलो ,देर हो रही है |"

"ठीक है , चलो मैं तुम्हें घर तक छोड़ देता हूँ |"

"तुम मुझे सिर्फ अरपा नदी का पुल पार करा दो, उसके आगे मैं चली जाऊँगी |"

देवेन्द्र भी समझ रहा था कि यदि वो सुनीता को उसके घर तक छोड़ने गया तो लोगों को बातें बनाते देर नहीं लगेगी | वैसे भी छोटे शहरों के लोग गाँव के लोगों की तरह ही एक दूसरे के मामले में ताकने –झाँकने में ज्यादा रुचि लेते हैं | उसने सुनीता तो अरपा नदी का पुल पार कराकर कहा,

"ठीक है कल मिलते हैं |"

उस दिन के बाद देवेन्द्र और सुनीता टाइपिंग की क्लास छूटने के बाद अक्सर गार्डन में मिलते थे | शहर में एक यही एक ऐसी उपयुक्त

जगह थी जहाँ घूमने फिरने के बहाने लोग दिन भर आया-जाया करते थे | समय का कोई बंधन नहीं था | सुबह से शाम तक विवेकानंद उद्यान खुला ही रहता था | वो कभी फुलकी चाट ,कभी आइस क्रीम , तो कभी मूंगफली लेकर बैठ जाते और इधर उधर की बातें करते रहते | इसके बावजूद भी दोनों में से किसी की भी हिम्मत नहीं पड़ती थी कि वो अपने प्यार का इजहार करते हुए कह दे "मैं तुमको प्यार करता हूँ "|

देवेन्द्र और सुनीता एक दूसरे के खयालों में खोए रहते थे | एक मीठे दर्द की अनुभूति होती थी |प्यार भरी हिन्दी फिल्में देश के युवाओं के दिल को गुदगुदाते रहती थी और प्यार करने को उकसाते रहती थी | वास्तविक जिंदगी में तो लोग उतने खुलेपन से अपने प्यार का इजहार नहीं कर पाते थे जितना हिन्दी फिल्मों में दिखाया जाता था | ऐसी ही एक फिल्म थी –"नदिया के पार" | गाँव की पृष्ठ भूमि पर सन 1982 में बनी हुई यह फिल्म गावों और शहरों में धूम मचा दिया था |एक दिन देवेन्द्र ने बड़ी हिम्मत करके सुनीता से कहा,

"सुनीता, बिहारी टाकीज में एक बहुत अच्छी फिल्म लगी है |"

"कौन सी ?"

"नदिया के पार |"

"देखना तो चाहती हूँ पर तीन घंटे के लिए कैसे बाहर रहूँगी ? और क्या बहाने बनाऊँगी ?"

"अरे, इसमें ज्यादा बहाने बनाने की जरूरत नहीं है | तुम एक बार हाँ तो कह दो | मैं "बॉक्स ऑफिस " का 9 से 12 बजे के शो का टिकट ले लूँगा | सुबह कॉलेज के लिए निकलना और सीधे बिहारी टाकीज आ जाना| मैं बुकिंग खिड़की के पास ही मिलूँगा | फिल्म देखने के बाद घर चली जाना |"

सुनीता ने सहमति जताई | देवेन्द्र से मिलने की कल्पना में वह खयालों में खोई रही | नींद उसकी आँखों से कोसों दूर थी | वह देर रात तक सो न सकी |दूसरे दिन सुबह जब जागी तो 8 बज चुके थे |एक घंटे के अंदर उसे तैयार होकर बिहारी टाकीज पहुंचना था | वह झटपट तैयार होकर कॉलेज के लिए निकल पड़ी| मां ने पूछा ,

"बेटा, आज तुम अपनी नोट बुक नहीं ले जा रही हो क्या बात है ?"

“मां , मेरी नोट बुक मेरी सहेली के पास है मैं उससे ले लूँगी |”

“बेटा ,तूने आज ठीक से नाश्ता भी नहीं किया है |”

“मां आज ज्यादा भूख नहीं है , मुझे देर हो रही है , मैं चलती हूँ |”

वह जल्दी जल्दी सायकल का पैडल घुमा रही थी | एक जगह तो रिक्शे से टकराते टकराते बची | रिक्शा वाले ने कहा,

“अरे बेटा, सुबह सुबह इतनी हड़बड़ी नहीं करते, ध्यान से चलाओं | थोड़ी देर भी हो गई तो क्या फर्क पड़ेगा |”

“भईया, माफ करना , थोड़ी जल्दी में थी |”

सुनीता को समझ आ गई थी कि ज्यादा जल्दी का परिणाम खतरनाक हो सकता है | उसने अपने आप को संयत किया और सामान्य गति से सायकल चलाते हुए बिहारी टाकीज पहुंची | टाकीज के बाहर सूनसान

था | फिल्म शुरू हो चुकी थी , सभी लोग सिनेमा हाल के अंदर जा चुके थे | सिर्फ देवेन्द्र ही गेट के बाहर इंतजार करता मिला | सुनीता ने जल्दी ही सायकल स्टैंड में खड़ी की और देवेन्द्र के साथ सीढ़ियाँ चढ़ती हुई ‘बॉक्स ऑफिस ‘ के अंदर प्रवेश किया | ज्यों ही दोनों ने चेम्बर में प्रवेश किया | जोर की घंटी बजी, दोनों अपनी अपनी सीटों पर बैठ गए और फिल्म शुरू हो गई |

कुछ देर यूं ही बैठे रहे ,चुपचाप फिल्म देखते रहे | कुर्सी के हत्थे पर हाथ रखते हुए अचानक देवेन्द्र का हाथ सुनीता के हाथ को छू गया | सुनीता को ऐसे लगा जैसे बिजली का करंट लग गया हो |उसने अपना हाथ हटाने की कोशिश की पर देवेन्द्र ने उसकी हथेली में अपनी उँगलियाँ फंसा ली | सुनीता ने विरोध नहीं किया | बस मीठे मीठे दर्द का एहसास करती रही | उसे ऐसा लग रहा था जैसे उसका हाथ थामे देवेन्द्र उसे आसमान की ऊंचाइयों में उड़ा कर ले जा रहा हो | यही हाल देवेन्द्र का था | उसे भी जीवन मे यह पहला मीठा मीठा एहसास हो रहा था | तभी फिल्म का गाना बज उठा ,

“कौन दिशा में लेके चला रे बटोहिया ....गाड़ी हाँकन दे, हाँकन दे ....”

गाने के बोल सुनकर सुनीता से रहा नहीं गया और वो देवेन्द्र के कंधे का सहारा लेकर झुक गई | खो गई उन अरमानों की दुनिया में जहाँ हर युवती अपने प्यार के लिए मजबूत कंधों का सहारा ढूंढती है | देवेन्द्र को भी अपने पुरुष होने पर गर्व हो रहा था | उसके अंदर भी हलचल मची हुई थी ठीक उसी तरह जैसे ज्वालामुखी का लावा धरती को चीरकर बाहर निकलने को बेचैन होता है | पर उसने अपने आप को संयत करते हुए सुनीता की हथेली को अपने हाथ में लेकर चूम लिया | इससे आगे बढ़ने की उसकी हिम्मत नहीं हुई | वह किसी भी हालत में सुनीता को नाराज नहीं करना चाहता था| उसे खोना नहीं चाहता था | उसे एहसास था कि यदि उसने भावावेश में अपनी मर्यादा तोड़ दी तो हो सकता है सुनीता उससे दूर चली जाए |तभी फिल्म का एक और गाना परदे पर बजने लगा,

"जब तक पूरे ना हो फेरे सात ....तब तक दुल्हिन नहीं दूल्हा की ...."

फिल्म कब खत्म हो गई दोनों को एहसास ही नहीं हुआ | वो तो अपने सपनों की दुनिया में खोए हुए थे |जब फिल्म के परदे पर दि इंड देखा और घंटी जोर से घनघनाई तो उन्हे बाहर जाने का ख्याल आया | देवेन्द्र ने सुनीता से कहा,

"थोड़ा रुको, भीड़ को निकल जाने दो | जब वो सिनेमा हाल से बाहर आए तो भीड़ जा चुकी थी | दोनों गोल बाजार तक साथ आए और "मौसाजी " के यहाँ दही और नमकीन के मिक्चर से बने समोसे खाये | यहाँ के समोसे का मिक्चर देवेन्द्र को बहुत पसंद था | वह जब भी यहाँ से गुजरता तो समोसे खाने जरूर आता था| देवेन्द्र ने सुनीता से पूछा ,

"नदिया के पार कैसी लगी ?"

सुनीता मुस्कुराने लगी और देवेन्द्र के हाथ को अपने दोनों हाथों में लेते हुए कहा ,

"मेरे जीवन की यह यादगार फिल्म है |"

"और 'मौसाजी' का समोसा कैसा लगा ?"

"मैं तो आज पहली बार आई हूँ | बहुत बढ़िया स्वाद है , मजा आ गया | क्या तुम अक्सर यहाँ आते हो ?

"हाँ, जब भी इधर से गुजरता हूँ तो आ जाता हूँ |"

"बिलासपुर शहर में रहते हुए भी मुझे इस जलपानगृह की जानकारी नहीं थी | वैसे भी लड़कियों को इतनी छूट कहाँ है कि वो यहाँ समोसे खाने आयें |"

"तुम्हारी जब इच्छा हो तो बता देना , मैं ये समोसे तुम्हारे घर लेकर आजाऊंगा |"

"इतनी हिम्मत है क्या तुममे ?"

"आजमा के देख लो |"

"नहीं बाबा, ऐसा नहीं करना वरना हमारा मिलना जुलना भी बंद हो जाएगा |"

"चलो कोई बात नहीं, मैं इस बात का ध्यान रखूँगा |

****

एक दिन मेरे दोस्त ने अपने सभी विद्यार्थियों को कहा कि यदि कोई रतनपुर घूमने के लिए जाना चाहता है तो अपनी सहमति दे | दस विद्यार्थियों ने सहमति दी उनमें देवेन्द्र,सुनीता और पुष्पा भी शामिल थे |इतवार का दिन था, पार्टी सुबह 8 बजे ही एक मिनी बस से रतनपुर के लिए निकल पड़ी |

रतनपुर छत्तीसगढ़ राज्य के बिलासपुर जिले की एक नगरपालिका है | रतनपुर शहर बिलासपुर से 25 किलोमीटर दूर अंबिकापुर की ओर जाने वाले राज्य मार्ग 200 पर स्थित है | अंग्रेजी हुकूमत के खिलाफ आंदोलन की शुरुआत तत्कालीन बिलासपुर जिले में रतनपुर से ही हुई थी | पंडित कपिल नाथ द्विवेदी एवं वैष्णव वासवाजी के नेतृत्व में बन्देमातरम , भारत माता के जयघोष के साथ प्रभात फेरी निकालने के आरोप में तीन लोगों को गिरफ्तार किया गया था |

रतनपुर राज की स्थापना रतनराज/रतनदेव प्रथम ने करवाया था | रतनराज कमलराज के पुत्र एवं कलिंगराज के पोते थे जो छत्तीसगढ़ क्षेत्र पर विजय प्राप्त की थी जिस वजह से उन्हे कलचुरी शाखा का वास्तविक संस्थापक माना जाता है |

11 वीं ईस्वी में इसे छत्तीसगढ़ की राजधानी बना दी गई थी | वर्ष 1045 ईस्वी में राजा रतनदेव प्रथम मणिपुर नामक गाँव में शिकार के लिए आए थे, जहाँ रात्री विश्राम उन्होंने एक वटवृक्ष के नीचे किया | अर्ध

रात्री में जब राजा की आँखें खुली, तब उन्होंने वटवृक्ष के नीचे अलौकिक प्रकाश देखा | यह देखकर वो चमत्कृत हो गए कि वहाँ आदिशक्ति श्री महामाया देवी की सभा लगी हुई है | इसे देखकर वे अपनी चेतना खो बैठे | सुबह होने पर वे अपनी राजधानी तुम्मान खोल लौट आए |वर्तमान में तुमान कटघोरा से 10 किलोमीटर दूर स्थित है | मणिपुर गाँव को अपनी राजधानी बनाने का निर्णय लिया और गाँव का नाम रतनपुर रखा तथा 1050 में श्री महामाया का भव्य मंदिर निर्मित कराया |

रतनपुर का उल्लेख महाभारत में भी मिलता है | उस समय इसे रावलीपुरी के रूप में जाना जाता था | कहा जाता है कि यह पौराणिक राजा मयूरध्वज की राजधानी थी | बाद में कलचुरी वंश के राजा रत्नदेव प्रथम ने 1045 ईस्वी में इसे अपनी राजधानी बनाया |

रतनपुर राज शिवनाथ नदी के उत्तर दिशा में और रायपुर दक्षिण दिशा में स्थित थे |इन राज्यों में 18 गढ़ होते थे | रतनपुर में सन 1114 में प्राप्त एक उल्लेख के अनुसार चेदि के हैहय वंशी राजा कोकल्लदेव के अठारह पुत्र थे और उन्होंने अपने राज्य को अठारह हिस्सों में बाँट कर अपने पुत्रों को दिया था | संभवतः उसी वंश परंपरा की स्मृति बनाए रखने के लिए राज को अठारह गढ़ों में बांटा जाता रहा हो | प्रत्येक गढ़ में सात तालुका और प्रत्येक तालुका में कम से कम बारह गाँव होते थे | इस प्रकार प्रत्येक गढ़ में कम से कम चौरासी गाँव होना अनिवार्य था | तालुका में गांवों की संख्या चौरासी से अधिक तो हो सकती थी किन्तु चौरासी से कम कदापि नहीं हो सकती थी | चूंकि राज्य सूर्यवंशियों का था अतः सूर्य की सातों किरणों तथा बारह राशियों को ध्यान में रख कर तालूकों और गांवों की संख्या क्रमशः सात और कम से कम बारह रखी गई थी | इस प्रकार सर्वत्र सूर्य देवता का प्रताप झलकता था |

वर्ष 1407 में रतनपुर राज दो भागों में विभाजित हो गया | और दूसरा भाग रायपुर राज के अधीन आ गया| यह 18 वीं सदी तक हैहय वंशी राज्य की राजधानी के रूप में बना रहा | यह क्षेत्र मराठा के नियंत्रण में भी सन 1741 तक रहा | मराठों ने रायपुर को ही राजधानी बनाए रखा | बाद में अंग्रेजों के नियंत्रण में सन 1818 में आया | ब्रिटिश अधीक्षक कैप्टन पी वंस एगेन्यु ने राजधानी (अधीक्षक का मुख्यालय) रतनपुर

से रायपुर स्थानांतरित कर दिया |

ऐतिहासिक नगरी होने के कारण रतनपुर में बहुत से दर्शनीय स्थल हैं | इनमें से रतनपुर किला(गज किला),महामाया मंदिर, काल-भैरव मंदिर, लखनी देवी मंदिर, वृधेश्वर नाथ मंदिर (बूढ़ा महादेव), श्री गिरिजाबंध हनुमान मंदिर, रामटेकरी मंदिर, सिद्‌धिविनायक मंदिर ,खो खो बावली और खूंटाघाट जलाशय प्रमुख हैं |

रतनपुर किले का निर्माण 10 वीं से 12 वीं सदी के बीच कलचुरी राजाओं ने कराया था | वर्तमान में यह किला जीर्ण-शीर्ण स्थिति में है| किले में कई प्राचीन मूर्तियों के साथ ही मंदिर भी है | यहाँ सबसे प्राचीन मंदिर लक्ष्मी नारायन मंदिर, जगन्नाथ मंदिर हैं | यहाँ कलचुरी कालीन मैथुन मूर्तियाँ, अप्सरा, गज, रावण का अपने सिर को काटकर शिव को अर्पित करते हुए प्रतिमा हैं |

महामाया का मंदिर –भारत में देवी माता के अनेक सिद्‌ध मंदिर हैं, जिनमे माता के 51 शक्तिपीठ सदा से ही श्रद्‌धालुओं के लिए विशेष धार्मिक महत्व के रहे हैं | इन्ही शक्तिपीठों में से एक है यह मंदिर | शक्तिपीठों की स्थापना से संबंधित एक पौराणिक कथा प्रसिद्‌ध है | शक्तिपीठ उन पूजा स्थलों को कहते हैं,जहाँ सती के अंग गिरे थे | पुराणों के अनुसार, पिता दक्ष के यज्ञ में अपमानित हुई सती ने योगबल द्‌वारा अपने प्राण त्याग दिए थे | सती की मृत्यु से व्यथित भगवान शिव उनके मृत शरीर को लेकर तांडव करते हुए ब्रहमांड में भटकते रहे | उस समय माता के अंग जहाँ जहाँ गिरे,वहीं शक्तिपीठ बन गए | इन्ही स्थानों को शक्तिपीठ रूप में मान्यता मिली | महामाया मंदिर में माता का स्कन्ध गिरा था | इसीलिए इस थल को माता के 51 शक्तिपीठों में शामिल किया गया |

रतनपुर को तालाबों की नगरी भी कहा जाता है | आपको जानकार आश्चर्य हो सकता है कि रतनपुर में लगभग 365 तालाब मौजूद हैं | मान्यता के अनुसार, ये तालाब पौराणिक समय से ही अस्तित्व में हैं | बताया जाता है कि लगभग 1400 तालाब यहाँ रहे है | लेकिन हाल के दिनों में इनकी संख्या लगातार घट रही है | यहाँ का दुलहरा तालाब विशेष कारण से प्रसिद्‌ध है | इस तालाब में दो तरह की लहरें उठती

हैं जिन्हे गंगा-यमुना कहा जाता है | इन दोनों तरह की लहरों में आप देखकर फर्क कर सकते हैं | 180 एकड़ के तालाब को छत्तीसगढ़ की गंगा भी कहते हैं |

महामाया मंदिर – रतनपुर का महामाया मंदिर यहाँ का प्रसिद्ध मंदिर है | यहाँ हजारों की संख्या में ज्योति कलश जलाए जाते हैं | यह देश के 51 शक्तिपीठों में गिना जाता है | विद्यार्थियों की टोली माता के दर्शन करने के बाद राम टेकरी, लखनी देवी मंदिर की ओर बढ़ गई |

खूंटाघाट बांध –प्रकृति के बीच शांतिपूर्ण वातावरण का आनंद लेना हो तो खूँटाघाट बांध एक अहम जगह है | यहाँ आसपास मौजूद जलाशय , पहाड़, और जंगल का नजारा बहुत मनभावन लगता है | यह बांध खारूँग नदी पर बनाया गया है जो एक झील सा प्रतीत होता है | सैलानियों को ध्यान में रखते हुए यहाँ रास्ते, ब्रिज और सीढ़ियाँ बनाई गई है | मानसून और ठंड के मौसम में यहाँ भारी संख्या में प्रवासी पक्षी आते हैं | यहाँ की छटा ही ऐसी है कि पक्षी हजारों किलोमीटर की यात्रा कर यहाँ पहुंचते है |

टीम ने यहाँ प्रकृति का भरपूर आनंद लिया , सभी ने अपने साथ लाया हुआ भोजन किया और फिर बिलासपुर वापस लौट गए |

रास्ते में देवेन्द्र ने सुनीता से कहा ,

“सुनीता ,हम लोग कॉलेज की तरफ से दक्षिण भारत त्रिवेंद्रम और कन्याकुमारी के भ्रमण के लिये जा रहे हैं |”

“कब जा रहे हो ?”

“बस कल ही निकल रहे हैं |”

“कितने दिनों का टूर प्रोग्राम है ?”

“पंद्रह दिनों का प्रोग्राम है | तुम्हारे लिए कुछ लाना है तो बताओ |”

“मुझे कुछ नहीं चाहिए ,बस तुम जल्दी आ जाओ यही मैं चाहती हूँ |”

“ ठीक है , टूर के बाद मिलते हैं | अपना खयाल रखना |”

****

दक्षिण भारत के भ्रमण के लिए जाने के पहले देवेन्द्र ने सुनीता के नाम पत्र लिख कर उसे टाइपिंग इंस्टिट्यूट में मेरे दोस्त के हवाले कर

गया और कहा कि वह सुनीता को दे दे | मेरे दोस्त ने वैसा ही किया |सुनीता ने पत्र पढ़ा | पत्र का मजमून इस प्रकार था ,

प्रिय सुनीता ,

हमारी मुलाकात को एक वर्ष होने वाले हैं | हालांकि हमारी नजदीकियाँ चंद महीनों पहले ही बढ़ी हैं | इस दौरान मैंने महसूस किया है कि तुम ही वो लड़की वो जो मेरी जीवन संगिनी बन सकती हो | तुम्हारी विनम्रता और प्यार भरे व्यवहार ने मेरा दिल जीत लिया है| मैं जानता हूँ कि अभी मैं आत्मनिर्भर नहीं बना हूँ | पर मैं तुमसे वादा करता हूँ कि जिस दिन मैं आत्मनिर्भर बन जाऊंगा तुमसे ही शादी करूंगा और वो भी बिना दहेज के | तुम्हारी चिंता शादी के लिए दहेज की है ना ? तो तुम इसकी चिंता करना छोड़ दो | मेरे माता-पिता के पास इतनी धन संपत्ति है कि दहेज की आवश्यकता ही नहीं पड़ेगी |

मैं एक क्षत्रीय खानदान से हूँ और तुम ब्राह्मण | हम दोनों ही उच्च कुल से हैं फिर भी मुझे पूरा यकीन है कि तुम्हारे माता-पिता हमारी शादी को आसानी से स्वीकार नहीं करेंगे | वो हमारी शादी के बीच में अपनी सामाजिक प्रतिष्ठा का हवाला देंगे | हमें उनके विरोध का भी सामना करना होगा | यदि तुम मेरा साथ दोगी तो हम उन्हे भी एक न एक दिन समझाने में कामयाब हो जाएंगे | मैं यह नहीं कहता कि तुम अपने माता-पिता से विद्रोह कर दो | मैं सिर्फ इतना चाहता हूँ कि तुम मेरी प्रतीक्षा करो और जब मैं तुम्हारे काबिल बन जाऊँ तभी मुझसे शादी करो | बस तुम्हें धैर्य पूर्वक मेरा इंतजार करना होगा क्योंकि मैं तुम्हें दिलोजान से प्यार करने लगा हूँ | अब मैं तुम्हारे अलावा किसी और के बारे में सोच भी नहीं सकता | मुझे पूरा यकीन है कि तुम भी ऐसा ही सोचती हो | यदि ऐसा है तो मैं तुम्हारी सहमति का इंतजार करूंगा |

तुम्हारा ही देवेन्द्र

सुनीता ने पत्र पढ़ कर संभाल कर रख लिया | वह खुद भी देवेन्द्र से यही कहना चाहती थी पर कह न सकी| नारी सुलभ लज्जा ने उसे अब तक रोके रखा था | वह देवेन्द्र के स्पष्टवादी व्यवहार से बहुत खुश थी | देवेन्द्र ने बिना लाग लपेट के अपने दिल की बात चिठ्ठी में लिख दी थी | वह देवेन्द्र के खयालों में खो गई |उसे याद आया –जब भी देवेन्द्र

उसे देखता था तो उसकी आँखों की चमक बढ़ जाती थी|वह प्यार भरी नजरों से देखता था | सुनीता के होंठों पर भी देवेन्द्र को देखते ही हल्की सी मुस्कान बिखर जाती थी | पढ़ने वाले तो प्यार की नजर पढ़ लेते हैं | सुनीता ने भी देवेन्द्र की प्यार भरी नजरों को पढ़ लिया था |उसकी सहेली पुष्पा ने एक बार पूछा भी था ,

"सुनीता ,सच बता क्या देवेन्द्र तुझे प्यार करता है ?"

उसने कहा था – "करता होगा इससे मुझे क्या ? मैं तो टाइपिंग सीखने आती हूँ | तू भी अपनी टाइपिंग पर ध्यान दे और देवेन्द्र का खयाल छोड़ दे |"

सुनीता को भी लगता था कि पुष्पा देवेन्द्र के लिए बेचैन है पर आगे बढ़ने के पहले वह सुनीता का मन टटोल रही थी | देवेन्द्र सबसे मुस्कुरा कर बिंदास बात करता था | शायद इसी वजह से पुष्पा को गलतफहमी हो गई थी कि देवेन्द्र उसे प्यार करने लगा है | हालात ऐसे थे कि टाइपिंग इंस्टिट्यूट में आपस में बात करने का इतना मौका ही नहीं मिलता था | और इंस्टिट्यूट के बाहर देवेन्द्र से मुलाकात नहीं हो पाती थी | ऊपर वाला जो करता है अच्छा ही करता है | बदमाश लड़कों ने न छेड़छाड़ की होती और न ही सुनीता को देवेन्द्र के नजदीक आने का मौका मिलता |

सुनीता ने प्रेम पत्र का लिफाफा टेबल के ऊपर ही रखी किताब के अंदर रख दिया | सुनीता के जाने के बाद उसकी मां को टेबल की साफ सफाई करते समय वो पत्र हाथ लग गया | मां ने जब पत्र पढ़ा तो उसके होश उड़ गए | मां को लगा कि अब बेटी घर से भागने की तैयारी कर रही है और बिरादरी में उसकी नाक कटा देगी | उसने यह बात अपने पति और बेटे को बताई | सुनीता के बड़े भाई ने सुनीता से पूछा ,

"सुनीता, ये लव लेटर तुझे किसने दिया ?"

"मैं टाइपिंग सीखने गई थी तो सर ने मुझे यह लिफाफा देते हुए कहा कि देवेन्द्र तुम्हारे लिए देकर गया है और वह कॉलेज के टूर पर गया है |"

"टूर से कब आएगा ?"

"मुझे नहीं पता वो कब आएगा |"

"तूने वो पत्र क्यों लिया ?"

"मैं जब क्लास खत्म होने के बाद घर आ रही थी तो सर ने मुझे दिया | मुझे क्या पता था उसमें क्या लिखा है?"

तभी सुनीता की मां किचन से आई और कहा ,

"बेटा, ये बहुत भोली है , इसे क्या पता था कि किसने क्या लिखा है | इसको कहने से कुछ फायदा नहीं है | तुम जाकर उस लड़के को समझा दो कि इसका पीछा न करे वरना हमारी बहुत बदनामी होगी |"

मां सुनीता की तरफ मुखातिफ होकर बोली,

"कान खोलकर सुन ले सुनीता , अगर तूने उस लड़के से मिली या कोई संबंध रखा तो मेरा मारा मुंह देखेगी | हम इज्जतदार लोग हैं | अपनी बिरादरी में मुंह दिखाने लायक नहीं रह जाएंगे | अपने घर परिवार की इज्जत का खयाल रख | पढ़ लिख कर नौकरी लग जाएगी तो अपनी बिरादरी में ही उससे अच्छे लड़कों की लाइन लग जाएगी |"

सुनीता ने माता-पिता और भाई की बातों का विरोध करना उचित नहीं समझा |वो जानती थी कि देवेन्द्र से अच्छा जीवन साथी उसे और कोई नहीं मिल सकता | उसने मन बना लिया था कि जब उसकी नौकरी लग जाएगी तभी शादी करेगी और देवेन्द्र से ही शादी करेगी |"

सुनीता का भाई टाइपिंग इंस्टिट्यूट पहुँच गया | उसे पता चला कि देवेन्द्र दक्षिण भारत के टूर पर गया है और अब वो पंद्रह दिन बाद ही लौटेगा |

****

सी एम डी कॉलेज की टीम दक्षिण भारत के टूर के लिए निकल पड़ी | उनका पहला पड़ाव था –केरल की राजधानी त्रिवेंद्रम | त्रिवेंद्रम पहुँचने के बाद टीम होटल वेंकटेश्वरा में रुकी | टीम में 15 लोग थे | उनमें देवेन्द्र और उसका दोस्त जितेंद्र भी शामिल था |

त्रिवेंद्रम को तिरुवनंतपुरम के नाम से भी जाना जाता है | यह केरल की राजधानी है | यहाँ पर्यटकों के घूमने के लिए बहुत कुछ है | अपने सांस्कृतिक आकर्षण को बनाए रखते हुए त्रिवेंद्रम अविश्वसनीय संग्रहालयों, खूबसूरती से डिजाइन किये गए महलों, पवित्र मंदिरों और मंत्र मुग्ध करने वाले समुद्र तटों सहित कई प्रकार के दर्शनीय स्थलों को प्रदर्शित करता है , जो शहर को दक्षिण भारत के सर्वश्रेष्ठ पर्यटन स्थलों

में से एक बनाते हैं | यदि आप प्राचीन इतिहास और संस्कृति के प्रति दिलचस्पी रखते हैं तो त्रिवेंद्रम शहर बस आपके घूमने के लिए अच्छी जगह है |

त्रिवेंद्रम में प्रसिद्ध मंदिरों में अटुकल भगवती मंदिर,अजिमाला शिव मंदिर, कारिकाकोम चामुंडी देवी मंदिर और पझवंगडी गणपती मंदिर शामिल हैं | केरल के किसी अन्य तटीय शहर की तरह त्रिवेंद्रम के व्यंजनों में समुद्री भोजन और स्थानीय दक्षिण भारतीय व्यंजनों का प्रभाव देखा जा सकता है | यहाँ पर आपको नारियल के पेड़ बहुत मिलेंगे, यही वजह है कि यहाँ का सबसे मशहूर पेय नारियल पानी है |

त्रिवेंद्रम का मशहूर दर्शनीय स्थल नेयार बांध और वन्यजीव अभयारण्य है | शेर और हिरण सफारी के लिए प्रसिद्ध नेयार वन्यजीव अभयारण्य प्रकृति के प्रति उत्साही लोगों के लिए एक अच्छी जगह है | पार्क में मगरमच्छ का भी एक इलाका है और हाथियों का पुनर्वास केंद्र है | दक्षिण भारत की यात्रा पर आने वाले पर्यटक यहाँ घूमने जरूर आते हैं |

त्रिवेंद्रम में सबसे प्रसिद्ध मंदिर पद्मनाभस्वामी मंदिर है | इस मंदिर में सोने की परत चढ़ी हुई है | यह 108 दिव्य देशमों में से एक है, जो वैष्णववाद के धर्म में पूजा के प्रमुख केंद्र हैं | दिव्य देशम महान भगवान विष्णु के पवित्र निवास हैं और मंदिर में भगवान पद्मनाभ की पूजा होती है | यह दिव्य मंदिर भारत के उन गिने-चुने मंदिरों में से एक है जहाँ प्रवेश केवल हिन्दू धर्म को मानने वाले लोगों को ही दिया जाता है |

त्रिवेंद्रम में प्रसिद्ध पूवर द्वीप है | यह द्वीप त्रिवेंद्रम से 27 किलोमीतर दूर स्थित है | पूवर द्वीप प्राकृतिक रूप से काफी सुंदर है | द्वीप अपने प्राचीन आकर्षण के लिए जाना जाता है | यह शांत द्वीप अरब सागर और नेयार नदी के बीच स्थित है | यह एक ऐसी अद्भुत जगह है जहाँ पृथ्वी, समुद्र और नदी का मिलन होता है और यही चीज यहाँ का प्राकृतिक आश्चर्य है | पूवर मुख्य रूप से मछली पकड़ने के समुदायों द्वारा बसा हुआ है और स्थानीय लोगों की लुभावनी संस्कृति और परंपराओं का पता लगाने के लिए यह एक आदर्श स्थान है |

कनककुन्नू पैलेस –नेपियर संग्रहालय के निकट , त्रावणकोर राजा के शासन में कनककुन्नू महल बनाया गया था | आज, महल सांस्कृतिक कार्यक्रमों की मेजबानी करता है जो इसके परिसर में आयोजित होते हैं | अगर आप दक्षिण भारत की लोक कला, लोक नृत्य का आनंद लेना चाहते हैं तो इस पैलेस की यात्रा करना ना भूलें |

अगस्त्य कुड़म – नेयर वन्यजीव अभयारण्य के भीतर 1868 मीटर की ऊंचाई पर स्थित, अगस्त्य माला शिखर को अगस्त्यकुड़म भी कहा जाता है | शिखर में भगवान अगस्त्य की एक जीवन आकार की मूर्ती है| भगवान अगस्त्य एक हिन्दू ऋषि थे |

जुलोजिकाल पार्क – भारत में सबसे पुराने चिड़ियाघर के रूप में प्रसिद्ध , जूलोजीकल पार्क इथियोपिया और ऑस्ट्रेलिया से लाए गए विभिन्न पक्षी प्रजातियों के लिए प्रसिद्ध है | पर्यटक प्रकृति की सुंदरता को देखते हुए झील में नाव की सवारी भी कर सकते हैं |

नेपियर संग्रहालय – मूर्तियों ,चित्रों और संगीत वाद्ययंत्रों के बेहतरीन संग्रह के लिए प्रसिद्ध नेपियर संग्रहालय शहर के प्रमुख आकर्षण में से एक है | शहर के केंद्र में स्थित, यह एक वास्तुशिल्प चमत्कार भी है जो लगभग 150 साल पहले स्थापित किया गया था |

चित्रा आर्ट गैलरी –श्री चित्रा आर्ट गैलरी कला प्रेमियों के लिए एक आदर्श स्थान है, जहाँ राजा रवि वर्मा के प्रसिद्ध चित्रों को प्रदर्शित किया गया है | उनका पश्चिमी रूप और भारतीय जीवन को दर्शाने वाले चित्रों की शैली यहाँ का आकर्षण है | मुगलों , राजपूतों और तंजौर कला स्कूलों से संबंधित अन्य कला वस्तुओं को भी देखा जा सकता है |

चामुंडी देवी मंदिर –यह मंदिर 600 साल से अधिक पुराना है | यह प्राचीन मंदिर वास्तव में घने हरे-भरे वातावरण में स्थापित है | इस मंदिर की विशेषता यह है कि यहाँ देवी चामुंडी के तीनों रूपों-महा चामुंडी, रक्ता चामुंडी और बाला चामुंडी की पूजा होती है | इस मंदिर के इतिहास के बारे में ज्यादातर लोग नहीं जानते हैं | प्राचीन काल में जब राजशाही प्रथा थी, राजाओं ने इस मंदिर को न्याय पाने और गलत काम करने वालों को दंडित करने के लिए चुनते थे | आरोपियों को रक्ता चामुंडी देवी के गर्भगृह के सामने खड़ा करने के लिए लाया जाता था | 21 सिक्के नाड़ा

में डाले जाते थे और सच कहने को कहा जाता था | यह माना जाता था कि देवी उन लोगों के साथ व्यवहार करेगी जो ईमानदार होते थे और झूठ बोलने वालों को दंडित करेगी | इन मंदिर में मनाया जाने वाला पोंगल महोत्सव स्थानीय लोगों और पर्यटकों के बीच सबसे प्रसिद्ध महोत्सव है |

तारामंडल –पूरे दक्षिण भारत में सबसे अच्छे तारामंडल में से एक प्रियदर्शिनी तारामंडल निश्चित रूप से त्रिवेंद्रम घूमने के लिए अच्छी जगह है | यह आपको विज्ञान की दुनिया में ले जाता है |

अजिमाला शिव मंदिर –काजीवूर में अजिमाला शिव मंदिर दशकों से पर्यटकों को मंत्रमुग्ध करने के साथ-साथ उत्साही शिव भक्तों को आकर्षित करता है | अजी का अर्थ है सागर और माला का अर्थ है हिल | मंदिर का नाम इसीलिए रखा गया है क्योंकि यह अरब सागर के किनारे पर थोड़ा ऊंचे स्थान पर बना है | यह मंदिर भगवान शिव को समर्पित है |मंदिर का वार्षिक उत्सव जनवरी और फरवरी के बीच आयोजित किया जाता है, जहाँ हजारों भक्त एक साथ मिलकर 'नारंग विलक्कु' को चढ़ाते हैं , जो मूल रूप से एक तेल का दीपक है जिसे नींबू पर जलाया जाता है | इस समय अजिमाला समुद्र तट पर एक मनोरम और आश्चर्य जनक दृश्य दिखाई देता है |

विजिनजम रॉक कट गुफा- यह शहर से 17 किमी दूर स्थित है, विजिनजम रॉक कट गुफा त्रिवेंद्रम में सबसे अधिक देखे जाने वाले पर्यटन स्थानों में से एक है | यह 8 वीं शताब्दी की रॉक कट मूर्तिकला एकल-कोशिका वाली है और इसमे विंध्य धारा दक्षिणमूर्ति के देवता हैं | मंदिर भारतीय इतिहास का एक महत्वपूर्ण हिस्सा रहे हैं , इस प्रकार यह विशेष मंदिर दक्षिण भारत में अत्यधिक पूजनीय है |

अटुकल भगवती अम्मन मंदिर – यह मंदिर दक्षिण केरल के लोकप्रिय तीर्थस्थलों में से एक है जो त्रिवेंद्रम शहर में स्थित है | यह वह जगह है जहाँ फरवरी और मार्च के महीने में आयोजित होने वाले प्रसिद्ध अतुकल पोंगाला महोत्सव के लिए लाखों महिलायें एक साथ इकठ्ठा होती हैं | अतुकल भगवती मंदिर के मुख्य देवता अतुकल देवी हैं | उन्हे देवी पार्वती का स्वरूप माना जाता है | इनके अलावा यहाँ काली,

भगवान शिव और भगवान गणेश की प्रतिमाएं भी हैं| मंदिर को कई मूर्तियों से सजाया गया है जो तमिल और केरल दोनों के इतिहास का एक वास्तुशिल्प मिश्रण है | अतुकल भगवती मंदिर न केवल दक्षिण , बल्कि पूरे देश के सबसे अधिक चर्चित मंदिरों में से एक है | इसे गिनीज वर्ल्ड बुक रिकॉर्ड प्राप्त हुआ है जब एक साथ 37 लाख से अधिक महिलाओं ने इस मंदीर में पोंगला की प्रस्तुती की, जिससे यह एक धार्मिक महिलाओं के लिए सबसे बड़ी सभा का स्थान बन गया |

कोवलम बीच – कोवलम बीच को किसी परिचय की आवश्यकता नहीं है | यह त्रिवेंद्रम में प्रमुख स्थान है |स्थानीय पर्यटकों के अलावा यहां विदेशी पर्यटकों की भीड़ भी देखी जा सकती है |कोवलम बीच पर आप पैरा-सेलिंग ,ड्राइविंग विंड सर्फिंग का आनंद ले सकते हैं |

कॉलेज की टीम ने त्रिवेंद्रम का टूर पूरा कर लिया था | अब टीम कन्याकुमारी की सैर के लिए निकल पड़ी |

कन्याकुमारी –भारत के तमिलनाडु राज्य में भारत की धरती के अंतिम छोर पर स्थित कन्याकुमारी एक खूबसूरत शहर है | यहाँ अरब सागर, हिन्द महासागर और बंगाल की खाड़ी का पानी एक दूसरे से आलिंगन करता है | कन्याकुमारी के दर्शनीय स्थल वैसे तो खास प्रसिद्ध नहीं है लेकिन समुद्र का किनारा और भारत की धरती का अंतिम छोर होने के साथ साथ कन्याकुमारी वह स्थान है जहाँ स्वामी विवेकानंद जी ने योग साधना की थी | इसे 'केप कीमोरिन' के नाम से भी जाना जाता है |

कन्याकुमारी के दर्शनीय स्थल में सबसे अधिक प्रसिद्ध विवेकानंद रॉक मेमोरियल है जो एक छोटे से द्वीप पर स्थित है | सुरम्य हिन्द महासागर में इसकी पृष्ठभूमि है और इसलिए पूरे विश्व से आने वाले पर्यटकों के लिए एक शांतिपूर्ण गंतव्य के रूप में जाना जाता है | यह दो उभरी हुई विशाल चट्टानों में से एक पर स्थित है | और इसमें 'श्रीपाद मंडपम' और 'विवेकानंद मंडपम ' शामिल हैं | इन रॉक द्वीपों तक नौका की सवारी एक रोमांचक यात्रा है और इसलिए कई प्रकृति प्रेमियों और साहसिक उत्साही लोगों को यह आकर्षित करती है |

यह मूर्ति शानदार वास्तुकला को दर्शाती है | और यह सन 1970 में बनाई गई थी और जब से ही यह एक प्रमुख पर्यटक आकर्षण रहा है | जिस द्वीप पर प्रतिमा स्थित है, उस स्थान के बारे में कहा जाता है कि यहाँ विवेकानंद ने ज्ञान प्राप्त किया था | श्रीपाद मंडपम का एक अध्ययन कक्ष और एक संग्रहालय है, जहाँ आप विवेकानंद के जीवन के बारे में जान सकते हैं| यह मंडप अपनी पवित्रता पर बल देने के साथ साथ आध्यात्मिक महत्व और स्मारक को जोड़ता है | ध्यान और आत्मनिरीक्षण के लिए यह एकदम सही स्थान है | अपने शांत परिवेश और राजसी निर्माण के साथ, विवेकानंद स्मारक एक अविस्मरणीय अनुभव प्रदान करता है |

तिरुवालुवार प्रतिमा कन्याकुमारी के दर्शनीय स्थल में सिद्ध दार्शनिक और कवि तिरुवालुवार को समर्पित है, यह खूबसूरत मूर्ति कन्याकुमारी के निकट एक छोटे से द्वीप पर स्थित है | तिरुवालुवार साहित्य की दुनिया में एक महान लेखक थे | इस प्रतिमा का निर्माण कार्य 1990 में शुरू हुआ और 1999 के अंत में पूरा हो गया | यह प्रतिमा 133 फुट ऊंची है जो 38 फुट के आसान पर स्थित है | पानी से घिरा यह मूर्ति स्थल एक आदर्श स्थान पर बसा है, और छोटी नौका की सवारी से यहाँ आसानी से पहुंचा जा सकता है | मूर्ति परिसर में एक मंदिर भी है, जो ध्यान के लिए एक अनोखा स्थान है | इस मंदिर का शांत वातावरण मन को प्रफुल्लित कर देता है |

कॉलेज की टीम ने दक्षिण भारत घूमने का भरपूर आनंद उठाया और वापस बिलासपुर लौट आई |

****

टूर से लौटने के बाद देवेन्द्र टाइपिंग इंस्टिट्यूट गया तो पता चला कि सुनीता का भाई देवेन्द्र की जानकारी लेने के लिए आया था |देवेन्द्र को समझते देर न लगी कि उसके प्रेम संबंधों का खुलासा हो चुका है | मेरे दोस्त ने देवेन्द्र से पूछा,

"देवेन्द्र, माजरा क्या है ? उस चिट्ठी में तुमने लिखा क्या था ?"

"सर, मैं सुनीता को प्यार करने लगा हूँ और वो मेरा प्रेम पत्र था |"

“चलो ठीक है,अगर प्रेम किया है तो फिर ये सब तो होगा ही| तुम ऐसा करो कि दो चार दिन टाइपिंग इंस्टिट्यूट आना बंद कर दो |”

“आप ठीक कह रहे हैं , मैं दो-चार दिन नहीं आऊँगा पर ये बताइए क्या सुनीता आजकल टाइपिंग सीखने नहीं आती ?”

“तुम्हारे जाने के दूसरे दिन ही सुनीता का भाई यहाँ आया था और पूछ रहा था कि ये देवेन्द्र कौन है? मैंने कहा वो मेरी इंस्टिट्यूट का विद्यार्थी है | मैंने उससे जानने की कोशिश की आखिर बात क्या है तो उसने कहा ‘उसको आने दीजिए आपको पता चल जाएगा’ |”

देवेन्द्र ने टाइपिंग इंस्टिट्यूट आना बंद कर दिया | सुनीता का भाई फिर एक दिन टाइपिंग इंस्टिट्यूट आ धमका और देवेन्द्र का पता पूछने लगा | मेरे दोस्त ने उसको देवेन्द्र का पता बता दिया | वो देवेन्द्र के घर पहुँच गया |उसने कॉल बेल बजाया, देवेन्द्र का भाई नरेंद्र बाहर आया और पूछा,

“क्या बात है ?”

“देवेन्द्र कहाँ है ?”

“देवेन्द्र घर पर नहीं है ,मुझसे बताओ क्या काम है ?”

“तुम्हारा भाई मेरी बहन को प्रेम पत्र लिखता है और कहता है कि मैं उससे शादी करूंगा |”

“फिर क्या हुआ ? शादी की बात करता है ,कोई अपराध तो नहीं किया ना ?”

“कैसी बात करते हो ?

“मैं ठीक ही तो कह रहा हूँ | जवान लड़का है , लिख दिया होगा प्रेम पत्र | मैं उसे समझा दूंगा |”

“अरे , तुम क्या समझा दोगे ? उसे मैं समझाऊँगा | अगर मुझे मिल गया तो उसकी हड्डी पसली एक कर दूंगा फिर पता चलेगा कि प्रेम पत्र लिखने का क्या नतीजा होता है |”

“देखो ताली एक हाथ से नहीं बजती है , तुम्हारी बहन ने भी उसे कुछ छूट दी होगी तभी उसकी इतनी हिम्मत बढ़ी होगी वरना वो ऐसा लड़का नहीं है |”

“मेरी बहन भी ऐसी लड़की नहीं है | हम इज्जतदार लोग हैं | अगर तुम्हारा भाई दुबारा ऐसी हरकत किया तो पारिणाम बहुत बुरा होगा |”

“तुम परिणाम को छोड़ो और अपनी बहन को समझाओ ,मैं देवेन्द्र को समझा दूंगा | मामले को ज्यादा मत बढ़ाओ | हंगामा करने से बात बढ़ेगी और बदनामी होगी | तुम शांति से घर जाओ |

उस घटना के बाद सुनीता पर उसके घर वाले नजर रखने लगे | वो जब टाइपिंग सीखने आती थी तो उसका भाई इंस्टिट्यूट तक छोड़ने और लेने आता था | उस घटना के पंद्रह दिनों के बाद टाइपिंग की परीक्षा थी |परीक्षा में दोनों पास हो गए | परीक्षा के बाद कभी कभार देवेन्द्र इंस्टिट्यूट में मिलने के लिए आता था पर वहाँ सुनीता नहीं मिलती थी | सुनीता का घर से बाहर निकलना कुछ महीने के लिए मुश्किल हो गया था |

देवेन्द्र ने लॉ की पढ़ाई के लिए लॉ कॉलेज में एडमीसन ले लिया था और सुनीता बी ए करने के बाद नौकरी की तलाश में लग गई |

दोनों रहते तो एक ही शहर में पर आपस में मिलना नहीं हो पाता था | दोनों ने अपने घर वालों से कहा था कि वे आपस में कोई संबंध नहीं रखेंगे | पर प्रेमातुर लोग भला कहाँ मानते हैं | एक दूसरे से मिलने का बहाना ढूंढ ही लेते हैं |

सुनीता ने अपनी सहेली पुष्पा का सहारा लिया | वह पुष्पा के जरिए देवेन्द्र को अपने प्रेम-पत्र लिख भेजती थी | कभी कभार वह पुष्पा से मिलने के बहाने देवेन्द्र से मिलने के लिए चली जाती थी |

समय का पक्षी अपनी गति से उड़ान भर रहा था | दिन ,महीने और साल बीतते रहे | इसी बीच सुनीता की नौकरी कलर्क के रूप में मध्य प्रदेश बिजली विभाग कोरबा में लग गई | देवेन्द्र सुनीता से मिलने कोरबा चला जाता था | देवेन्द्र के कुछ मित्र कोरबा में भी रहते थे | सुनीता को सरकारी आवास भी मिल गया था | अब सुनीता आत्मनिर्भर हो गई थी |

****

देवेन्द्र जब भी कोरबा जाता तो यहाँ दोनों घूमने का प्रोग्राम जरूर बनाते थे | जब दो प्रेमी स्वच्छंद होकर एक दूजे के साथ घूमते फिरते हैं

तो जीवन का आनंद ही कुछ और होता है | यही अब देवेन्द्र और सुनीता के साथ हो रहा था | कहानी आगे बढ़ने के पहले आइए जान लेते हैं हम कोरबा शहर और उसके आसपास के दर्शनीय स्थलों के बारे में |

छत्तीसगढ़ राज्य में स्थित कोरबा जिला अपने प्राकृतिक संपदा व उद्योगों के लिए प्रसिद्ध है जिसका मुख्यालय कोरबा नगर में है | कोरबा को जिले का दर्जा 25 मई 1998 को मिला | इसका नाम कोरबा यहाँ के रहने वाली जनजाति पहाड़ी कोरवा के कारण पड़ा | यह छत्तीसगढ़ के बिलासपुर संभाग में स्थित है तथा इसके पड़ोसी जिले चांपा,जांजगीर,बिलासपुर,कोरिया आदि हैं | यह छत्तीसगढ़ की राजधानी रायपुर से 200 किलोमीटर की दूरी पर स्थित है |यहाँ प्रचूर मात्रा में प्राकृतिक संसाधन हैं | इसके अलावा यहाँ वनों की अधिकता है | जिसकी वजह से यहाँ आदिवासी जनजातियाँ निवास करती हैं |

कोरबा को छत्तीसगढ़ की ऊर्जा धानी व औद्योगिक केंद्र के रूप में भी जाना जाता है इसका कारण है यहां पर बिजली उत्पादन व यहाँ के बड़े-बड़े औद्योगिक केंद्र | प्राकृतिक संसाधनों की प्रचूर मात्रा यहाँ उद्योग व बिजली संयंत्रों के लिए सुलभ है जिस कारण यहाँ की विद्युत घर जैसे एन टी पी सी , सी एस ई बी व बालको स्थित हैं |

हसदेव नदी के किनारे बसा कोरबा शहर वनों से घिरा हुआ है जिस कारण यहाँ का प्राकृतिक सौन्दर्य अति मनभावन हैं | यहाँ की मुख्य नदी हसदेव नदी है जो कोरबा के मध्य से बहती है |

कोरबा जिला विभिन्न लोगों के रहने का स्थान है तथा यहाँ आदिवासी बहुलता है व यहाँ अनुसूचित जाति व जनजाति समुदाय पहारी कोरवा और बिरहोर समुदाय है | इनका निवास मुख्यतः पहाड़ी व वन क्षेत्रों मे होता है | देव उठनी, पोला छेरछेरा, करमा और हरेली मुख्य जनजातीय त्यौहार हैं |

इस जिले में कई प्राचीन मंदिर पाए जाते हैं | जिनमें पाली का ऐतिहासिक मंदिर, चैतुरगढ का मंदिर और कोरबा में स्थित सर्वमंगला मंदिर प्रसिद्ध हैं |

पाली का शिव मंदिर –कोरबा शहर से 50 किमी की दूरी पर पाली शहर में स्थित है | इस मंदिर का निर्माण बाण वंश राजा विक्रमादित्य

ने 870 ई से 900 ई के मध्य करवाया था | पाली में उल्लिखित विक्रमादित्य ,महामंडलेश्वर मल्लदेव का पुत्र था अत: “जयमेरू” के रूप में उसकी पहचान बाण वंश के ही दूसरे शिलालेखों के आधार पर कर ली गई | जयमेरू का शासन 895 ईस्वी तक रहा | कलचुरी शासक जाजल्लदेव प्रथम ने 11 वीं सदी में पाली के शिव मंदिर का जीर्णोद्धार करवाया था |

तुमान (तुम्माण), कोरबा से 35 किमी की दूरी पर स्थित एक छोटा गाँव है |पृथ्वीदेव जब पेण्ड्रा जीत कर तुमान की ओर आए तब इन गढ़ों में दामा व दुरहा भाइयों का राज था, जिन्हे हराकर उन्होंने गढ़ पर कब्जा किया, तुमान छत्तीसगढ़ में कलचूरियों की प्रथम राजधानी बनी | यहाँ एक प्राचीन शिव मंदिर है | जिसका निर्माण कलचुरी शासक रत्न देव प्रथम (1045 ई-1065 ई) के शासनकाल में हुआ था |

चैतुरगढ किला – कोरबा से 70 किमी दूर स्थित है| यह एक शानदार पर्यटन समुद्र ताल से 3060 फुट की ऊंचाई पर बना पर्यटकों के लिए खास आकर्षण का केंद्र है | इस भव्य किले का निर्माण राजा पृथ्वीराज देव ने किया था | इसके अलावा इस स्थल का अपना पौराणिक महत्व भी है | यहाँ महिशासुर को समर्पित एक मंदिर भी है | किले की ऊंचाई से यहाँ की पाँच झीलों की खूबसूरती को देखने का आनंद लिया जा सकता है |

सीतामढ़ी- यहाँ की यात्रा के दौरान अगर आप थोड़ा रोमांच अनुभव लेना चाहते हैं तो सीतामढ़ी गुफाओं की सैर का प्लान बना सकते हैं | सीतामढ़ी तीन चट्टानी गुफाओं के लिए जाना जाता है | ये तीन गुफायें भगवान राम, लक्ष्मण और सीता को समर्पित हैं | माना जाता है कि वनवास के दौरान यह स्थल भगवान राम का अस्थाई निवास बना था |

स्नेक पार्क –कोरबा भ्रमण के दौरान यहाँ का प्रसिद्ध स्नेक पार्क की सैर की जा सकती है | यह पार्क रेपटाइल लवर्स के लिए किसी जन्नत से कम नहीं | यहाँ सांपो की विभिन्न प्रजातियों को देखा जा सकता है |

सतरेंगा –कोरबा के प्रसिद्ध पर्यटक स्थल में से एक सतरेंगा भी है जो बाँगों डैम के जल के किनारे बसा है|सतरेंगा काफी प्रसिद्ध क्षेत्र है व इसे हाल ही में बहुत विकसित किया गया है | यहाँ वाटर स्पोर्ट्स के

साथ तैरता हुआ रेस्टोरेंट व रुकने के लिए गेस्ट हाउस का भी आनंद उठा सकते हैं |

देवपहरी –कोरबा से लगभग 58 किलोमीटर दूर स्थित देवपहरी भी काफी चर्चित पर्यटन स्थल है | गोविंद झुँझ जलप्रपात यहाँ प्रसिद्ध है इसके साथ पास में ही स्थित नकिया झरना का भी आनंद उठा सकते हैं |

रानी झरिया – हाल ही में प्रसिद्ध हुए अजगर बहार के समीप स्थित रानी झरना जिसे हिडन वाटरफाल भी कहा जाता है , बहुत प्रसिद्ध है | 90 फुट ऊंचे इस झरने को देखने के लिए लगभग 3 किलोमीटर की ट्रैकिंग करनी पड़ती है | यहाँ जाने के लिए रास्ता जंगल और पत्थरों के बीच से है जो एक रोमांचक सफर होता है | ट्रेकिंग और प्रकृति के शौकीन लोगों के लिए यह बहुत उपयुक्त जगह है |

बूका – छत्तीसगढ़ का मॉरीशस कहा जाने वाला बूका हमेशा से लोगों की पसंद रहा है | कोरबा से लगभग 65 किलोमीटर दूर बूका में बोटिंग (नौका विहार) से प्रकृति का आनंद उठा सकते हैं जो सचमुच एक सुंदर एहसास है | इसके साथ केंदई वाटर फाल और गोल्डन आइलैंड भी घूमने जा सकते हैं जो यहाँ पास में ही स्थित है | यहाँ रेस्टोरेंट और विभिन्न रेस्ट हाउस स्थित है व यहाँ कैंप फायर और हॉर्स राइडिंग भी किया जा सकता है |

बाँगों डैम – छत्तीसगढ़ की प्रमुख नदी हसदेव जो कि महानदी की सहायक नदी है लगभग 333 किलोमीटर लंबी है व कोरिया से निकलती है |इसी नदी पर मिनी माता हसदेव बाँगों डैम है जो एक प्रसिद्ध पर्यटक स्थल है | इस स्थान में काफी मात्रा में जल को संचित किया गया है जिसका मुख्य उपयोग सिंचाई, नहरों, बिजली उद्योगों व संयंत्रों को देने के लिए किया जाता है | यहाँ काफी संख्या में लोग पिकनिक मनाने आते हैं | यहाँ की हरियाली व संचित जल पर्यटकों का मन मोह लेता है |

****

देवेन्द्र ने लॉ की परीक्षा पास कर ली थी | और बिलासपुर के जिला न्यायालय में प्रेक्टिस करने लगा था | सुनीता को उसके घर वाले शादी के लिए प्रेरित कर रहे थे | उसकी मां ने कहा,

"बेटा, अब तो तेरी नौकरी भी लग गई है , कब तक कुंवारी बैठी रहेगी ?"

"मां, मैंने आप लोगों को पहले भी कह दिया है कि अगर शादी करूंगी तो देवेन्द्र से करूंगी वरना कुंवारी रहूँगी |"

"बेटा, तू जानती है कि देवेन्द्र हमारी जात-बिरादरी का नहीं है | ब्राहमणों की शादी ठाकुरों से नहीं होती |"

"क्या बुराई है मां ? देवेन्द्र पढ़ा लिखा है , वकील हो गया है , खानदान भी उच्च कुल का है ,देखने सुनने में भी अच्छा है , फिर भी आप लोग मान क्यों नहीं रहे हैं ?"

"तेरी सारी बातें ठीक है पर उसमें एक ही कमी है – वह हमारी जाति का नहीं है और हम दूसरी जाति में तेरी शादी नहीं कर सकते | यदि हमने ऐसा किया तो समाज में हमारा बहुत अपमान होगा |"

"मां तुम्हें समाज के अपने अपमान की चिंता है पर अपनी बेटी की जिंदगी की चिंता नहीं है | अगर आप लोगों की पसंद से शादी कर लिया तो मैं खुश नहीं रहूँगी | फिर क्या होगा ? "

"क्या गारंटी है कि तू देवेन्द्र से शादी करके खुश रहेगी ?"

"गारंटी तो किसी शादी में नहीं है पर अपनी मर्जी से शादी करने पर मैं आप लोगों से कोई शिकायत नहीं करूंगी | मुझे पूरा यकीन है कि देवेन्द्र के साथ मैं खुश रहूँगी , मैं उसे पिछले चार साल से जानती हूँ | आज तक उसने मेरे साथ ऐसा कुछ नहीं किया जिससे मुझे या किसी को शर्मिंदा होना पड़े |

"चाहे कुछ भी हो जाए हम तेरी शादी देवेन्द्र से नहीं करेंगे | यही हमारा फैसला है |"

देवेन्द्र के घर वाले भी शादी के लिए जोर डालने लगे थे | देवेन्द्र पहले तो टाल मटोल करता रहा पर जब घर वाले लड़की वालों को लेकर मिलने के लिए आने लगे तो उसने साफ कह दिया कि वो सुनीता से शादी करेगा | उसके माता-पिता , भाई और भाभी सभी ने सुनीता से शादी की असहमति जताई |

देवेन्द्र ने अपने घर वालों के विचार सुनकर सुनीता को कहा,

"सुनीता, मेरे घर वाले हमारी शादी के लिए राजी नहीं है |"

"देवेन्द्र, मेरे घर वाले भी बिल्कुल मानने को तैयार नहीं है |

"अब क्या किया जाए ?तुम्ही बताओ |"

"अब एक ही उपाय है , किसी मंदिर में जाकर शादी कर लेते हैं , बाद में घर वाले मान ही जाएंगे |"

"क्या तुममे इतनी हिम्मत है ?"

"तुम जो मेरे साथ हो , इससे बड़ी हिम्मत और क्या हो सकती है ?"

"ठीक है , यदि तुम तैयार हो तो मैं मंदिर में शादी का इंतजाम करता हूँ |

"मैं तैयार हूँ , हमारी शादी राम नवमी के दिन होगी |"

देवेन्द्र और सुनीता ने अपनी शादी की बात अपने कुछ खास दोस्तों को बताई और सभी दोस्त कोरबा शहर के सर्वमंगला मंदिर में राम नवमी के दिन इकट्ठा हुए | पंडित ने मंत्र पढे और सात फेरों के साथ शादी सम्पन्न हो गई | दोनों ने शादी का रजिस्ट्रेशन भी करवा लिया |

शादी सम्पन्न होने के बाद दोनों ने अपने घर वालों को सूचना दे दी |

इस शादी के बाद दोनों परिवारों में खासी नाराजगी चलती रही और यूं ही समय बीतता रहा | दो वर्ष बाद जब देवेन्द्र और सुनीता के घर कन्या पैदा हुई तो घर वालों का बच्चों के प्रति मोह जाग उठा | और दोनों परिवार पुराने गिले शिकवे भूल कर इकट्ठे हो गए | जाति बंधन का गुरूर टूट गया | समाज का डर दूर हो गया | दोनों परिवार अब आपस में प्रेम से मिलते जुलते हैं | देवेन्द्र और सुनीता ने एक दूसरे के परिवार के सदस्यों के साथ सौहार्द पूर्ण संबंध बना लिए हैं | सुनीता ने साबित कर दिया है कि वह एक भारतीय परिवार की आदर्श बहू है वहीं दूसरी ओर देवेन्द्र ने भी सुनीता के माता-पिता को यह महसूस करा दिया है कि वह उनका ही बेटा है |

देवेन्द्र और सुनीता की दो बेटियाँ है | एक ने इंजीनियरिंग किया है दूसरी सिविल सर्विस की तैयारी कर रही है | देवेन्द्र बिलासपुर से कोरबा में ही अपनी गृहस्थी बसा ली है | वर्तमान में दोनों सम्मानपूर्वक और प्यार भरी जिंदगी जी रहे हैं |

7

लव-जिहादी

रश्मि आगरा के मिलिटरी छावनी इलाके की रहने वाली थी | जब वह 10 साल की थी तभी उसके माता-पिता का एक कार दुर्घटना में देहांत हो गया था | तत्पश्चात उसकी मौसी सावित्री उसे अपने पास आगरा ले आई थी |उसकी सावित्री विधवा औरत थी जो आगरा के सरकारी अस्पताल में नर्स का काम करती थी | उसे छावनी इलाके में ही सरकारी क्वार्टर मिला हुआ था |

घर में रश्मी और उसकी मौसी सावित्री के अलावा कोई नहीं रहता था | सावित्री सुबह अस्पताल चली जाती थी तो शाम को लौटती थी | कभी उसकी ड्यूटी रात को भी होती थी | जब तक रश्मि छोटी थी तो नाइट ड्यूटी में उसकी मौसी उसे साथ ले जाती थी | अब रश्मि 17 साल की हो चुकी थी | वो कॉलेज में पढ़ने जाती थी |

रश्मि देखने में बहुत सुंदर थी | उसका रंग मां की तरह गोरा था , गोल चेहरा, बड़ी बड़ी आँखें और कद काठी में वह लंबी थी | जब वह मुसकुराती थी तो उसके गालों में गड्ढे पड़ जाते थे | उसकी मौसी हमेशा कहती थी,

“कितनी सुंदर है मेरी रश्मि पर ऊपर वाले ने इसके माता-पिता को छीन लिया है ! इसकी सूरत ठीक मेरी बहन पर गई है बिधाता जब कुछ देता है तो इसकी कीमत भी लेता है |”

“मौसी , तू कब तक मेरे माता-पिता को याद करने का बहाना ढूंढेगी ?”

"बेटा, मैं तेरी सगी मौसी हूँ | तुझे देख कर मुझे मेरी बहन की याद आ ही जाती है | कैसे रोकूँ अपने आप को ?"

"मौसी , तू अपने काम में ध्यान दिया कर | दुखी मत हुआ कर |"

"बेटा , मैं चाहती हूँ तू अच्छी तरह पढ़ लिख कर अफसर बन जाए फिर तेरे हाथ पीले कर दूँ बस यही मेरी इच्छा है |"

"मौसी ,तू फिकर न कर | तेरी यह इच्छा मैं जरूर पूरी करूंगी |

रश्मि चाहती थी की उसका एडमीशन उस कॉलेज में हो जहाँ लड़के और लड़कियां साथ साथ पढ़ते हों |उसने सावित्री को लड़कों के कॉलेज में एडमीसन कराने के लिए खूब समझाया , मनाया पर वो नहीं मानी | उसे अपने जीवन का अनुभव था | वह भी अपनी यौनावस्था में किसी मुस्लिम से प्यार कर बैठी थी और घर से भाग कर उस युवक से शादी कर लिया था | कालांतर में उसके प्रेमी ने उसे धोखा दिया और छोड़ कर चला गया | वह अपराधी था और पुलिस की गोली का शिकार हो गया था | जीवन के इतने कटु अनुभव के बाद वह नहीं चाहती थी की रश्मि भी उसी जाल में फंस जाए |

सावित्री ,रश्मि को लेकर बहुत सशंकित रहती थी | उसे लगता था कि यदि उसे लड़कों के कॉलेज में भर्ती कर दिया तो कोई लड़का उसे अपने प्यार के जाल में फंसा कर उसे कहीं बहका न ले जाए | इसीलिए उसने रश्मि की एक ना सुनी और उसका एडमीसन आगरा छावनी के श्रीमती बी डी जैन गर्ल्स कॉलेज में करा दिया था | इसका फायदा ये था कि कॉलेज घर से नजदीक था और रश्मि सायकल से ही कॉलेज चली जाती थी |

रश्मि पढ़ने में भी बहुत होशियार थी और इंटर्मीडिएट की परीक्षा में उसने अपने स्कूल में टॉप किया था इसके अलावा वह खेल कूद में भी भाग लेती थी | कॉलेज के सांस्कृतिक कार्यों में वह बढ़ चढ़ कर हिस्सा लेती थी | नृत्य में तो उसकी कोई बराबरी नहीं कर सकता था |कॉलेज में जाते ही कई लड़कियां उसकी दोस्त बन गई थी | पर कुछ ऐसी भी थी जो उससे ईर्ष्या करती थी | इसका कारण था – उसकी तीक्ष्ण बुद्धि, नृत्य कला और उसकी खूबसूरती | वह बहुत खुले स्वभाव की लड़की थी | उसके मन में किशोरावस्था की तरंगे उठ रही थी | पर मौसी की जिद

के कारण उसे मजबूरन गर्ल्स कॉलेज में ही एडमीसन लेना पड़ा था |

किशोरावस्था मनुष्य के जीवन का बसंतकाल माना गया है |बचपन और वयस्कता के बीच के महत्वपूर्ण समय को ही किशोरावस्था कहा जाता है | बचपन से किशोरावस्था की ओर बढ़ते लड़के और लड़कियों में हार्मोन्स की वजह से मनोवैज्ञानिक,सामाजिक और शारीरिक बदलाव होते हैं | यह समय यौवन के आस पास होता है |यह काल बारह से उन्नीस वर्ष तक रहता है,परंतु किसी किसी व्यक्ति में यह कुछ ज्यादा उम्र तक भी महसूस होता है | रश्मि के मन में भी किसी पुरुष से मिलने की आकांक्षा प्रबल हो रही थी | उसे ठीक तरह से पिता का भी प्यार नहीं मिला था | वह खालीपन उसके दिलो-दिमाग में बैठा हुआ था | पर उसके सामने लोक लाज का भय था और मौसी पर आर्थिक निर्भरता | वह सोचती थी यदि उसके पिता होते तो वो लड़कों के कॉलेज में जरूर एडमीसन लेती |

****

आगरा छावनी में एक जनरल स्टोर और किराने की दुकान थी |उस दुकान का मालिक ललन पांडे था | ललन पांडे उत्तरप्रदेश के सहारनपुर का रहने वाला था | बहुत साल पहले वह काम की तलाश में भटकते हुए आगरा आया था |आगरा शहर में भटकते हुए उसे छोटे मोटे काम मिलते रहे | अंत में वह आगरा छावनी में जनरल स्टोर के मालिक मूलचंद अग्रवाल के पास पाया | उसने ललन पांडे को काम पर रख लिया | वह एक मेहनती और ईमानदार नौकर था | दुकान का पूरा काम वो ही देखता था |

दुकान का मालिक अपनी पत्नी के साथ रहता था |उसकी कोई संतान नहीं थी | वो ललन को अपने बेटे की तरह मानता था | 10 वर्षों से काम करते हुए वह मालिक का विश्वासपात्र नौकर बन गया था |

एक दिन पता चला कि दुकान के मालिक और उसकी पत्नी की हत्या कर दी गई | किसने हत्या की यह पुलिस को पता नहीं चल सका | हत्या के एक सप्ताह पहले ही ललन अपने गाँव चला गया था |

ललन पांडे में पंडिताई के सारे लक्षण मौजूद थे | माथे पर चंदन का त्रिपुण्ड लगाता था और धोती कुर्ता पहनता था | उसकी चोटी में गांठ

लगी रहती थी |दुकान के नजदीक ही शिव मंदिर में रोज पूजा करने जाता था |हर महाशिवरात्री के दिन वह शिव मंदिर में पूजा करवाता था और आसपास के गरीबों को साल में दो बार मुफ़्त में भोजन खिलाता था | आसपास के इलाके में उसकी अच्छी प्रतिष्ठा थी |

ललन पांडे का एक साला था -मोहन | वो अक्सर आगरा आते रहता था | वह बेरोजगार युवक था | देखने में रंग गोरा, तीखी नाक, चौड़ा ललाट, चेहरे पर हल्की मुस्कुराहट रहती थी | लंबे बाल और हल्की दाढ़ी फैशन के मुताबिक रखता था | हमेशा साफ सुथरे कपड़े पहनता था | उसे देखने में ऐसा लगता था कि वह बहुत पढ़ा लिखा, संस्कारी और किसी ऊंचे खानदान का लड़का है | बातें करने में वह वाकपटु था | लोगों को अपनी बातों से प्रभावित करना और उन्हे आश्वस्त करना उसे अच्छी तरह आता था |हालांकि उसने 10 वीं कक्षा तक ही पढ़ाई की थी |और लोगों को बताता था कि वह जमीनों की खरीदी और बिक्री करने वाले एक एजेंट के यहाँ कमीशन पर काम करता था |

जब भी वो आगरा आता था तो दुकान में अपने जीजा ललन की मदद करता था | मोहन की नजर रश्मि पर बहुत दिनों से थी पर धंधे में व्यस्त होने की वजह से उसे पिछले चार सालों से आगरा आने का मौका नहीं मिला |

एक दिन ललन दुकान के काम से आगरा शहर गया हुआ था |दुकान में मोहन अकेला बैठा हुआ था |तभी उसने देखा कि एक खूबसूरत और जवान लड़की उसके दुकान की ओर चली आ रही है | वह केशरिया रंग की साड़ी ,उसी से मिलता जुलता ब्लाउज पहनी हुई थी , बालों में गजरा था , उसके बाल खुले हुए थे , हाथ में एक तस्तरी थी , उसमें बेलपत्र, गुड़हल के फूल, प्रसाद , और नारियल रखा हुआ था |एक हाथ में तांबे का लोटा था | वह मंदिर की तरफ निकल गई जो दुकान के बिल्कुल नजदीक ही था |

मोहन दुकान के बाहर निकलकर उस जवान लड़की की खूबसूरती को निहारता रहा | वह टकटकी लगा कर देखता रहा कि वह कैसे शिव भगवान के लिंग में जल चढ़ा रही है ,परिक्रमा ले रही है, नारियल फोड़ रही है | वह ज्यों ही पूजा समाप्त कर चलने को हुई तो उसकी नजर

मोहन पर पड़ी | वह मुस्कुरा उठी | उसे मुसकुराता देखकर मोहन के दिल में बिजली सी कौंध गई | उसे लगा कोई अप्सरा चलकर उसके पास खुद बखुद आ रही है | उसे यकीन ही नहीं हुआ कि यह वही रश्मि है जिसे उसने चार साल पहले देखा था |वह अपलक उसे देखता ही रह गया | तब तक रश्मि दुकान के सामने आकार रुकी और पूछा,

"मोहन, तुम कब आए ?"

मोहन तो ख्वाबों में खोया हुआ था | वह मंत्रमुग्ध होकर रश्मि को देखे जा रहा था | रश्मि ने फिर पूछा,

"क्या हुआ मोहन, तुम कब आए ?"

मोहन की तंत्रा भंग हुई | और उसने कहा ,

"मुझे मेरी आँखों पर विश्वास नहीं हो रहा है , रश्मि तुम तो अप्सरा लग रही हो |"

"क्या सचमुच ?"

"मेरा यकीन मानो , मैं क्या तुम किसी और से पूछ लो |"

रश्मि लजा गई | उसने मुसकुराते हुए कहा ,

"तुम भी तो कितने स्मार्ट हो गए हो | चार साल बाद लौटे हो | मैं तो तुम्हें पहचान ही नहीं पाई थी | मैंने सोचा होगा कोई ललन अंकल का दोस्त | मुझे क्या पता था कि बंसी वाले मोहन यहाँ चैन की बंसी बजा रहे हैं |"

"बातें तुम बहुत अच्छी करने लगी हो | ये बताओ करती क्या हो ?"

"मैं बी ए फाइनल कर रही हूँ | तुमने तो अब तक एम ए कर लिया होगा |"

"हाँ , वो तो दो साल पहले ही कंप्लीट हो गया था |"

"उसके बाद क्या कर रहे हो |"

"मैं बिल्डिंग कंस्ट्रक्शन का काम करता हूँ | मेरी कंस्ट्रक्शन कंपनी है |"

"ओह ! तभी तुम इधर कई सालों से नहीं आए और हमें भूल गए |"

"अरे नहीं , रश्मी तुम्हें कोई कैसे भूल सकता है | मैं तो बिल्कुल भी नहीं भूला हूँ | क्या करूँ नया नया काम था जमाने में समय तो लगता है |"

"लो प्रसाद खाओ | अभी कुछ दिन तो रुकोगे ना ?"

"हाँ , तुम जब तक जाने को नहीं कहोगी तब तक रुकूँगा |"

रश्मि कि हंसी छूट गई | और उसने कहा ,

"बातें अच्छी कर लेते हो | शादी तो कर ली होगी ना ?"

"शादी तो कर लेता पर क्या करूँ तुम्हारी जैसी लड़की मुझे अब तक मिली नहीं |"

रश्मि शर्मा गई और नजरें झुकाते हुए कहा,

"कभी मौका मिले तो घर पर चाय पीने आ जाओ |"

"चाय क्या मैं तो जब आऊँगा तो खाना खाकर ही जाऊंगा |"

"ठीक है , पर दुकान से तुम्हें समय मिलेगा तब ना ?"

"अरे, तुम्हारे लिए तो मैं सारे काम छोड़ सकता हूँ | पर ये बताओ कि तुम घर पर रहती कब हो ?"

"सात बजे कॉलेज जाती हूँ ,वहाँ से बारह बजे वापस लौटती हूँ | एक बजे के बाद और शाम पाँच बजे के पहले कभी भी आ सकते हो | संडे के दिन मौसी घर में रहती है | उस दिन मैं बहुत व्यस्त रहती हूँ | पूरे घर की हम दोनों मिलकर साफ सफाई करते हैं |"

"ठीक है ,मैं संडे को छोड़ कर किसी भी दिन आऊँगा |"

"चलती हूँ |"

****

सावित्री की सहेली उमा ने अपनी शादी की 27 वीं सालगिरह पर अपने खास दोस्तों को डिनर पर आमंत्रित किया था | उसके लिए खुशी की एक और बात थी कि उसका बेटा सूरज उत्तर प्रदेश पुलिस में उप पुलिस अधीक्षक (डी एस पी) के पद पर नियुक्त होकर आगरा में पदस्थ हो गया था | सूरज बहुत ही होनहार नौजवान था , देखने में स्मार्ट , लंबी कद काठी , चौड़ा मस्तक ,नाक कुछ लंबी, आँखें बड़ी बड़ी ,भरा हुआ चेहरा और उस पर हल्की मूछें खूब जँचती थी | उसकी भी उम्र करीब 27 के आसपास थी | वह देखने में थोड़ा गंभीर दिखता था | पुलिस में होने का शुरुआती रौब उसके चेहरे पर स्पष्ट दिखता था |

सूरज की मां बेटे के लिए अब दुल्हन की तलाश कर रही थी | इस बीच उसके पास कई लड़कियों के रिश्ते आए थे पर सूरज ने सभी रिश्तों

को अस्वीकार कर दिया था | उमा का इरादा था कि रश्मि को सूरज से मिलाया जाए | इसी बहाने उसने सालगिरह पर पार्टी का आयोजन किया था | और अपनी सहेली सावित्री से साफ तौर पर कहा था कि वो रश्मि को सूरज से मिलाना चाहती है |सावित्री ,रश्मि को लेकर उमा के घर सालगिरह की पार्टी में गई | सूरज मेहमानों का स्वागत करने में लगा हुआ था | जैसे ही उसने सावित्री और रश्मि को देखा तो उनकी ओर बढ़ा और मौसी के चरण स्पर्श करते हुए कहा,

"मौसी आप लोगों का मैं काफी देर से इंतजार कर रहा था |"

"हम लोगों का इंतजार कर रहा था या रश्मि का ?"

सूरज हंसने लगा और रश्मि की तरफ देखते हुए कहा,

"मौसी ,आप ठीक कह रही है,पर मुझे लगा इतनी खूबसूरत लड़की रश्मि नहीं कोई और है |"

"बेटा, अब अच्छी तरह पहचान ले , यह वही रश्मी है जो तुझसे बातें करते थकती नहीं थी |अब तू भी इससे कुछ बातें कर ले |"

"जरूर करूंगा मौसी, इसीलिए तो इंतजार कर रहा था |"

तभी रश्मि बोल पड़ी,

"सूरज,तीन साल बाद मिल रहे हो | अब बातें करने का खयाल आया |"

"सॉरी रश्मि , तुम्हारी बात बिल्कुल सही है | पर क्या करता ? पुलिस की ड्यूटी में समय ही नहीं मिलता | लेकिन अब तुम्हें शिकायत का मौका नहीं मिलेगा | क्योंकि मेरी पोस्टिंग अब आगरा में ही हो गई है और आगरा छावनी का इलाका मेरी जिम्मेदारी में है |"

"तुम ऐसे कह रहे हो जैसे तुम्हारी ड्यूटी मेरे घर पर ही लग गई है |"

"तुम ऐसा ही समझ लो , अब तुम जब बुलाओगी तभी चला आऊँगा |"

सावित्री मुस्कुराने लगी | तभी सूरज की मां उमा भी आ गई और उसने कहा ,

"बेटा , मौसी और रश्मी को ले जाओ और इनका स्वागत सत्कार करो | बहुत दिनों बाद रश्मि हमारे घर आई है | इसे समय ही नहीं मिलता | बचपन में तो अक्सर यहाँ आया करती थी और तुमसे खूब बातें किया

करती थी |"

सूरज, रश्मि और मौसी को साथ ले जाकर मेहमानों के बीच बैठा दिया | तभी उमा अपने पति के साथ आई और सभी मेहमान केक कटने का इंतजार करने लगे | ज्यों ही उमा और उसके पति शंकर तिवारी ने केक काटा , सभी मेहमान उन्हे सालगिरह की बधाइयाँ देने लगे | मेहमानों को केक दिया गया |

आर्केस्ट्रा पार्टी संगीत की धुन बिखेर रही थी | बैरे मेहमानों को शरबत और शराब परोस रहे थे | सूरज रश्मि के नजदीक जाकर बैठ गया और कहा,

"रश्मि , एक बात कहूँ ?"

"आज मैं तुम्हारी खूबसूरती को देख कर चकाचौंध हो गया |"

"वो कैसे ?"

"तीन साल पहले जिस रश्मि को देखा था और आज की रश्मि में बहुत अंतर है |"

"मेरी तारीफ करने का शुक्रिया | पर तुम भी तो स्मार्ट विनोद खन्ना की तरह दिख रहे हो |"

सूरज हंसने लगा और कहा,

"तुम्हारी खूबसूरती के आगे तो मैं कुछ भी नहीं , एक मामूली सा पुलिस अफसर हूँ |"

"पुलिस अफसर साहब , अब ये बताइए अगला प्रोग्राम क्या है ?"

"रश्मि, मैंने तुम्हारी बहुत तारीफ सुनी है कि तुम बहुत अच्छा डांस करती हो | अगर ये सच है तो इस मौके पर तुम्हारा एक शानदार डांस हो जाए |"

रश्मि मुस्कुराने लगी और इधर उधर नजर दौड़ायी | उसने देखा कि उसकी कॉलेज की सहेली राधा भी वहाँ है जो उसके साथ डांस करती है | उसने राधा को आवाज दिया | राधा पास आ गई तो कहा,

" राधा ,डी एस पी साहब का आदेश है की उनकी खिदमत में डांस पेश किया जाए , तो चल आज इन्हे अपना डांस दिखाते हैं |"

राधा सूरज की तरफ मुस्कुरा कर देखने लगी और पूछा ,

"डी एस पी साहब यह आदेश है या विनती ?"

सूरज दोनों लड़कियों की तरफ हाथ जोड़ते हुए कहा,

"देवियों ये तो मेरी आपसे विनम्र विनती है , मैं आप दोनों को आदेश कैसे दे सकता हूँ ?"

रश्मि और राधा मुसकुराते हुए आगे बढ़ गईं | आर्केस्ट्रा ने हिन्दी फिल्म देवदास की धुन बजाई और दोनों उस धुन पर थिरकने लगी , धुन बज रही थी –

"डोला रे ......डोला ....मन डोला ...."

डांस में दोनों ने समा बांध दिया | तालियों की गड़गड़ाहट से पूरा हाल गूंजने लगा | सभी की आँखों में प्रशंसा का भाव था |

जब दोनों सहेलियाँ वापस लौटी तो सूरज ने प्रशंसा करते हुए कहा ,

"रश्मि ,तुम दोनों का डांस बेजोड़ है | वाकई तुम ने कमाल कर दिया |जब कभी तुम्हारा डांस का प्रोग्राम हो तो मुझे जरूर बुलाना |"

"सूरज , तुम मुझे अपनी शादी में बुलाना भूलना मत , मैं तुम्हारी शादी में जरूर नाचूँगी |"

सूरज हंसने लगा और उसके साथ उसकी मां, सावित्री मौसी, और दोस्त भी हंसने लगे | सूरज ने कहा,

"तुम्हें यह खुशखबरी जल्दी ही मिलेगी |"

सूरज की मां बड़ी अर्थपूर्ण नजरों से सूरज और रश्मि को देखा और कहा,

"हाँ,बेटी ये ठीक कह रहा है |"

डांस के बाद सभी ने भोजन का स्वाद लिया | पार्टी शानदार रही | सूरज की मां बहुत खुश थी | उसे पूरा यकीन हो गया था कि सूरज को रश्मि पसंद आ गई है | उसने मान लिया था कि अब बहू की तलाश पूरी हो चुकी है | उसने मन ही मन रश्मि को अपनी बहू स्वीकार कर लिया था |

****

एक दिन मौका पाकर मोहन रश्मि से मिलने चल पड़ा |मोहन ने कॉल बेल बजाया | रश्मि कॉलेज से आकर कपड़े बदल रही थी | आज कुछ देर से घर पहुंची थी | वह जल्दी में थी और कपड़े बदल रही थी |उसने सोचा काम वाली होगी , वह हाफ पेंट और ब्रेसियर में ही थी |

दरवाजा खोलते ही उसने देखा तो बाहर मोहन खड़ा था | मोहन उसे देखता ही रह गया | वह शर्मा गई और भाग कर अंदर चली गई | तब तक मोहन ड्राइंग रूम में आकार बैठ चुका था | और मुस्कुरा रहा था | आज रश्मि को इस रूप में देख कर उसके मन में ज्वार भाटा उठ रहा था | उसने सोचा भी नहीं था कि वो रश्मि को इस रूप में भी देख पाएगा| रश्मि सलवार सूट में आकर मोहन के सामने शरमा कर बैठ गई और कहा,

"मैं कॉलेज से अभी अभी आई हूँ , आज क्लास देर से छूटी | मैंने सोचा काम वाली बाई आई होगी तो तुरंत दरवाजा खोलने दौड़ पड़ी |"

"कोई बात नहीं | मैं तुम्हारे कहने के मुताबिक दिन के 2 बजे आया हूँ , तुम नाराज तो नही हुई ना ?"

"बिल्कुल नहीं , मैं तो उस दिन से तुम्हारे बारे में सोच रही थी कि तुम आए क्यों नहीं | बताओ क्या लोगे ? चाय या शरबत ?"

"अपने हाथ से सिर्फ एक ग्लास पानी पीला दो वही मेरे लिए शरबत से कम नहीं |"

रश्मि मुसकुराते हुए प्यार भरी नजरों से मोहन की ओर देखा और कहा,

"अभी आती हूँ |"

जब वह वापस लौटी तो उसके हाथों में दो ग्लास में नीबू और पुदीना का शरबत था | दोनों शरबत की चुसकियाँ लेने लगे | दोनों को कोई बात नहीं सूझ रही थी | मोहन ने कहा,

"रश्मि तुम कितना "बदल गई हो |"

"वो कैसे ?"

"तुम्हारी खूबसूरती देख कर मुझे यकीन ही नहीं हुआ था कि तुम वही रश्मी हो जिसे मैंने चार साल पहले देखा था |"

"अब तो यकीन हो गया ना ?"

"अभी भी यकीन नहीं है छू कर देखना पड़ेगा |"

ऐसा कहते हुए मोहन सोफ़े से उठ कर रश्मि के बगल में बैठ गया और उसका हाथ अपने हाथ में लेते हुए कहा,

"रश्मि ,एक बात कहूँ ?"

"हाँ, कहो इसमें पूछने की क्या बात है ?"

"सोचता हूँ कहीं तुम नाराज न हो जाओ !"

"तुम्हारी किसी बात पर मुझे नाराजगी नहीं होगी , बिंदास कहो जो कहना चाहते हो |"

"रश्मि, मुझे तुमसे प्यार हो गया है | क्या तुम्हें मेरा प्यार स्वीकार्य है ?"

रश्मि शरमाते हुए मोहन के कंधे पर अपना सर टिकाते हुए कहा ,

"मैं तो सोच रही थी कि तुमने मुझे भुला दिया होगा तभी घर नहीं आए |"

"अरे नहीं , मैं तो जब पहली बार अपने जीजा के पास आया था तुम्हें देखते ही अपना दिल दे बैठा था पर उस वक्त तुम 12 साल की थी और मैं 17 साल का | उस वक्त मैं स्कूल में पढ़ रहा था | पर तबसे तुम्हारा ये चेहरा मैं भूला नहीं था | तुम जब दो चोटी करके मुसकुराते हुए हमारी दुकान के सामने से गुजरती थी तो मैं देखता ही रह जाता था | मेरी हिम्मत ही नहीं होती थी कि तुमसे अपने दिल की बात कहूँ |"

"अभी तो कह दिया ना ?"

"मुझे तो अब भी अपने मुकद्दर पर यकीन नहीं हो रहा है कि तुमने मेरे प्यार को स्वीकार कर लिया है |"

रश्मि ने मोहन का चेहरा अपने दोनों हाथों में लेते हुए कहा,

"रश्मि तुम्हारी है और तुम्हारी ही रहेगी | यकीन कर लो |"

मोहन ने रश्मि को अपनी बाहों में भर लिया और उसके गालों पर चुंबन लेते हुए कहा ,

"रश्मि मैं तुमसे शादी करना चाहता हूँ | क्या तुम्हें मंजूर है ?"

"वाह जनाब, चार साल बाद लौटे हैं और आज ही प्यार और आज ही शादी , इतनी बेताबी क्या है ?"

"मेरे माता-पिता मेरी शादी के लिए लड़की देख रहे हैं और मुझ पर शादी का दबाव डाल रहे हैं |"

"तो उनको कह दीजिए कि लड़की मिल गई है और वो शादी की तैयारी करें | मेरे फाइनल एग्जाम हो जाने दीजिए फिर उसके बाद जब चाहें हम शादी कर सकते हैं |"

"क्या तुम्हारी मौसी मान जाएगी ?"

"क्यों नहीं मानेगी ? उसे तुम्हारे जैसा दामाद कहाँ मिलेगा ?"

"ऐसी क्या खासियत है मुझमें ?"

"जनाब आप में खासियत ही खासियत है | आप पोस्ट ग्रेजुएट हैं , देखने सुनने में स्मार्ट हैं ,अच्छा खासा बिजनेस है ,और क्या चाहिए मेरी मौसी को ?"

मोहन की नजर दीवाल पर लगी घड़ी पर गई | उसने कहा,

"रश्मि शाम के पाँच बजने वाले हैं | मैं चलता हूँ , कल मिलूँगा इसी वक्त |"

चलने के पहले मोहन ने रश्मि को फिर आलिंगन में भरते हुए उसके होंठों का चुंबन लिया और चला गया |

****

पार्टी के दूसरे दिन सावित्री ने अपनी सहेली उमा से सूरज और रश्मि की शादी की चर्चा करते हुए पूछा,

"उमा, अब ये बताया क्या मेरी रश्मि सूरज को पसंद है या तू अब भी बहू की तलाश कर रही है ?"

"यार, मैंने सूरज से पूछा था | उसने कहा –'मां अब बहू की तलाश बंद कर दे , मैं अगर शादी करूंगा तो रश्मि से ही करूंगा '|"

"अरे वाह !तूने तो बहुत अच्छी खुशखबरी सुनाई | तो फिर ठीक है , दो महीने बाद रश्मि की बी ए की परीक्षा हो समाप्त हो जाएगी | उसके बाद शादी का मुहूर्त निकलवा ले | मैं रश्मि को भी यह खुश खबरी सुना देती हूँ कि सूरज ने उसे पसंद कर लिया है |"

****

मोहन से उस दिन मिलने के बाद रश्मि मोहन के खयालों में खोई रहती थी | उसे लगता था मोहन ही उसका जीवन साथी बन सकता है | वह सोचती थी -सूरज तो पुलिस अफसर है , वह मेरा खयाल कैसे रखेगा ? दिन –रात अपराधियों की धर-पकड़ में ही रहेगा | उसे मेरे लिए समय ही कहाँ मिलेगा ? अगर सूरज से ब्याह कर लिया तो मौसी का दबाव भी रहेगा | अपनी मर्जी से कुछ भी नहीं कर पाऊँगी | मेरी आजादी भी खत्म हो जाएगी | मोहन से अच्छा पति कोई दूसरा नहीं हो सकता |मोहन की याद करके उसे नशा सा छाने लगा |तभी कॉल बेल बाजी | रश्मि ने

दौड़कर दरवाजा खोला | मौसी ने आते ही कहा,

"रश्मि कहाँ खोयी रहती है बेटा, मैंने तीसरी बार घंटी बजाई है तब तूने दरवाजा खोला है |"

"मौसी, मैंने तो घंटी सुनते ही दरवाजा खोल दिया है |"

"अच्छा चल छोड़ इस बात को , मैं तुझे एक खुशखबरी सुनाती हूँ |"

"कौन सी खुशखबरी है मौसी ?"

"बेटा, सूरज ने तुझे पसंद कर लिया है और तुझसे शादी करना चाहता है |"

"मौसी , वो तो ठीक है पर मैं अभी शादी नहीं करना चाहती |"

"आखिर क्यों ?"

"मौसी, मुझे आगे की पढ़ाई करनी है , नौकरी के लिए तैयारी करनी है | अगर अभी शादी कर लिया तो तैयारी नहीं कर पाऊँगी | इसलिए उन्हे मना कर दे |"

"अरे तू पागल हो गई है क्या ? ऐसा लड़का कहाँ मिलेगा तुझे ? वो भी पुलिस अफसर ! ऐसे लड़कों के लिए तो लड़कियों की लाइन लगी रहती है | तू तो किस्मत वाली है जो होनहार पति मिल रहा है | मैं उमा की सहेली हूँ , बचपन से सूरज को जानती हूँ |सूरज बड़े अच्छे स्वभाव का लड़का है | तू हमेशा खुश रहेगी उसके साथ | इनकार मत कर बेटी | "

रश्मि को मौसी के तर्कों से बचने का कोई उपाय नहीं सूझ रहा था | उसने कहा ,

"मौसी, मैं इनकार कहाँ कर रही हूँ ? मैं सिर्फ इतना कह रही हूँ कि छह महीने इंतजार कर ले, तब तक सूरज से मिलना जुलना हो जाएगा , वह भी मेरे बारे में और जान लेगा , फिर शादी पक्की कर देना वैसे भी क्या जल्दी है ?"

"देख बेटा, तेरी बात मान लेती हूँ पर इतना जान ले तेरी शादी सूरज से ही होगी | दूसरा कोई रिश्ता मुझे मंजूर नहीं |"

****

पहली मुलाकात के बाद मोहन रोज दोपहर को रश्मि के घर जाने लगा | रश्मि को भी जीवन का आनंद आने लगा | वो अपने भावी जीवन के सपने बुनने लगी | एक दिन मोहन ने रश्मि से कहा,

“रश्मि ,हम रोज घर में ही मिलते हैं , अगर तुम कहो तो कहीं घूमने चलते हैं |”

“कहाँ चलना चाहते हो ?”

“जहाँ तुम कहो ? तुम आगरा के बारे में मुझसे ज्यादा जानती हो |”

“ठीक है , कल मेरी कॉलेज में छुट्टी है | मौसी के ड्यूटी जाने के बाद मैं आठ बजे मंदिर के सामने मिलूँगी | वहाँ से फिर घूमने चलेंगे | शाम पाँच बजे के पहले घर लौट आएंगे |”

दूसरे दिन रश्मि और मोहन आगरा घूमने निकल पड़े | उन्होंने ताजमहल, लाल किला ,फतेहपुर सीकरी का बुलंद दरवाजा और मेहताब घूमने का प्रोग्राम बनाया | निकल पड़े अपनी यात्रा पर | सबसे पहले वो फतेह पुर सीकरी के बुलंद दरवाजा को देखने निकले |

आगरा से करीब 35 किलोमीटर दूर फतेहपुर सीकरी नामक स्थान पर बुलंद दरवाजा स्थित है जिसे मुगल बादशाह अकबर ने 17 वीं शताब्दी के आरंभ में गुजरात पर हुई जीत की याद में बनवाया था | यह दरवाजा लाल बलुआ पत्थरों से बना हुआ मुख्य्य आकर्षण का केंद्र है |इस दरवाजे पर बनी वास्तुकला काफी अनोखी है जो हर साल हजारों पर्यटकों को आकर्षित करती है |

वापस लौट कर वे ताजमहल देखने गए |

आगरा का ताजमहल विश्व की सबसे खूबसूरत और प्रसिद्ध इमारतों में से एक है जिसे सन 1553 ईस्वी में शाहजहाँ ने अपनी प्रिय बेगम मुमताज महल की याद में बनवाया था | हालांकि इस दावे को शोधकर्ताओं ने गलत साबित कर दिया है | उनके अनुसार यहाँ मंदिर था जिसे तोड़कर उसे वर्तमान स्वरूप दिया गया | कहते हैं इसके निर्माण में 21 साल का समय लगा था | यह सफेद संगमरमर के पत्थरों से बना हुआ है | यह यमुना नदी के किनारे स्थित है | रात की चाँदनी में यहाँ का दृश्य बड़ा मनमोहक होता है | ताजमहल यूनेस्को की वर्ल्ड हेरिटेज साइट में शामिल है |

रश्मि और मोहन ने साथ साथ ताजमहल की खूबसूरती के कई फ़ोटो खिंचवाए और उसके नजदीक ही स्थित आगरे के किले को देखने गए |

आगरा के इस खूबसूरत किले का निर्माण सन 1565 ईस्वी में मुगल बादशाह अकबर ने करवाया था | लाल बलुआ पत्थरों से निर्मित इस किले का डिजाइन दिल्ली के लाल किले से मिलता जुलता है | अतः इसे आगरा का लाल किला कहते हैं | सन 1638 तक यह किला मुगलों का गढ़ हुआ करता था जिसे बाद में मुगलों ने अपनी राजधानी आगरा से दिल्ली ले गए | इस किले में दर्शकों के देखने के लिए शीश महल, दीवान-ए –आम, जहांगीर महल और अंकुर बाग मौजूद हैं |इसके अलावा आगरा का यह शानदार किला यूनेस्को के 'विश्व धरोहर स्थल' में शामिल है |

दिन के दो बज रहे थे , दोनों थक चुके थे |रश्मि ने कहा,

"चलो मेहताब बाग में चलकर आराम करते हैं|"

दोनों मेहताब बाग की ओर बढ़ चले |

मेहताब बाग ताजमहल के विपरीत दिशा में यमुना नदी के बाएं तट पर बना एक खूबसूरत बाग है जिसे"चाँदनी बाग भी कहा जाता है | करीब 25 एकड़ के क्षेत्र में फैले इस बाग का निर्माण सन 1631 से 1635 ईस्वी के बीच करवाया गया था | यह ताजमहल के बिल्कुल समीप है जहाँ से ताजमहल की ऐसी शानदार तस्वीर देखने को मिलती है जिसे दर्शक भुला नहीं पाते | यह बहुत ही शांत और सुंदर जगह है |

यहाँ पहुंचकर दोनों पेड़ की छाया में बैठ गए | रश्मि तो मोहन की गोद में सर रखकर लेट गई |उसे बड़ा सुकून मिल रहा था | वह आज बहुत ही रोमांचित हो रही थी | उसने मोहन से पूछा,

"मोहन ,हम शादी कब करेंगे |"

"तुम जब कहोगी , मैं तो अभी भी तैयार हूँ |"

"तुम तो तैयार हो पर मेरी मौसी तैयार नहीं है | वह मेरी शादी कहीं और करना चाहती है |"

"फिर तुमने क्या कहा ?"

"मैंने कह दिया है कि छह महीने बाद मैं शादी करूंगी | मेरे पास उस शादी को टालने का और कोई बहाना नहीं सूझा |"

"तुमने ठीक कहा है | तुम्हारी परीक्षा होने से पहले ही मैं यहाँ आ जाऊंगा | परीक्षा खत्म होते ही तुम्हें ले जाऊंगा और अपने घर में धूम धाम से शादी करेंगे | तुम बालिग हो चुकी हो | तुम्हें अपनी मर्जी से शादी

करने से कोई नहीं रोक सकता |और हाँ एक काम और करो |"

"क्या ?"

"पासपोर्ट बनवाने के लिए आवेदन दे दो | शादी के बाद हनीमून मनाने के लिए हम दुबई जाएंगे |"

"इतना पैसा कहाँ से लाओगे तुम ?"

"अरे पगली , पैसे की चिंता तुम मत करो | पैसा मैं कमा किसके लिए रहा हूँ ? प्यार करने वाले पैसे रुपये की चिंता नहीं करते | पैसा क्या है , मैं तो तुम्हारे लिए अपनी जान लूटा दूँ |"

"क्या इतना प्यार करते हो तुम मुझे ?"

"चाहो तो मेरी परीक्षा ले लो |"

"नहीं मोहन, मुझे तुम पर मुझसे ज्यादा यकीन है |"

"अगर यकीन है तो जो मैंने कहा है वह करती जाओ | जब मैं दुबारा वापस आऊँगा तो तुम्हारा पासपोर्ट बना होना चाहिए | कोई परेशानी हो तो मुझे बताना |"

"तुम कितने अच्छे हो मोहन , मुझे तो लगता है ऊपर वाले ने ही हमारी जोड़ी बनाई है |"

ऐसा कहकर रश्मि ने मोहन के चेहरे को अपने ऊपर झुका लिया | मोहन नारी सुलभ भावनाओं को भड़काना अच्छी तरह जानता था | उसने रश्मि की आँखों का चुंबन लेते हुए कहा ,

"रस्मी , लगता है मुझे जन्नत मिल गई |"

"जन्नत या स्वर्ग ?"

"अरे यार , वही है , जन्नत कहो या स्वर्ग |"

रश्मि मुस्कुरा उठी | और कहा ,

"अब स्वर्ग से निकलो वरना मौसी आ जाएगी |"

दोनों घर की ओर निकल पड़े |

****

मोहन करीब पंद्रह दिन रुकने के बाद वापस सहारनपुर अपने गाँव जा रहा था | जाने से पहले वह रश्मि से मिलने उसके घर गया | हमेशा की तरह घर के अंदर जाते ही दोनों आलिंगन में बंध गए | मोहन ने चुंबनों की बौछार कर दी | मोहन आज मन बना कर आया था कि आज रश्मि

से फीजिकल रिलेशन बनाएगा | उसने रश्मि को कहा,

"रश्मि, अब रुका नहीं जाता |"

"क्यों इतने बेताब हो रहे हो ,मैं भागी थोड़ी जा रही हूँ |तुम जब आओगे तो मैं यही मिलूँगी |"

"मैं तो तुम्हारी परीक्षा ले रहा था कि तुम्हारे अंदर कितना संयम है |"

"मोहन , एक बार जब औरत किसी को अपना मान लेती है तो उसे अपना सर्वस्व लुटाने को तैयार हो जाती है | वह मर्दों की तरह हरजाई नहीं होती | हरजाई तो उसे मर्द बनाता है |"

"लगता है तुम बुरा मान गई |"

"ऐसा नहीं है मोहन, मैंने तुम्हें दिलोजान से चाहा है ,मैं तुम्हें अपना पति मान चुकी हूँ | बस तुम वापस आ जाओ और मुझे ले जाओ |"

मोहन उठा और एक बार फिर रश्मि को आलिंगन में भरकर चुंबन लिया और अलविदा कहकर चल दिया |रश्मि दरवाजे तक आई और मोहन को जाता हुआ देखती रही | मोहन उसकी आँखों से ओझल हो गया |

****

रश्मि का बी ए का आखरी साल था | वह मन लगा कर अपनी परीक्षा की तैयारी कर रही थी | तभी एक दिन सूरज उसके घर आया| कॉल बेल बजाया |रश्मि बाथरूम से नहा कर निकल ही रही थी कि घंटी सुनकर दरवाजे की ओर बढ़ी , दरवाजा खोलते ही देखा सूरज वर्दी में खड़ा है | रश्मि के बाल खुले हुए थे ,बालों से पानी टपक रहा था ,चेहरा गुलाब की तरह चमक रहा था , वह तौलिया लपेटे हुए थी | सूरज उसे देखता ही रह गया | तभी रश्मि ने मुसकुराते हुए कहा,

"क्या देख रहे हैं ? अंदर आ जाओ |"

ऐसा कहकर वह अपने कमरे में चली गई | सूरज भी ड्राइंग रूम में आकर सोफ़े पर बैठ गया |थोड़ी देर बाद रश्मि कपड़े पहनकर सूरज के सामने आकर बैठ गई | उसे देखकर सूरज ने कहा,

"मुझे लगा ये रश्मि नहीं बल्कि स्वर्ग की कोई अप्सरा है |"

"तारीफ करना कोई तुमसे सीखे |"

"रश्मि, मैं झूठी तारीफ नहीं करता | तुम्हें पार्टी के दिन देखा था तब से ही तुमसे मिलने को मन बेचैन था|आज इधर से गुजर रहा था तो सोचा मिलता चलूँ | और सुनाओ क्या चल रहा है आजकल ?कहीं घूमने फिरने का इरादा है की नहीं ?"

"सूरज, आजकल मेरी परीक्षाएं चल रही है, उसी की तैयारी में लगी हूँ |"

"ओह ! फिर तो मैं चलता हूँ | मैं तुम्हें डिस्टर्ब नहीं करना चाहता |"

"इतने सालों बाद घर आए हो , ऐसे थोड़े ही जाने दूँगी |"

"फिर !"

"दो मिनट बैठो शरबत बना कर लाती हूँ |तुम्हारे साथ मैं भी पी लूँगी |"

वह ऐसा कह कर अंदर गई और पाइन एप्पल का जूस दो गिलासों में भरकर ले आई और सूरज को देते हुए कहा ,

"मेरे एग्जाम होने के बाद कहीं घूमने फिरने का प्रोग्राम बनाओ तो चलूँगी |"

"ठीक है ,कश्मीर चलेंगे | तुम अच्छी तरह अपने एग्जाम की तैयारी करो | तुम्हारे एग्जाम होने तक तुम्हें डिस्टर्ब नहीं करूंगा | चलता हूँ |"

ऐसा कहकर सूरज चल दिया | रश्मि उसके जाने के बाद सोचती रही –सूरज कितना स्मार्ट हो गया है| मौसी ने उसके लिए एक अच्छा पति चुना है | पर अब वो क्या करे ? वह तो मोहन को दिल दे बैठी है |उसका मन ऊहापोह से भरा हुआ था | उसे लग रहा था कि वह दोराहे पर खड़ी है |एक ओर मोहन उसे अपनी बाँहों में लेने को बेताब था तो दूसरी ओर सूरज उसे अपनी जीवन संगिनी बनाने का निश्चय कर लिया था | उसने मन में उठ रहे विचारों को झटक दिया और अपने आप को समझाते हुए कहा –'अब मेरा पति तो मोहन ही होगा' |"

****

दो महीने बाद मोहन फिर वापस आगरा लौट आया |रश्मि का उस दिन आखरी पेपर था | एग्जाम खत्म होने के बाद रश्मि शिव मंदिर में गई | जब वापस लौटी तो देखा मोहन दुकान पर बैठा हुआ था | रश्मि को देखते ही वो मुस्कुराया और पूछा ,

"कैसा रहा एग्जाम ?"

"बहुत बढ़िया |पर तुम अचानक आ गए , फोन भी नहीं किया ,कब आए ?"

"कल शाम को ही लौटा हूँ | तुम्हें सरप्राइज देना चाहता था इसीलिए नहीं बताया

"तो फिर आज घर आ रहे हो ना ?"

"जरूर आऊँगा |"

"मैं इंतजार करूंगी , चलती हूँ |"

दोपहर को मोहन रश्मी के घर पहुँच गया | रश्मि को मिलते ही अपनी बांहों में भर लिया और कहा,

"बहुत इंतजार कराया तुमने | मेरे लिए एक एक दिन भारी पड़ रहे थे |"

"आगे का क्या प्लान है ?"

"देखो, रश्मि देर करना ठीक नहीं है | जैसा तुमने बताया है –तुम्हारी मौसी तुम्हारी शादी का प्लान बना रही होगी | इसके पहले कुछ और समस्या खड़ी हो जाए, हम निकल चलते हैं और मंदिर में शादी कर लेंगे | मैंने सारा इंतजाम कर लिया है |"

"ठीक है |कब चलना है ?"

"कल दिन को 12 बजे ट्रेन है | हम पहले दिल्ली जाएंगे फिर वहाँ से सहारनपुर के लिए निकलेंगे |ज्यादा सामान लेकर नहीं चलना | बस अपने गहने ,पैसे,पासपोर्ट, स्कूल और कॉलेज के प्रमाण पत्र, आधार कार्ड और ए टी एम जरूर रख लेना | साथ में एक अटैची काफी है | शादी के बाद हम हनीमून के लिए दुबई जाएंगे | तुम्हें याद है ना,कहीं भूली तो नहीं "

"हाँ याद है , मैं कैसे भूल सकती हूँ ? तुम इतना सब कुछ मेरे लिए कर रहे हो |"

"तो ठीक है , तुम कल 11 बजे तक आगरा रेलवे स्टेशन पर आ जाना | मैं तुम्हें वहीं गेट पर ही मिलूँगा | टिकट मैंने ले लिया है | गहने, पैसे , पासपोर्ट और कागजात लेना मत भूलना |मैं चलता हूँ , कल मिलेंगे , ठीक 11 बजे |

आज सुबह से ही रश्मि के मन में बहुत उठापटक चल रही थी | वह मौसी के जाने का बड़ी बेसब्री से इंतजार कर रही थी |मौसी के ड्यूटी पर निकलते ही उसने जल्दी जल्दी अपने चार जोड़ी कपड़े,गहने, रुपये पासपोर्ट , स्कूल प्रमाणपत्र और अन्य कागजात अटैची में रख लिया | फिर उसे कुछ खयाल आया | उसने मौसी के नाम एक पत्र लिखा ,

मेरी प्यारी मौसी ,

मुझे इस बात का दुख है कि मुझे घर छोड़ कर जाना पड़ रहा है | इसका कारण है -तुम मेरी शादी सूरज से करने के लिए जोर दे रही थी | मैं जानती हूँ की सूरज बहुत अच्छा लड़का है, तुम्हारी पसंद बहुत अच्छी है , और मुझे भी सूरज पसंद है पर मैं उससे पहले एक लड़के से प्यार करती हूँ और उसी से शादी करना चाहती हूँ | वह लड़का भी मुझे प्यार करता है | ऐसी हालत में मैं सूरज या तुमको धोखा नहीं दे सकती | अतः मैं घर छोड़ कर जा रही हूँ | शादी के महीने भर बाद मैं तुमसे मिलने जरूर आऊँगी | हो सके तो मुझे माफ कर देना |

तुम्हारी बेटी रश्मि |

अगले दिन ठीक 11 बजे रश्मि अपना सामान लेकर आगरा रेलवे स्टेशन पर पहुँच गई | उसे देखते ही मोहन की खुशी का ठिकाना न रहा | ऑटो रिक्शा से उतर कर वो दोनों जल्दी जल्दी स्टेशन की ओर बढ़ चले | लोगों की नजरों से बचने के लिए स्टेशन पर वो एक ऐसी जगह पर बैठ कर ट्रेन का इंतजार करने लगे जहाँ बहुत कम भीड़ थी |

ट्रेन स्टेशन पर आ चुकी थी | दोनों अपनी सीटों पर जाकर बैठ गए और ट्रेन दिल्ली की ओर रवाना हो गई| दिल्ली पहुंचकर वो पहाड़गंज के एक होटल में रुके | मोहन ने पूछा,

“पासपोर्ट,गहने और रुपये संभाल कर रखी हो ना ?”

“हाँ , ये लो |”

“पासपोर्ट, गहने और रुपये मुझे दे दो | वीजा के लिए अप्लाई करना पड़ेगा और रुपयों को डॉलर में तब्दील करना पड़ेगा |”

मोहन रश्मी का पासपोर्ट गहने और रुपये लेकर चला गया और दो घंटे बाद वापस लौटा | रश्मी ने पूछा ,

“मोहन, वीजा के लिए अप्लाई कर दिया ना ?”

“हाँ , सब कुछ एजेंट को दे दिया हूँ , काम हो जाएगा |

“मोहन , हम शादी कब करेंगे ?”

“मैं चाहता हूँ कि शादी दिल्ली में ही एक मंदिर में कर लेते हैं | जब दुबई से हनीमून मना कर लौटेंगे तो सहारनपुर में आकर रिसेप्सन पार्टी का आयोजन करेंगे | अभी सहारनपुर जाना ठीक नहीं होगा | हो सकता है वहाँ पुलिस हमे तलाश कर रही होगी | तुम अपना फोन स्विच ऑफ कर लो |कल तक मेरे मम्मी पापा यहीं आ जाएंगे | फिर हम शादी कर लेंगे |”

अगले दिन मोहन ने रश्मि को कहा,

मेरे मम्मी -पापा और गाँव के ही एक पड़ोसी चाचा भी दिल्ली आ चुके हैं और एक होटल में रुके हैं | वो हमें मंदिर में ही मिलेंगे | वो हमारी शादी का इंतजाम कर रहे हैं |”

मोहन रश्मी को लेकर दिल्ली के एक मंदिर में पहुँच गया | वहाँ पंडित के अलावा तीन लोग थे –मोहन की मां ,पिताजी ,और उनके दोस्त रहमान चाचा | पंडितजी के मंत्रोच्चारण के साथ ही रश्मि और मोहन ने अग्नि के सात फेरे लिए और शादी सम्पन्न हुई | मोहन और रश्मि ने सबके चरण स्पर्श किए और आशीर्वाद लिए| रहमान चाचा ने रश्मि को सोने की एक चैन भेंट की | मोहन के माता-पिता ने रश्मि और मोहन को अंगूठी दी जिसे दोनों ने एक दूसरे को पहनाया |सबने मिठाई खाया | और वहाँ से होटल के लिए प्रस्थान कर दिया|

शादी के पश्चात मोहन ने अपने माता-पिता को कहा,

“पापा हम लोग हनीमून के लिए दुबई जाना चाहते हैं |”

“ठीक है बेटा , जरूर जाओ पर रुकोगे कहाँ ?”

“पापा, वहाँ होटल की कमी नहीं है, कहीं भी रुक जाएंगे |”

“अरे वहाँ रहमान चाचा का घर है , तुम होटल में क्यों रुकोगे ? इनके घर में ही रुक जाना |”

रहमान चाचा ने कहा,

“बेटा, वहाँ अपना घर है , जब तक चाहो रहो,होटल में रहने की जरूरत नहीं है |”

मोहन के पिता ने कहा,

“बेटी , ये रहमान चाचा सहारनपुर के ही रहने वाले हैं ,पर ये बचपन से ही दुबई में रह रहे हैं | इनका वहाँ ज्वेलरी का व्यापार है |”

मोहन के माता-पिता ने मोहन से कहा,

“बेटा हम चलते हैं हमारी शाम को ट्रेन है | और रहमान चाचा भी शाम को दुबई के लिए निकलेंगे |”

मोहन के माता-पिता और चाचा ने विदा ली और अपने गंतव्य की ओर चल दिए | रश्मि ने मोहन से पूछा ,

“मोहन, हम दुबई कब जाएंगे ?”

“अभी हमें वीजा मिलने तक इंतजार करना पड़ेगा | हो सकता है चार –पाँच दिन और लग जाएँ | तब तक हम दिल्ली में रहकर घूमेंगे और मौज मस्ती करेंगे | तुम अपना फोन स्विच ऑफ ही रखना |”

रश्मि और मोहन के अरमान पूरे हो गए थे | आज रश्मि ने अपना पत्नी धर्म निभाते हुए अपने आपको मोहन को समर्पित कर दिया था | वह मोहन में समा गई थी और मोहन उसमें | मोहन वह पहला पुरुष था जो अब तक उसकी दमित काम इच्छाओं को शांत किया था जिसके लिए वो तरस रही थी | बाढ़ आई नदी की तरह उसके मन में उठती तरंगों को मोहन ने काबू कर लिया था | उसे लग रहा था कि जीवन में इससे बढ़ कर कोई और दूसरी खुशी नहीं हो सकती |

रश्मि और मोहन करीब एक सप्ताह दिल्ली में रुके | दिल्ली में रहते हुए उन्होंने कुतुब मीनार , चिड़िया घर,इस्कॉन टेंपल ,इंडिया गेट जामा मस्जिद ,बहाई टेंपल और लाल किला घूमने गए | इसी बीच रश्मि का वीजा बन गया और दोनों दिल्ली के इंदिरा गांधी अंतर्राष्ट्रीय हवाई अड्डे से इंडिगो फ्लाइट से दुबई के लिए निकल पड़े |

****

दिल्ली से दुबई की 2200 किलोमीटर की यात्रा करीब 4 घंटे में पूरा करने के बाद विमान दुबई पहुंचा |दुबई इंटरनेशनल एयर पोर्ट के बाहर रहमान चाचा की रोल्स रॉयस कार रश्मि और मोहन को रिसीव करने के लिए इंतजार कर रही थी | जैसे ही वो एयर पोर्ट से बाहर आए ड्राइवर उनके नाम की तख्ती लिए बाहर खड़ा था | दोनों कार में बैठे और वो कार उन्हे दुबई के बाहरी इलाके में ले गई | रास्ते में ऊंची ऊंची गगनचुंबी

इमारतें , साफ सुथरी सड़कें , चारों तरफ रोशनी ही रोशनी , रात में भी दिन की तरह उजाला तेज गति से भागती हुई कारें , मेगा माल और शहर की चकाचौंध देख कर रश्मि को आश्चर्य हुआ कि आगरा से बाहर भी एक ऐसी दुनिया है | दुबई, संयुक्त अरब अमीरात का सबसे विकसित शहर है |

रात के 10 बज रहे थे | दुबई का समय भारतीय समय से 1 घंटा 30 मिनट आगे है | कार एक बंगले के गेट पर जाकर खड़ी हो गई |कई एकड़ में फैला विशाल भवन देखकर रश्मि की आँखें चौंधिया गई | बंगले के चारों ओर विशाल खजूर के पेड़ खड़े थे | सामने शानदार बगीचा था जिसमें कई किस्म के फूलों के पौधे लगे थे |गेट पर गार्ड खड़े थे | गार्ड ने देखते ही उन्हे सैल्यूट किया | दो गार्ड स्नीफ़र कुत्तों के साथ आए , कुत्ते कार के अंदर और बाहर सूंघते रहे | गार्ड ने इशारा किया तभी कार को अंदर जाने दिया गया | रश्मि ने मोहन से पूछा ,

"ये लोग क्या चेक कर रहे हैं ?"

"रश्मि , ये अमीर लोग हैं | इनके यहां , कोई भी आसानी से घुस नहीं सकता और न ही बाहर जा सकता | घुसने और निकलने का एक ही गेट है जहाँ 24 घंटे बंदूक धारी गार्ड पहरा देते हैं | कोई भी जब यहाँ घुसता है तो घर के अंदर रहमान चाचा को गेट और बाउंड्री से लगे क्लोज सर्किट कैमरों के माध्यम से सब कुछ दिखाई देता है | यहाँ तहखाना भी है जहाँ मगरमच्छ पाले गए हैं | इनके साथ गद्दारी करने वालों को मगरमच्छों के सामने डाल दिया जाता है | ये लोग कुत्ते - बिल्ली पालने की बजाय शेर और चीते पालना पसंद करते हैं | रहमान चाचा के यहाँ भी दो चीते हैं |"

"क्या तुम पहले भी यहाँ आए हो ?"

"हाँ ,काम धंधे के सिलसिले में मुझे यहाँ कई बार आने का मौका मिला है |"

यह सब सुनकर रश्मि की रूह कांप गई और उसने कहा,

"मोहन इससे तो अच्छा था कि हम कहीं बाहर होटल में ही रुक जाते |"

"अरे पगली ,इसमें डरने की कोई जरूरत नहीं है | हम तो मेहमान हैं | हमारा स्वागत होगा | दुबई घूमेंगे फिरेंगे और एक सप्ताह बाद भारत वापस लौट जाएंगे | हमे क्या लेना है इनके बंदूक धारी गार्ड ,मगरमच्छ और चीतों से ? ये तो उनके लिए हैं जिनसे इनको खतरा है |"

बंगले के अंदर दाखिल होते ही एक नौकर आ गया | वो भारतीय या बंग्लादेशी लग रहा था |

उसने आते ही कहा,

"अस-सलाम अलयकुम (आप पर शांति हो)|

"वा अलायकुम अस–सलाम (और आपके साथ भी)|"

नौकर ,रश्मि और मोहन को एक विशाल कमरे में ले गया और कहा,

"साहब आप फ्रेश हो जाइए और मुझे कॉल कर दीजिए , मैं आपके लिए भोजन ले आता हूँ |

दोनों तैयार हो गए और नौकर को कॉल किया | नौकर खाना लेकर आ गया | दोनों ने खाना खाया | नौकर ने जाते समय कहा,

"साहब और किसी चीज की जरूरत हो तो मुझे कॉल कर लीजिए |"

"ठीक है , अब सुबह ही कॉल करेंगे , तुम जा सकते हो |"

रश्मि ने मोहन से पूछा,

"मोहन तुम उस नौकर को उर्दू में अभिवादन का जवाब दे रहे थे ऐसा क्यों ?"

"अरे यह उर्दू नहीं ,अरबी है |पर सभी मुस्लिम देशों में अभिवादन का यही तरीका हैं |"

"मोहन ,तुमने एक बात और नोटिस किया ?"

"क्या?"

"इनका तो टॉयलेट भी सोने का बना हुआ है !"

"अरे, यहाँ तो ए टी एम से भी सोने के बिस्किट्स निकलते हैं |"

"हे भगवान ! मुझे तो भरोसा नहीं हो रहा है !|

"ठीक है , कल तुम्हें दिखा दूंगा ,अब सो जाओ , कल नाश्ते के बाद हम दुबई शहर घूमने निकलेंगे |"

****

सुबह नाश्ते के बाद रश्मि और मोहन दुबई शहर घूमने निकल पड़े |

दुबई एक ऐसा शहर है जहाँ जाना और घूमना बहुत से लोगों का एक सपना होता है | यहाँ किसी भी चीज का निर्माण होगा तो वो या तो दुनिया में नंबर एक की होगी या एक मात्र होगी | यही कारण है की यहाँ दुनिया का सबसे बड़ा शॉपिंग माल, दुनिया की सबसे बड़ी टीवी और दुनिया में एक मात्र 7 सितारा होटल मौजूद है | दुनिया का 40 प्रतिशत सोने का व्यापार दुबई में ही होता है इसीलिए यहाँ सोना बहुत सस्ता मिलता है | यहाँ सोने की कार दौड़ती हुई दिखाई दे जाएंगी | यहाँ जब सड़कों पर जाम लगता है तो सिर्फ कार ही दिखाई देती हैं | दुनिया की सबसे मंहगी कारें यहाँ की सड़कों पर दिखाई देती हैं |दुबई इतना विकसित शहर है कि यहाँ की पुलिस के पास भी मंहगी कारें होती हैं |यहाँ अपराध की संख्या बिल्कुल जीरो है |यहाँ के मूल निवासियों को अमीरात कहा जाता है जो कुत्ते और बिल्लियों के बजाय शेर और चीता पालना पसंद करते हैं | इस शहर में 70 से अधिक शॉपिंग माल हैं |

दुबई में घरों और दफ्तरों के अलावा यहाँ के बस स्टैंड पर भी ए सी लगा रहता है |यह दुनिया का सबसे बड़ा पर्यटन स्थल है |

यह शहर 1960 के पहले महज एक बंजर जमीन हुआ करता था लेकिन आगे चल कर दुबई से तेल निकल आया और बढ़ती तेल की डिमांड की वजह से दुबई समय के साथ अमीर होता चला गया | फिर आगे बहुत से ब्यापारियों ने अपना कारोबार यहाँ ले आए और इस तरह से यह व्यापार का केंद्र बन गया |

वर्ष 1990 तक दुबई में केवल एक ऊंची ईमारत हुआ करती थी लेकिन आज दुबई में कुल 917 ऊंची इमारतें हैं | यहाँ पर्यटकों के लिए बहुत से देखने लायक स्थान हैं |

बुर्ज खलीफा –इस ईमारत को कौन नही जानता जो पूरी दुनिया में सबसे ऊंची ईमारत होने का खिताब लिए बैठा है | यह 163 मंजिला गगन चुम्बी ईमारत आज पूरी दुनिया के गिने चुने पर्यटन स्थलों में से एक मानी जाती है | जहाँ हर वर्ष करोड़ों की संख्या में लोग इसे देखने आते हैं | बुर्ज खलीफा की कुल ऊंचाई लगभग 830 मीटर है | यह इतना ऊंचा है की इसे 90 किलोमीटर से भी देखा जा सकता है | इसके अलावा इसमें दुनिया की सबसे ऊंची और तेज चलने वाली लिफ्ट लगी हुई है जो

मात्र 1 मिनट में 124 मंजिल पर पहुंचा देती है | 124 वीं मंजिल से ऊपर पर्यटकों को ऊपर जाने की इजाजत नहीं है |

दुबई माल –दुबई माल दुनिया का सबसे बड़ा शॉपिंग माल है जहाँ 12000 से भी अधिक कंपनियों के शोरूम मौजूद हैं | शॉपिंग के शौकीन लोगों के लिए ये किसी जन्नत से कम नहीं |जो पर्यटक दुबई आते हैं वह एक बार इस माल में शॉपिंग करने जरूर आते हैं | वो अलग बात है कि इसमें शॉपिंग करना काफी मंहगा पड़ता है |

इस माल में शॉपिंग के अलावा आइस स्केटिंग, सिनेमा और मछलीघर भी मौजूद है जिसकी वजह से पर्यटक यहाँ खींचे चले आते हैं | यह माल इतना बड़ा है कि इसमें एक साथ 14000 गाड़ियों की पार्किंग हो सकती है | कभी-कभी तो लोग एक जगह से दूरी जगह जाने के लिए इसमें चलने वाली इलेक्ट्रिक कारों का भी इस्तेमाल करते हैं |

बुर्ज अल अरब होटल – ये इमारत जुमेराह समुद्र तट के पास मानव निर्मित द्वीप पर बना है | जहाज के पाल के आकार की आकृति वाला यह होटल दुनिया के सबसे ऊंचे होटलों मे से एक है |यह एफिल टावर से भी अधिक ऊंचा है | यह दुनिया का एकमात्र 7 सितारा होटल है | सबसे पहले समुद्र में एक कृत्रिम द्वीप बनाया गया था फिर उसके ऊपर इस होटल को बनाया गया |इसे बनाने में 5 साल का समय लगा |यह जुमेराह के समुद्र तट से 280 मीटर की दूरी पर स्थित है ,और एक निजी घुमावदार पुल द्वारा मुख्य भूमि से जुड़ा हुआ है | मेहमान पुल के रास्ते से होटल में पहुंचते हैं इस होटल की ऊंचाई 321 मीटर है और 148 फुट समुद्र के अंदर भी है | होटल के सबसे मंहगे कमरे 24000 यू एस डॉलर (17,70372 रुपए) का बिल दिया जाता है और दूसरे कमरों मे रहने का बिल 7000 यू एस डॉलर(5,16358 रुपए) से शुरू होता है | हॉलैंड, केन्या, दक्षिण अफ्रीका और थाई लैंड से लाए गए फूलों का उपयोग करते हुए, छह फूलों की टीम को लॉबी में फूलों की व्यवस्था बनाने में लगभग आठ घंटे लगते हैं | इसका उद्येश्य हमेशा सूट में फूलों के प्रदर्शन में अतिथि के पसंदीदा फूलों को शामिल करना होता है | अतिथि के आगमन के पहले यह व्यवस्था की जाती है |होटल के अंदरूनी हिस्से को 24 कैरेट सोने में सजाया गया है |होटल की दीवारों

और फर्श को संगमरमर से बनाया गया है | होटल की 18 वीं मंजिल पर अत्याधुनिक स्वीमिंग पुल बनाया गया है | इस होटल में समुद्र के नीचे भी एक रेस्टोरेंट है जिसके अंदर एक नकली पनडुब्बी से होटल में पहुंचा जा सकता है |

रेस्टोरेंट में एक बहुत बड़ा समुद्री मछली घर है | होटल में कछुओं का एक अस्पताल है | होटल की छत पर मीठे पानी का पुल है जो 1120 वर्गमीटर में फैला है | यह समुद्र तल से 321 मीटर की ऊंचाई पर बना है | यह समुद्र के बीच में रहते हुए समुद्र के ऊपर रहने का एहसास देता है | इस होटल में रहने वाले मेहमानों को 24 कैरेट गोल्ड का आईपेड फोन दिया जाता है | होटल के अंदर एक रेस्तरां है जहाँ खाने के लिए लगभग एक बार के भोजन के लिए 10000 रुपये चुकाने पड़ते हैं | इस होटल के अंदर एक झरना है जिसका पानी 130 फुट ऊपर तक जाता है जिसे देखकर वहाँ पर आने वाला हर गेस्ट हैरान रह जाता है |

मिरकल गार्डन –दुबई में रेगिस्तान के बीचों-बीच स्थित यह गार्डन दुनिया का सबसे बड़ा फूलों का बगीचा है जो लगभग 72000 वर्ग मीटर के विशाल क्षेत्र में फैला हुआ है | 10000 से भी अधिक किस्म के फूल हैं | इस गार्डन में केवल फूलों से ही बनी कई तरह की आकृतियाँ जैसे इन्द्र धनुष, पवन चक्की, मोर और ताजमहल मौजूद हैं | गार्डन में एक शानदार तालाब हैं जो इसे दोगुनी खूबसूरती प्रदान करता है |

दुबई फ्रेम – यह देखने में एकदम एक फ़ोटो के फ्रेम की तरह बना हुआ है |दुबई फ्रेम की ऊंचाई लगभग फ्रांस के आइफेल टावर जितनी है |इसे तैयार इस तरह से किया गया है की पूरी दुबई इस फ्रेम मे आ जाए और बिल्कुल एक फ़ोटो के फ्रेम की तरह लगे | जब आप इस फ्रेम के अंदर से देखेंगे तो इसके एक तरफ से पुरानी तो वहीं दूसरी तरफ नई दुबई दिखाई देगी | आप इसमे लगे लिफ्ट के सहारे इसके टॉप पर जा सकते हैं |

दुबई एक्वेरियम –यह मछलीघर दुबई माल के अंदर बना हुआ दुनिया का सबसे बड़ा अंदर वाटर जू है | यह इतना बड़ा मछलीघर है जिसमे सार्क्स जैसी मछलियां भी हैं |इसके अलावा आपको यहाँ कई और समुद्री जीव-जन्तु देखने को मिल जाएंगे - जैसे पेंगविन और मगरमच्छ

| यहाँ पर ऐसी कई क्रियाकलाप हैं जिन्हे पर्यटक कर सकते हैं |

पाम जुमेरह-पाम जुमेराह समुद्र के ऊपर बना हुआ दुनिया का पहला मानव निर्मित द्वीप है इसे पाम जुमेरह कहते हैं क्योंकि आसमान से देखने में यह एक खजूर के पेड़ जैसा है | दरअसल यह तीन द्वीपों का समूह है जहाँ होटल्स, विलाज, वर्ल्ड क्लास फूड, वाटर पार्कस और शॉपिंग की सुविधा है | करीब 5 किलोमीटर की दूरी में फैला हुआ यह द्वीप बर्लिन वाल और द ग्रेट वाल ऑफ चाइना के बाद तीसरा ऐसा इंसानों द्वारा बनाया मॉडल है जो अंतरिक्ष से भी दिखाई देता है |

गोल्ड सूक –दुबई मे अधिक सोना होने के कारण इसे 'सिटी ऑफ गोल्ड' भी कहा जाता है| गोल्ड सूक दुबई शहर का सबसे बड़ा मार्केट है जहाँ चारों तरफ सोना ही सोना दिखाई देगा| यह मार्केट पूरे विश्व में अपने चमकदार और बेहतरीन सोने के डिजाइन के लिए प्रसिद्ध है |

बहुत से लोगों को लगता है कि दुबई एक देश है, जबकि यह संयुक्त अरब अमीरात याने यूनाइटेड अरब अमीरात देश का एक बहुत ही विकसित शहर है |अरबी भाषा के शब्द अमीरात से बना है | अमीरात का अर्थ है रियासत या राज्य होता है | संयुक्त अरब अमीरात पूरी दुनिया में अपनी अलग धाक जमाए है | अमीरात के राजा को अमीर कहा जाता है | यहाँ कुल सात अमीरात हैं | संयुक्त अरब अमीरात की राजधानी आबू धाबी है | यहाँ की जनसंख्या 90 लाख के करीब है यहाँ सबसे ज्यादा भारतीय रहते है | अगर कुल औसत देखें तो यहाँ करीब 30 प्रतिशत भारतीय और 15 प्रतिशत अमीराती अर्थात स्थानीय निवासी हैं | इनके अलावा बाकी देशों के लोग रहते हैं |आबू धाबी में अरबी और अंग्रेजी के अलावा हिन्दी अदालतों में इस्तेमाल होने वाली तीसरी आधिकारिक भाषा है | भारतीयों को न्याय पाने में किसी भी तरह की कोई समस्या न हो, इसलिए ये व्यवस्था की गई है | यहाँ सबसे ज्यादा केरल के लोग रहते हैं |भारत और संयुक्त अरब अमीरात के बीच हर हफ्ते 1076 फ़्लाइट्स की आवाजाही होती है | यहाँ की मुद्रा दिरहम हैं | यहाँ हिन्दू मंदिर और गुरुद्वारा भी है| यहाँ का मुख्य धर्म इस्लाम है |यहाँ की भाषा अरबी है |

दुबई के नियम कानून बहुत सख्त हैं | रमजान के महीने में आप सार्वजनिक स्थानों पर नहीं खा सकते | कोई भी जोड़ा सार्वजनिक

स्थानों पर एक दूसरे का चुंबन नहीं ले सकता या हाथ पकड़ कर नहीं चल सकता |इसे एक अपराध माना जाता है | दुबई में एक्सीडेंट की तस्वीरें नहीं ले सकते | दुबई के सार्वजनिक स्थानों पर गाली देना और झगड़ा करना एक अपराध होता है |यहाँ सार्वजनिक स्थानों पर थूकना या गंदगी फैलाना अपराध है | यह दुनिया का सबसे साफ सुथरा शहर है |

मोहन और रश्मि ने सात दिनों में रोज दुबई के प्रमुख स्थानों और होटलों में घूमते फिरते रहे और आनंद लिया |रहमान चाचा की रोल्स रॉयस कार उन्हे जगह जगह ले गई |रश्मि मोहन के इस ठाठ बाठ और परिचय से बहुत प्रभावित हुई |

एक दिन मोहन ने कहा,

"रश्मि, मुझे बिजनेस मीटिंग के लिए आबू धाबी जाना होगा | वहाँ मुझे दो दिन का समय लग सकता है |मैं मीटिंग में बहुत व्यस्त रहूँगा |तुम्हें वहाँ नहीं ले जा सकता | तुम दो दिन यहीं रहो |"

"मोहन मैं यहाँ अकेले कैसे टाइम पास करूंगी ? मुझे तुम्हारे बिना चैन नहीं आएगा |"

"मेरी जान, तुम्हें अकेले रहने की भी आदत डालनी होगी | मुझे काम के सिलसिले में कई बार बाहर आना जाना पड़ता है | तुम चिंता न करो | यहाँ सब कुछ उपलब्ध है | बंगले में ही होम थियेटर है वहाँ मनपसंद हिन्दी मूवी देखो |"

दूसरे दिन सुबह ही मोहन मीटिंग के लिए निकल पड़ा |निकलने से पहले उसने रश्मि को आलिंगन में भर कर चुंबन लेते हुए कहा,

"अपना ख्याल रखना |"

रश्मि कुछ निराश दिख रही थी |उसने भारी मन से मोहन को विदा किया |

****

रश्मि की मौसी सावित्री जब शाम को ड्यूटी खत्म होने के बाद घर आई तो देखा रश्मि घर में नहीं है | वहाँ ताला लटक रहा है | रश्मि जब भी घर से बाहर ताला लगा कर कहीं जाती थी तो फोन से मैसेज जरूर भेजती थी |सावित्री ने दरवाजा खोला ,अंदर गई और पंखा चालू कर सोफ़े पर बैठ गई | तभी उसकी नजर ड्राइंग टेबल पर पड़ी |वहाँ रश्मि का लिखा

खत मिला | उसे उठा कर पढ़ने लगी | पत्र पढ़ कर उसकी आँखों में अंधेरा सा छाने लगा | उसने स्वप्न में भी नहीं सोचा था कि रश्मि घर से भाग कर शादी करने जैसा कदम उठाएगी | रश्मि ने कभी कहा भी नहीं था कि वो किसी को प्यार करती है |

सावित्री को चक्कर आ गया और वह सोफ़े पर ही लुड़क गई | जब आँख खुली तो देखा दीवाल घड़ी रात के आठ बजा रही थी | वह रश्मि के बारे में सोच कर रोने लगी | उसके आँसू पोंछने वाला कोई नहीं था |उसने अपनी सहेली उमा को फोन किया और पूछा,

"उमा, सूरज कहाँ है ?"

"क्या बात हो गई ?मुझे बता दे |"

सावित्री रोने लगी और रोते हुए कहा ,

"उमा, रश्मि मुझे छोड़ कर चली गई |"

ऐसा कहकर वह दहाड़ मारकर रोने लगी | थोड़ी ही देर में उमा , सूरज को साथ लेकर सावित्री के घर आई| मौसी की सारी बातें सुनकर सूरज ने कहा,

"मौसी ,मेरे साथ चलो |"

ऐसा कहकर वो अपनी मां और सावित्री मौसी को अपने साथ लेकर पुलिस स्टेशन गया | वहाँ थाने में प्रथम सूचना रिपोर्ट दर्ज कारवाई | तत्पश्चात मौसी को उसके घर पर छोड़कर सांत्वना देते हुए कहा ,

"मौसी ,सुबह मैं तहकीकात के लिए घर आऊँगा | तुम पता करो कि क्या तुम्हारे घर कोई और आता-जाता था या रश्मि किसी लड़के से मिलती थी ?"

सुबह जब सूरज अपने मातहतों के साथ जांच के लिए आया तो पता चला कि ललन की दुकान में उसका एक साला मोहन रश्मि से मिलने आता था | बस सूरज को एक सुराग मिल गया | उसने ललन को धर दबोचा | और घर की तलाशी ली | तलाशी के दौरान उसे सेना से संबंधित गुप्त दस्तावेज, नक्शा और रक्षा संस्थानों के फोटोग्राफस मिले | साथ ही दुकान की चाबियों का डुप्लीकेट गुच्छा भी मिला | जब ललन से उनके बारे में पूछा गया तो वह कोई संतोष जनक उत्तर न दे सका | सूरज उसे थाने ले गया और वहाँ जब पुलिस के तरीके से पूछताछ की तो उसने एक

एक करके सारे राज खोल दिए |

पुलिस को मूलचंद अग्रवाल और उनकी पत्नी के हत्यारों का पता नहीं चला था | पुलिस ने जांच करना छोड़ दिया था और इस हत्या का रहस्य अब तक नहीं खुल पाया था | डुप्लीकेट चाबियाँ बनवाने का कारण और हत्या के पहले ललन का वहाँ से छुट्टी लेकर गायब हो जाना सूरज के गले नहीं उतर रहा था | जब सूरज ने ललन के ऊपर थर्ड डिग्री तरीका अपनाया तो ललन ने सब कुछ उगल दिया |

ललन सहारनपुर से जब आगरा भटकते हुए काम की तलाश में आया था तो मुस्लिम जानकार कोई उसे काम नहीं दे रहा था |और न ही उस पर कोई भरोसा कर रहा था | तभी उसे एक हिन्दू होटल में बर्तन साफ करने का काम इस शर्त पर मिला कि वो किसी को अपना असली नाम ललन मियां नहीं बताएगा | तब से वो सब को ललन ही बताता था | बल्कि उसने चुटिया भी रखना शुरू कर दिया था और माथे पर चंदन भी लगाता था |वहाँ से काम छोड़ने के बाद वह मूलचंद अग्रवाल की दुकान में आया | सेठ ने उसे ब्राह्मण जानकार दुकान में काम पर रख लिया | काम करते करते वह सेठ का विश्वासपात्र नौकर बन गया | सेठ के कोई औलाद न होने की वजह से वो ललन को बेटे की तरह ही मानते थे |

सेठ के खजाने को देखकर ललन के के मन में लालच आ गया और वो उसने सेठ और उसकी पत्नी की हत्या की साजिश रच डाली| वह गाँव जाने के पहले दुकान के तालों की डुप्लीकेट चाबी बनवा कर ले गया और हत्यारों से मिलकर अपने मालिक की हत्या करवा दी और कुछ रुपये भी लुटवा दिए |मालिक की हत्या के बाद वह दुकान का मालिक बन बैठा |

इसी दौरान उसकी मुलाकात पाकिस्तान के जासूस से हुई | उसने ललन को पैसों का लालच देकर सेना के बारे में गुप्त जानकारी हासिल करने का जिम्मा सौंपा | ललन मान गया और दुकान के काम के अलावा पाकिस्तान की जासूसी संस्था इंटर सर्विस इंटेलीजेंस (आई एस आई) के लिए भी एजेंट का काम करने लागा |

आगरा एक फौजी छावनी है | उसकी दुकान में सेना के जवान सामान खरीदने आते थे | उनसे उसने अच्छा संबंध बना लिया था | उसकी मुलाकात सेना के मुख्यालय में काम करने वाले एक क्लर्क अहमद से

हो गई | अहमद, सेना के गुप्त दस्तावेजों की कॉपी करके लालन को देने लगा | इस तरह लालन को दोहरी आय होने लगी |

ललन के कारनामों की सूचना सेना के आर्मी इंटेलीजेंस यूनिट को भी दी गई | उन्होंने भी ललन से पूछताछ की और उसकी सूचना के आधार पर सेना के क्लर्क अहमद को गिरफ्तार कर लिया गया | सेना ने जांच के आदेश दे दिए |

लालन मानव तस्करी में भी शामिल था | उसका काम था अपने इलाके के लड़कों को अपने घर पर पनाह देना , उन्हे हिन्दू लड़कियों पर डोरे डालने और प्रेम के झांसे में फँसाने के तरीके सिखाना | जाल में फँसाने के बाद लड़कियों को दिल्ली ले जाकर शादी करवा देना | शादी में शामिल होने के लिए किराये के माता पिता और पंडित की व्यवस्था करवा देना | जब लड़की पूरी तरह फंस जाए तो उसे खाड़ी देशों के अरबी अमीरों को मोटी रकम लेकर बेंच देना |इससे उसे अच्छी खासी रकम मिलती थी | इस काम में उसका साला मोहन उर्फ मोहम्मद पूरा साथ देता था | इस तरह मानव तस्करी और आई एस आई से मिलने वाले पैसों से उसने अपने दुकान का और विस्तार कर लिया |

ललन मियां के ऊपर हत्या, देशद्रोह,जासूसी और मानव तस्करी में शामिल होने की जांच चलने लगी | पुलिस सभी सबूतों को इकट्ठा कर रही थी और जांच आगे बढ़ रही थी |

आगरा की पुलिस को मोहन उर्फ मोहम्मद की तलाश थी | पिछले एक महीने से मोहन हाथ नहीं आ रहा था | पुलिस ने मोहन के घर सहारनपुर में कई बार छापे मार चुकी थी पर वह बहुत शातिर था | वह हर बार बच निकलता था | एक दिन पुलिस ने उसे दिल्ली के पहाड़ गंज के एक होटल से गिरफ्तार कर लिया | वह होटल में एक लड़की के साथ पकड़ा गया | लड़की को उसके माता-पिता को सौंप दिया गया | उसके बाद पुलिस ने शादी कराने वाले किराये के माता-पिता और मोहन को गिरफ्तार कर आगरा ले आई | मोहन के पास रश्मि का पासपोर्ट, गहने ,फोन ,रुपये और अन्य दस्तावेज भी मिले | पुलिस सारे सबूत इकट्ठा करने के बाद आगरा की अदालत में मोहन को पेश कर दिया | अदालत ने मोहन को जुडीसीयल कस्टडी में जेल भेज दिया | पुलिस जांच करती

रही |

****

मोहन उर्फ मोहम्मद ने रश्मि पर प्रेम का ऐसा जाल फेंका था कि बेचारी समझ ही नहीं पाई कि मोहन उसे धोखा देगा |दिल्ली में जो मोहन के माता-पिता थे वो किराये के माता-पिता थे | रहमान चाचा और कोई नहीं बल्कि दुबई का एक अरब अमीराती शेख अहमद जुबैद था जो सौदा पक्का करने के पहले रश्मि को अच्छी तरह देखना चाहता था |इसके पहले वह कई लड़कियों को रिजेक्ट कर चुका था | पर रश्मि की खूबसूरती में वह पागल हो गया था | वह कोई रिस्क नहीं लेना चाहता था | इसीलिए उसने मोहन को कहा था कि वह रश्मि को लेकर खुद उसके बंगले पर दुबई आए | उसने मोहन और रश्मि के दुबई घूमने फिरने का पूरा खर्च भी उठाया था | उसने दस लाख रुपये में रश्मि को खरीदा था | इसकी आधी रकम उसने दिल्ली में ही अदा कर दिया था | और सौदे की बकाया रकम उसने मोहन को दुबई छोड़ने के पहले दे दी थी |

मोहन बहुत ही चालाक और शातिर किस्म का आदमी था | उसने दुबई छोड़ने के पहले रश्मि को सोते हुए हालत में देखकर उसके गहने, पासपोर्ट ,फोन और रुपये भी अपने पास रख लिए थे | रश्मि को उसने फोन स्विच ऑफ रखने को कहा था | रश्मि ने भी इस पर ध्यान नहीं दिया कि उसका फोन भी गायब हो चुका है | जब दो दिन बाद भी मोहन वापस नहीं लौटा तो रश्मि ने नौकर से पूछा,

"रहमान चाचा कहाँ हैं ? मैं उनसे मिलना चाहती हूँ |"

"शेख साहब रात को लौटेंगे | मैं आपका संदेश उन्हे दे दूंगा |"

रात में शेख अहमद जुबैद आया और रश्मि को समझाते हुए कहा,

"अब मोहन वापस नहीं लौटेगा | तुम उसका इंतजार न करो |हमने तुम्हें दस लाख रुपयों में खरीदा है |वह मोहन नहीं मोहम्मद है | उसे भूल जाओ | आओ मिलकर जश्न मनाते हैं | तुम्हारी खातिरदारी में यहाँ कोई कमी नहीं होगी | तुम हमें खुश कर दो ,खुदा कसम हम तुम्हें जन्नत का नजारा दिखाएंगे |"

"चाचा, भगवान के लिए मुझ पर दया करें | मुझे भारत वापस जाने का बंदोबस्त करें |"

“बदतमीज लड़की ,मैं तुम्हारा चाचा नहीं , यहाँ का शेख अहमद जुबैद हूँ | यहाँ कोई भी अपनी मर्जी से नहीं आ सकता और न ही जा सकता | तुम्हारी भलाई इसी में है कि तुम हमारे हरम में जिंदगी का लुत्फ उठाओ | यदि तुमने हमारी बात नहीं मानी तो तुम्हें अपनी जान से हाथ धोना पड़ेगा | और याद रखो यहाँ से भागने की कोशिश न करना, वरना हमसे पहले हमारे कुत्ते तुम्हें नोच डालेंगे|”

रश्मि की आत्मा कांप गई | उसे एहसास हो गया कि उसके साथ बहुत बड़ा धोखा हो गया है | उसकी आँखों में आँसू आ गए | वह गिड़गिड़ाने लगी और शेख से छोड़ देने की फिर से भीख मांगने लगी | तभी शेख ने ताली बजाई और दो लड़कियां हाजिर हो गई | इशारा मिलते ही उन्होंने रश्मि को पकड़ कर शेख के कमरे में ले जाकर बंद कर दिया | अब रश्मि के पास आत्मसमर्पण के अलावा कोई चारा नहीं था | वह बैठ कर अपनी किस्मत को कोसती रही और सिसकती रही | थोड़ी देर बाद शेख कमरे में आया और रात भर रश्मि के जिस्म से खेलता रहा | रश्मि के लिए अब यह मानसिक और शारीरिक अत्याचार नियति बन गई थी |

****

मामला अंतर्राष्ट्रीय मानव तस्करी का था | दुबई से रश्मि को वापस लाना सूरज के लिए एक बहुत बड़ी चुनौती थी | विदेश मंत्रालय की मदद के बिना रश्मि को वापस लाना संभव नहीं था | मंत्रालय से इजाजत लेने की प्रक्रिया में ही तीन महीने बीत गए पर कोई नतीजा नहीं निकला | सूरज रश्मि को वापस लाने के लिए बेचैन और दृढ़ संकल्प था | उसने खुद छुट्टी लेकर दुबई जाने का फैसला किया और रश्मि की तलाश में निकल पड़ा | वह मोहन उर्फ मोहम्मद के बताए पते पर गया पर उसे गार्ड ने अंदर जाने नहीं दिया और कहा रश्मि नाम की कोई लड़की यहाँ नही आई |

सूरज को लगा कि मोहन ने उसे भटकाने के लिए यहाँ का पता दिया था |हालांकि मोहन के फोन की कॉल डिटेल से और गूगल रिकॉर्ड से इतना पता चल गया था कि वो दुबई आया था और यहाँ एक सप्ताह से कुछ ज्यादा समय रुक कर दुबई घूमता फिरता रहा | मोहन रश्मि को

लेकर कई सस्ते होटलों और डांस बार में भी गया था | सूरज ने डांस बार और सस्ते होटलों में जाकर रश्मि को तलाशने लगा |

सूरज ने तलाशी के दौरान यह नोटिस किया कि जब भी वो नाचने वाली लड़कियों से बात करने का प्रयास करता तो वे सहम जाती थीं | रात को बाहर जाते समय उनकी सुरक्षा के लिए उनके साथ एक या दो नीग्रो होते थे | सूरज रश्मि की फ़ोटो उन्हे दिखाने की कोशिश करता था | एक बार एक टैक्सी ड्राइवर की मदद से उसने नीग्रो को पैसे देकर उन लड़कियों से बात करने पर राजी कर लिया | उसकी मुलाकात एक भारतीय लड़की रेखा से हुई | उसके साथ बातचीत से पता चला कि वो लड़कियां भारत के अलग अलग क्षेत्रों से अच्छे हिन्दू परिवारों से हैं और कुछ तो अपने परिवार से विद्रोह करके अपने ही घर से गहने और रुपये चोरी करके अपने मुस्लिम प्रेमी के साथ भाग कर विवाह किया था | और कुछ महीने प्रेमी के साथ बिताने के बाद दुबई घूमने आई थी | मुस्लिम लड़कों ने उनके साथ ऐश करने के बाद उन्हे डांस बार के मालिकों और वहाँ के शेखों को बेच दिया था | कुछ ने बताया कि उनके मुस्लिम पति दुबई में ही जॉब करते हैं और और वह साथ रहने के लिए आई थी पर यहाँ उन्हे बेच दिया |

उनमें से 3 लड़कियां तो ऐसी थी जिन्हे एक ही मुस्लिम लड़के ने यहाँ बेचा था | उन लड़कियों ने बताया कि उनके अलावा भी बहुत सी लड़कियां है जो अलग अलग होटलों में नाच घरों में नाचती हैं | अधिकतर लड़कियों ने बताया कि उन्होंने बहुत बड़ा अपराध किया है और वे सब उसकी सजा के रूप में नरक भोग रही हैं |

सूरज ने उन्हे भारत अपने घर लौटने के लिए कहा तो सब ने मना कर दिया, अब उनके लिए भारत में कुछ नहीं है | उन्होंने कहा, "हम तो परिवार और समाज को अपना मुंह दिखाने लायक नहीं रहीं और न ही हमारे पास जीवनयापन का कोई दूसरा उपाय है जिससे अपने रहने खाने की व्यवस्था कर सकें | अब तो इसी नरक में रहना है और फिर भगवान जाने क्या होगा जब उम्र ढल जाएगी ?"

लगभग सभी लड़कियों ने अपनी पढ़ाई भी पूरी नहीं की थी, स्कूल-कॉलेज की पढ़ाई के दौरान ही प्यार हुआ और मुस्लिम लड़कों से विवाह

किया था| वैसे तो पूरे भारत से लड़कियां इन इस्लामिक जिहादियों के जाल में फँसती है पर सबसे अधिक उत्तराखंड से आई हुई थी | एक लड़की तो दिल्ली के पंजाबी सरकारी अफसर की बेटी थी | सब लड़कियां हिन्दू समाज से ही थी | वैसे नाम के लिए तो ये सभी लड़कियां होटल-रेस्टोरेंट बार में काम करती थी पर वहाँ आने वाले ग्राहकों को खुश रखने के लिए देह व्यापार करने के लिए भी मजबूर की जाती थीं |

सूरज के बहुत अधिक आग्रह करने पर दिल्ली की दो लड़कियों ने अपने परिवार का पता और फोन नंबर देने पर राजी हो गईं | सूरज ने उन्हे समझाते हुए कहा, कि वो अपनी ओर से प्रयास करेगा कि उनके परिवार उन्हे स्वीकार करें और वो इस नरक से निकल कर वापिस भारत जाएँ और अपने परिवारों के साथ रहें | सूरज ने उन परिवारों से फोन पर संपर्क कर उनकी बेटीयों की स्थिति को अवगत कराया पर दोनों लड़कियों के परिवार नहीं चाहते थे कि लड़कियां वापिस आयें | उनका कहना था कि लड़की उनके लिए मर गई हैं | निसंदेह आत्मा तो मर ही गई है पर देह जीवित है |

सूरज 15 दिनों तक दुबई शहर के कई डांस बार और होटलों की खाक छानता रहा और लड़कियों को रश्मि की फ़ोटो भी दिखाता रहा पर इसका कोई नतीजा नहीं निकला | वह सोचता रहा कि कब हमारे हिन्दू और सिख भाई सचेत होंगे और अपनी बेटियों को जागरूक करेंगे ताकि हमारी बेटियाँ इस लव जिहादियों के जाल में न फंसे |

सूरज ने भारतीय दूतावास के अधिकारियों से भी संपर्क करने की कोशिश की | उन्होंने कहा कि वो डिप्लोमेटिक चैनल से दूतावास को अप्रोच करे क्योंकि बिना सबूत के और सरकार के बिना आदेश के वो ऐसा कुछ नहीं करेंगे जिससे दोनों देशों के राजकीय संबंध बिगड़ें |

सूरज खाली हाथ लौट आया पर उसने निश्चय कर लिया थी कि यदि रश्मि जिंदा है तो उसे ढूँढने में वो जरूर कामयाब होगा | भारत आते ही वह सावित्री मौसी को लेकर दिल्ली गया और उस समय की भारत की महिला विदेश मंत्री से मिला | वो बहुत ही दयालु महिला थीं उन्होंने कार्रवाई का आश्वासन दिया | एक सप्ताह के अंदर ही आगरा पुलिस को दुबई जाकर रश्मि को भारत वापस लाने का आदेश मिल गया |

सूरज को रश्मि को लाने के लिए दुबई भेजा गया | भारतीय दूतावास के अधिकारियों ने दुबई पुलिस के सहयोग से उस शेख के घर से रश्मि को वापस लाने में सफलता पा ली | जब रश्मि सूरज से मिली तो उसके सीने से लग कर रोने लगी | सूरज अंततः रश्मि को उस नर्क से निकालने में सफल रहा |

रश्मि ने दुबई से नई दिल्ली के चार घंटे हवाई सफर के दौरान सूरज को आप बीती सुनाई | सूरज ने कहा,

“रश्मि , तुम इस घटना को एक बुरा सपना समझ कर भूल जाओ | मैं तुम्हारे साथ हूँ ,मैं तुम्हें अब भी प्यार करता हूँ और तुम्हें ही अपनी जीवन संगिनी बनाना चाहता हूँ |”

सूरज की बातें सुनकर रश्मि की आँखों से आँसू टपकने लगे उसने सूरज के हाथों को कस कर पकड़ते हुए कहा,

“सूरज, तुम न होते तो आज रश्मि न होती, तुम ही मेरे उद्धारकर्ता हो, तुम्हारी सेवा में मैं अपना पूरा जीवन न्योछावर कर दूँ तो भी कम है |पर मैं जानती हूँ इस अभागन को अब कोई नहीं अपनाएगा, तुम्हारे माता पिता, मेरी मौसी , ये समाज कोई नहीं अपनाएगा ,तुम भी मुझे अपनाकर अपना जीवन बर्बाद मत करो |”

ऐसा कहकर रश्मि फफक फफक कर रोने लगी | तभी वहाँ से गुजरती हुई एयर होस्टेस ने रश्मि को रोते हुए देखकर पूछा,

“मैडम , क्या मैं आपकी कोई मदद कर सकती हूँ ?”

सूरज ने उसे कहा , “आपका धन्यवाद, क्या आप पानी की बोतल दे सकती हैं ?”

“श्योर, अभी ला रही हूँ |”

एयर होस्टेस चंद मिनटों में वापस लौटी , पानी की बोतल और चॉकलेट सूरज को देकर चली गई |

सूरज ने पानी की बोतल खोलकर रश्मि की ओर बढ़ाया | रश्मि ने पानी के दो चार घूंट गले के नीचे उतारे और शांत हो गई ,तब सूरज ने कहा,

“रश्मि , मैं तुम्हें अपनाऊँगा |तुम समाज के बारे में मत सोचो, अपनी जिदगी के बारे में सोचो | तुम मेरे लिए आज भी वही रश्मि हो जिसे मैंने

दिल से चाहा है |मेरा वादा है ,अब रश्मि को सूरज से कोई अलग नहीं कर सकता ....

लेखक की रचनाएं

1. BORDERMAN
2. सीमा प्रहरी
3. आवारा
4. कमीने दोस्त
5. संगिनी
6. काबिल
7. मुक्तिदाता
8. माया
9. चरित्रहीन
10. चक्रव्यूह
11. परिवार
12. प्रेम-विवाह

लेखक से पत्र व्यवहार का पता : rps1959@gmail.com , मोबाईल नंबर 7000153809

ये सभी उपन्यास Notionpress.com, Amazon.in and Flipcart पर उपलब्ध हैं |

www.ingramcontent.com/pod-product-compliance
Lightning Source LLC
LaVergne TN
LVHW040435051026
849517LV00002B/620
* 9 7 9 8 8 8 6 2 9 4 9 8 9 *